LAURA TAIT & JIMMY RICE

A Melhor Coisa que Nunca Aconteceu na Minha Vida

Tradução
Marcia Blasques

QuintaEssência

Este livro foi revisado segundo o Novo Acordo Ortográfico da Língua Portuguesa.

Preparação: Lara Stroesser Figueirôa
Revisão: Patricia Bernardo de Almeida e Paula Cunha
Diagramação e adaptação de capa: Vivian Oliveira

Dados Internacionais de Catalogação na Publicação (CIP)
Angélica Ilacqua CRB-8/7057

Tait, Laura
A melhor coisa que nunca aconteceu na minha vida / Laura Tait e Jimmy Rice ; tradução Marcia Blasques. – São Paulo: LeYa, 2015.
272 p.

ISBN 978-85-441-0230-5
Título original: *The best thing that never happened to me*

1. Literatura inglesa 2. Romance 3. Ficção I. Título
II. Rice, Jimmy III. Blasques, Marcia

15-0300 CDD–813

Índices para catálogo sistemático:
1. Literatura inglesa

Casa dos Mundos Produção Editorial LTDA
Rua Avanhandava, 133 | cj 21
01306-001 – Bela Vista – São Paulo – SP

Prólogo

ALEX
Maio de 2010

– Dizem que nunca se deve voltar atrás, mas todo mundo faz isso. Todo mundo volta atrás em busca de uma segunda chance. Veja as placas luminosas. O Wispa Gold. E a incrível Take That*.

Estou deitado na grama, sem me importar com as picadas de mosquitos enquanto o calor do sol aquece meu rosto e braços. Ao meu lado está Holly, sentada de pernas cruzadas, fazendo uma coroa de margaridas com as mãos.

– Sobre o que você está falando, Al?

– Sobre mim e você. É como se tivéssemos voltado aqui para uma segunda chance. Renovados.

Holly continua concentrada em seu projeto, mas posso perceber com minha visão periférica que está contendo um sorriso.

– Placas luminosas podem ter voltado à moda em Mothston, Alex, mas não retornaram em nenhum outro lugar.

– Estou falando sério – insisto. As origens da minha teoria estão na lata de cidra que repousa na grama ao lado do meu joelho direito, mas de algum modo ainda parecem profundas.

– Está dizendo que você e eu somos como a Take That?

– Sim, como eles, mas sem todo o dinheiro e o assédio dos fãs gritando.

Por fim, Holly me olha, sorrindo:

– Você seria o Gary Barlow. Todo certinho e sensato. E cada vez mais bonito com a idade.

– Você seria o Robbie.

– Aquele gordo?

– Não – dou uma risada. – Aquele rebelde que fugiu da primeira vez.

Holly volta a fazer sua coroa, mas com uma expressão mais pensativa do que antes, como se estivesse pensando em outra coisa.

– Mas é verdade – acrescento. – Isso é como nossa turnê de retorno.

– Al?

– Sim?

– Me passe a cidra, por favor?

---

* Wispa Gold e Take That são um chocolate e uma banda famosos na Inglaterra na década de 1980. (N.T.)

Balanço a cabeça e estendo a mão para a sacola de plástico em que está a cidra, entregando uma lata nas mãos dela. Sorrio para mim mesmo, feliz por estar aqui, Holly e Alex, e tento ignorar o fato de que o sol está começando a desaparecer. Esperei tanto por este momento... não quero que este dia acabe.

Capítulo 1

HOLLY
Setembro de 1999

Quando acordo na manhã seguinte, sinto-me diferente.

Certamente não o tipo de "diferente" para o qual estava preparada. Não o diferente tipo feliz/primavera em meu caminho/vendo o mundo com novos olhos.

Mas sei o que preciso fazer.

Pensar em qualquer coisa sobre a noite passada faz minha barriga doer – até mesmo sobre o que aconteceu mais cedo, quando eu estava me divertindo. Tomando litros de Turbo Shandies (cinquenta por cento cerveja tipo *lager*, cinquenta por cento Smirnoff Ice, cem por cento NUNCA MAIS) e dançando ao som de DJ Luck & MC Neat ao redor do jardim com Ellie. Estava bem quente para os padrões de setembro – era quase meia-noite quando a festa foi do jardim para dentro da casa dela.

Minha ligação para Alex veio umas boas horas depois daquilo. Não posso acreditar que resolvi que uma ligação bêbada no meio da noite era o jeito perfeito de dizer a ele como me sinto. Que quero que sejamos mais que amigos. Que quero isso há décadas. Graças a Deus ele não atendeu o telefone. Não que eu tenha mudado de ideia sobre querer que ele saiba. Só acho que é importante estar sóbria quando eu disser isso.

Tiro a camiseta e evito me olhar no espelho enquanto pego o roupão e sigo para o banheiro. Tomei um banho quase fervendo quando voltei para casa na noite passada, e tomo outro agora, desfrutando a dor aguda e a vermelhidão que minha pele ganha, e então me obrigo a sair, vestir um jeans e uma blusa sem mangas azul-marinho – Alex sempre diz que azul-marinho é a minha cor – antes de descer para a sala.

– Mãe, pode me dar uma carona até a casa do Alex?

– Claro, Hols. *Diagnoses Murder* está quase acabando – os olhos dela passavam da TV para mim e de volta para a TV. – Tenho uma teoria. Tá vendo esse homem? Todo mundo acha que ele matou a esposa, mas acho que ela fingiu a própria...

Não posso lidar com isso agora. Se um personagem fictício qualquer matou a esposa ou não, é o último dos meus problemas. Graças a Deus que minha mãe estava na cama quando cheguei em casa na noite passada. Consigo disfarçar hoje, mas precisaria ser a melhor atriz do mundo para manter o disfarce diante dela quando cheguei.

– Está tudo bem... vou andando – pelo menos isso me dará a chance de pensar no que dizer.

Devo falar de uma vez? Ou devo começar com uma explicação? Contar a ele sobre a pior noite da minha vida – até pensar no que aconteceu faz meus olhos se contraírem, minha pele arrepiar e meu cérebro doer – e que a única pessoa que eu queria ver quando aquilo acabou era ele. Que ele é meu melhor amigo e que embora eu sempre soubesse o quanto me importava com ele, nesses últimos anos comecei a mais do que gostar dele.

Nunca admiti isso para mim mesma até agora. Estou completamente apaixonada por Alex Tyler. AMOR. Meu melhor amigo, que sempre coloca todo mundo antes de si mesmo – seu pai, seus amigos, eu –, apesar de ter passado pela barra mais difícil do que a de qualquer um nos últimos anos. Adoro poder falar com ele sobre qualquer coisa, e que ele me diga o que realmente pensa e não o que acha que eu quero ouvir. Adoro que ele ainda se ofereça para levar minha mochila, não importa quantas vezes eu lhe diga que sou perfeitamente capaz de levá-la sozinha. Adoro que ele use blusas de lã – não de maneira irônica. Eu seria capaz de amar seu cabelo nerd? Claro. Caso contrário, sempre posso mandá-lo para um cabeleireiro decente. Amo quando faço um sanduíche para nós, como ele me segue por aí limpando minha sujeira. Amo como ele sabe tudo sobre estrelas, música e livros – coisas sobre as quais outros garotos não fazem nem ideia. Amo como ele coloca seus CDs em ordem alfabética. Amo como ele coloca *meus* CDs em ordem alfabética – embora eu tenha rido dele quando o fez. Eu cheguei a agradecer? Mencionarei isso hoje depois que disser para ele que literalmente amo cada pedacinho dele. (Até amo que ele me corrija quando uso errado a palavra "literalmente".)

O que ele dirá quando eu falar para ele? Dirá que me ama também? Conhecendo-o, sei que ele vai querer conversar sobre isso primeiro. Analisar demais é o estilo de Alex para ter certeza de que é definitivamente o que quero.

Ou talvez ele me olhe horrorizado e, sem jeito, me diga que sempre irá me ver apenas como uma amiga – até mesmo uma irmã – e que está lisonjeado, obrigado, mas NÃO, jamais vai acontecer. Lembro-me do primeiro dia do último ano do ensino médio, não muito tempo depois que a mãe dele morreu. Estávamos conversando no caminho para a escola e, de algum modo, surgiu o assunto de sua mãe e seu pai. E ele parecia tão triste que fui abraçá-lo, mas o olhar em seu rosto... pense em um cão raivoso encolhido.

A lembrança ainda dói, mas não o bastante para me fazer dar meia-volta, subir até meu quarto e voltar para a cama. Preciso saber de qualquer forma, e essa pode ser minha última chance.

Ok, não é o melhor momento, já que estou prestes a começar a universidade em Londres e ele vai ficar em Yorkshire. Não que eu fosse basear minha escolha de universidade nele – não sou ESSE tipo de garota. Mas é um pouco frustrante pensar que vivemos a poucas ruas de distância um do outro pelos últimos sete anos. Por que não tive coragem de dizer a ele? Devia ter ouvido minha mãe todas as vezes que ela brincou sobre nós nos casarmos. Todo mundo dizia isso também, mas sempre mandei que calassem a boca e disse que éramos só amigos. Acho que por muito tempo foi porque pensei que fosse verdade. E ultimamente porque tinha medo de que, se não protestasse o suficiente, saberiam o que realmente sinto e tirariam sarro de mim.

Não me importo mais com o que todo mundo pensa. E se Alex quiser, podemos fazer essa coisa a distância funcionar. Voltarei em todos os feriados, e podemos conversar por telefone – afinal já conversamos por horas no telefone agora mesmo. E podemos trocar cartas de amor – seria bem romântico. E quando eu for viajar, Alex pode ir comigo. Li alguma coisa sobre britânicos ensinando inglês no exterior – e ele quer mesmo ser professor.

Está congelando – acho que o verão acabou oficialmente –, então caminho rapidamente e devaneio sobre nossos encontros de fim de semana. Eu saindo do trem e correndo para os braços dele, ele me erguendo enquanto envolvo as pernas em sua cintura. Embora na minha fantasia eu saia de um trem a vapor daqueles antigos, não será menos romântico quando eu sair da Midland Mainline e puxar minha mala de rodinhas na direção dele antes da parte em que caio em seus braços.

– Ah, oi, Holly – o pai de Alex se afasta para me deixar entrar. – Está sem casaco? Está gelado lá fora. Quer uma xícara de chá?

Em geral, estou sempre disposta a bater papo com o pai de Alex – acho que ele tem estado muito solitário ultimamente –, mas digo a ele que não e tento não notar seu desapontamento.

– Filho! Holly está aqui – ele grita pela escada. – Pode subir, querida.

Claramente Alex não ouviu – ele está no chuveiro cantando alguma coisa sobre ser canalha e esquisitão em uma música que reconheço vagamente de seu carro, então sento na cama e espero.

O quarto de Alex me é tão familiar quanto o meu. O pôster grande de Che Guevara sobre a cama. Os livros do colégio em pilhas precisas na escrivaninha. Pijamas sem vinco no lugar de sempre – dobrados ordenadamente sobre seu travesseiro.

Não consigo acreditar que houve um tempo em que eu achava esse lugar opressivo. Um pouco entediante até, para ser honesta. Mas depois que a mãe dele morreu, eu costumava aparecer para tentar animá-lo e conversávamos até tarde da noite, até que eu adormecia, toda vestida, sobre as cobertas, e então comecei a ver o quarto de modo diferente. É acolhedor. E seguro. Um casulo do mundo exterior. Como se as coisas más nunca alcançassem você aqui.

– Ah, hey! – Alex diz. Ele está na porta com uma toalha ao redor da cintura, me sinto corar. Gotículas de água brilham em seu peito recentemente desenvolvido e escorrem até a cintura fina, e quando tento dizer "oi" minha garganta está seca e minha voz falha. Componha-se, Holly. Você já viu o Alex sem camisa antes. Com o cabelo e os cílios molhados, e cheirando a sabão.

Nunca quis tanto abraçar alguém na vida.

– O que posso fazer por você, gata?

GATA?!

Ignoro o cumprimento nada a ver e estendo o braço para pegar a mão dele.

– Preciso contar uma coisa pra você.

– Sobre a noite passada, certo? Como foi?

É minha imaginação ou há um pouco de sarcasmo em seu tom de voz? Tento encontrar seu olhar, mas ele solta minha mão e olha ao redor do quarto, como se tentasse encontrar alguma coisa. Isso é bem estranho, porque o quarto dele é imaculado e tudo está sempre no lugar. Enfio as mãos nos bolsos da calça para disfarçar meu constrangimento.

– Na verdade, é sobre isso que quero falar com você. Tentei ligar na noite passada. Eu...

– Ah, sim... desculpe. Não atendi o telefone – ele sorri enquanto passa desodorante. – Eu tive um encontro e digamos que estava ocupado. Se é que me entende.

Caso houvesse alguma dúvida sobre o que quis dizer, ele me dá uma piscadela exagerada.

Que droga está acontecendo? Este comportamento é totalmente atípico do Alex. O Alex que conheço é gentil, atencioso, doce... e, indo direto ao ponto, com quem diabos ele teve um ENCONTRO?

– Com quem você teve um encontro?

– Você não conhece. O nome dela é Jane. Bem bonita. Peitos grandes. Beija bem.

Certo, isso é estranho. Esse é o tipo de merda que Kev fala. E quando ele faz isso, Alex cobre o rosto com as mãos e balança a cabeça.

Houve um monte de vezes que tentei imaginar como seria contar para Alex como me sinto, mas nunca me imaginei tão nervosa. Posso convidar um cara para sair. Não preciso fazer o papel de menininha fraca e patética que espera ser convidada. E ele não pode ter sentimentos fortes por essa tal de Jane – eles devem ter tido só um encontro. Não pode ser nada comparado ao que temos. Pode?

– Então, está planejando vê-la de novo? – *diga não, diga não, diga não.*

– Na verdade, vou sair com ela hoje a noite. Por isso o banho.

Ele pisca novamente, e meu coração para, embora eu não saiba se de ciúmes ou constrangimento. Isso tudo é um erro COLOSSAL? Todo esse tempo pensando que amo Alex, será que na realidade estou apaixonada por alguma versão fictícia dele que mantenho em minha mente, e não o conheço totalmente? Como há alguns anos, quando, depois de um tempão fantasiando com o senhor Abel, professor de francês, e das férias de verão inteiras devaneando que eu tinha vinte e cinco anos e o encontrava em uma cafeteria em Paris, onde nos apaixonávamos enquanto comíamos um croissant e nos beijávamos sob a Torre Eiffel, me dirijo para a primeira aula dele em setembro ao mesmo tempo animada e nervosa para vê-lo. Assim que ele entra, com o bigode recém-crescido e a conversa sobre conjugação de verbos em francês, penso: *quelle* diabos eu estava pensando?

Talvez essa dor não seja meu coração se partindo. Talvez seja apenas o desapontamento doloroso de saber que Alex é como todos os outros garotos no final das contas – agindo como se realmente gostasse de você só para conseguir o que quer, motivado por seus hormônios.

Mas eu não me importaria tanto se meus sentimentos não fossem reais. E não posso ter estado errada sobre ele todo esse tempo, certo? Tento contato visual mais uma vez.

– O que está olhando? – ele pergunta, rindo, e sinto meu rosto arder. Não tenho tempo nem de disfarçar o constrangimento antes que ele prossiga... – O que quer me dizer, gata?

Ok, de onde veio essa porcaria de "gata"? Nunca o ouvi chamar ninguém de gata na vida – e ele soa estranho dizendo isso. Sou tão qualquer uma assim?

Sou eu! Holly! Quero recordá-lo disso, mas não consigo. Não posso dizer nada das coisas que realmente quero dizer, porque não era assim que tinha de ser.

Em vez disso, engulo em seco e dou um sorriso resignado:

– Só vim me despedir. Vou encaixotar minhas coisas nos próximos dias, e depois meu pai vai me levar para Londres. Então, quem sabe quando nos veremos novamente, não é?

Observo seu rosto, esperando uma reação, mas ele está sem expressão. Mesmo assim, quando ele abre a boca para dizer alguma coisa, permito a mim mesma um momento de esperança de que ele vai me perguntar sobre o que estou falando – que é claro que me verá nos próximos dias, mesmo que isso signifique que vai me ajudar a encaixotar minhas coisas. E obviamente visitaremos um ao outro muitas vezes. E então ele vai me puxar em sua direção para um abraço e...

– Quem sabe? – ele dá de ombros. – Talvez o colégio Mothston faça uma reunião de dez anos de formatura. Então você voltará de suas viagens, casada com um bonitão australiano e com um monte de filhos.

– Sim, talvez – dou uma risada baixinha. – Mas você será diretor em algum lugar e estará ocupado demais com sua própria escola para voltar para a nossa.

– Talvez.

Pego sua mão entre as minhas e nos encaramos por cerca de sete segundos, antes que ele se afaste e tire o cabelo molhado do rosto. Então ele começa a puxar um fio solto da toalha, parecendo tão constrangido quanto me sinto, eu murmuro um último adeus e vou embora, fechando a porta atrás de mim.

Só depois que desço as escadas e saio pela porta da frente é que as lágrimas começam a cair. Não sei quando ou se verei Alex Tyler novamente, mas uma coisa que sei é que mal posso esperar até estar o mais longe possível de Mothston.

Capítulo 2

ALEX
Janeiro de 2010

ONOMATOPEIA.

Viro para a classe e pergunto aos alunos do sétimo ano o que a palavra no quadro significa. Oito mãos se erguem. Os suspeitos de sempre.

– Sim, Isabella?

– Onomatopeia é uma palavra que soa como a coisa que ela descreve – ela se voluntaria, como se estivesse lendo um livro. – Como *bang!* ou *splash!*

– Muito bem – digo respeitosamente. – Alguém mais consegue pensar em outro exemplo de onomatopeia?

Desta vez, evito os olhares ansiosos e, em vez disso, busco contato visual com os garotos menos emergentes.

– Jack? – digo, esperançoso.

Jack Couchman é o mais próximo que temos de um baderneiro no colégio Mothston, embora recusar-se a enfiar a camisa para dentro da calça e algumas respostas malcriadas sejam o pior que ele faz. Nos últimos anos, com frequência me peguei desejando que as crianças tivessem mais entusiasmo pela rebelião. Torço para pegar um dos meus alunos do nono ano fumando maconha no beco atrás do edifício de tecnologia ou descobrir um vandalismo de menor importância em algum dos computadores da escola. Não que eu tenha feito alguma dessas coisas quando era aluno aqui, sentado na carteira que agora pertence a Isabella Smart.

– Que tal vulva, professor? – diz Jack, balançando uma caneta esferográfica entre dois dedos. A minoria que raramente levanta a mão ri em aprovação, e deixo Jack ter seu momento de fama. Ele não é um problema se você corta um pouco de suas asas de vez em quando. Além disso, meu coração não está realmente nos rudimentos da linguística nesta tarde. Estou nervoso por hoje à noite. – Por que fazemos isso, professor? – questiona Jack, quando as risadinhas diminuem. – Tipo, por que precisamos saber sobre onomato-sei-lá-o-quê?

Espio pela janela em busca de inspiração, mas é um daqueles dias em que até o homem do tempo tem dificuldade de descrever: nem chuvoso nem ensolarado, não está frio nem particularmente agradável para a época do ano. Perdi a conta das vezes ao longo dos últimos seis anos em que fui perguntado sobre por que estamos fazendo algo, e ainda assim não pude pensar em uma resposta mais satisfatória do que "para passar nas provas". O que, diga-se de passagem, é o que a maioria dos alunos do colégio Mothston jamais teria com que se preocupar, mas ainda assim...

Quando eu costumava sonhar em ser professor, me imaginava como um daqueles caras inspiradores que vemos nos filmes – uma mistura do treinador Carter, de *Treino para a Vida*, com John Keating, de *Sociedade dos Poetas Mortos*. Mas, de algum modo, não consigo imaginar Samuel L. Jackson ou Robin Williams se envolvendo em uma discussão sobre onomatopeias. Ou sobre vulvas, pelo que me consta.

Cinco horas após o último sinal da semana, caminho até a estação de trem de Mothston, onde as persianas do café que antigamente era de propriedade de Sue, amiga da minha mãe, estão fechadas. Sue tinha um problema nervoso que tornava administrar um negócio desse tipo um assunto estressante, e depois de um ataque de nervos ela vendeu o café e tornou-se cabeleireira. Minha mãe a convidava para praticar nos nossos cabelos na cozinha de casa, como se eu precisasse de qualquer ajuda para repelir mulheres.

Passo pelo café, verifico o painel eletrônico para ver quando o próximo trem de York é esperado e me posiciono ao lado da bilheteria. É onde combinamos o encontro. Me pego tamborilando nervosamente os dedos nos quadris, então coloco as mãos no bolso enquanto olho para o teto de vidro e vejo que está repleto de cocô de pombo. Constelações aparecem diante dos meus olhos e me pergunto como nunca notei este universo fecal antes. Estou exatamente pensando que é como olhar as estrelas quando uma sombra obscurece minha vista.

É ela: Fiona. Meu primeiro encontro pela internet. Está vestida com jeans colado e um casaco com cinto. Ela usa uma franja marcada que faz com que pareça o tipo de mulher que tem alguma coisa interessante para dizer.

Sei como isso soa: encontro on-line. A única razão pela qual me cadastrei no mês passado foi porque comecei a me perguntar como conseguiria uma namorada em uma cidade na qual cada mulher disponível conhecia minha história de vida, incluindo a adolescência, quando certa vez tive uma ereção durante a aula de educação religiosa. Não tive uma ereção durante a aula de educação religiosa – minha calça de veludo cotelê nova amassou na virilha. Mas assim que Dean Jones gritou "Alex Tyler está de pau duro", fiquei com a fama.

Então, aqui estou, segurando a porta para Fiona, enquanto entramos no The White Horse.

– Você é muito bonita – digo para ela, mas ela não percebe o elogio.

Escolhi o The White Horse porque é um daqueles pequenos pubs exóticos com bugigangas penduradas nas vigas e, mais importante, vários cantos tranquilos em que você pode conhecer alguém sem ser bisbilhotado pelos moradores locais.

– Alex! – interpela uma voz de meia-idade quando nos aproximamos do bar, uma voz que imediatamente atribuo ao Rod, amigo do meu pai. Ele coloca sua caneca no bar, examina Fiona, e me dá uma piscadela de aprovação tão sutil quanto as calças de David Bowie em *Labirinto A magia do tempo*.

Envergonhado, pago uma garrafa de vinho tinto e me desculpo com Fiona, enquanto nos acomodamos em uma mesa no salão dos fundos, vazio.

Há dois tipos de cidades nesta parte do norte da Inglaterra: aquelas que são famosas por algo (bolos, um programa de TV ou um forte apoio ao Partido Nacional Britânico) e aquelas que não são. Mothston é do último tipo, e a única razão pela qual as pessoas vivem aqui é porque sempre viveram. Como Rod e eu.

Eu não era daqueles que mal podia esperar para ir embora enquanto crescia, mas também não pretendia ficar tanto tempo. Minha mãe morreu um pouco antes do meu último ano do ensino médio, quando começava a escolha de universidades, e eu não quis abandonar meu pai.

– Em breve você lerá sobre mim aqui – ele me disse quando mencionei que estava pensando em ir para a Universidade de Exeter. Ele olhava a seção de obituários no jornal local naquele momento. Quando perguntei se conseguiria o *Herald* em Exeter, ele se retirou para o quarto com um frasco de Diazepam, e acabei escolhendo York em vez de qualquer outra.

Graduei-me quatro anos mais tarde e, embora meu pai estivesse longe dos comprimidos, eu sabia que ele não podia cuidar de si mesmo. Então me candidatei a um emprego no colégio Mothston.

Eu costumava me ressentir com ele, culpá-lo pelas coisas que nunca fiz, mas conforme fiquei mais velho, fiquei mais capaz de imaginar como deve ter sido para ele perder a pessoa que mais amava no mundo. Não me surpreende que tenha perdido o rumo.

Decido não compartilhar minha história de vida com Fiona neste estágio e, em vez disso, nos sentamos e permitimos que o primeiro gole de vinho tome conta de nossas gargantas enquanto quatro caras vestindo camisetas de futebol entram no pub. Reconheço-as com as cores da Leeds United – meu pai costumava comprar ingressos para a temporada toda.

– Você não gosta de futebol, gosta? – Fiona desaprova, a palavra "futebol" sai repleta de desdém, como se estivesse falando sobre Hitler, pedofilia ou Piers Morgan.

– Na verdade, não – respondo, com um sorriso conciliador. Minhas tardes de sábado eram passadas no sofá, lendo os clássicos da literatura e tomando chocolate quente com minha mãe.

– É pedir demais que você não goste?

– Não.

– Por que homens são tão obcecados por isso?

– Eu não sou.

– Meu ex só sabia falar disso. Arsenal isso, Arsenal aquilo. No fim, eu disse para ele: "sou eu ou o maldito Arsene Wenger".

– Quem ele escolheu?

– Arsene Wenger.

Fiona se recosta no assento, esfregando os braços como quem está com frio, e, antes de nos darmos conta, estamos no meio do nosso primeiro silêncio embaraçoso. É como um buraco negro – quanto mais fundo vamos nele, mais difícil é escapar.

– Então você gosta de ensinar? – ela tenta, e tomo um gole de vinho antes de responder.

Alguns professores dão aula porque se graduaram e não conseguem pensar em mais nada para fazer. E tudo bem. Alguns dos melhores professores que conheço fazem isso. Mas eu sou um dos outros, um dos ingênuos que acreditam que podem fazer a diferença.

Fiona enfia dois dedos na boca, na direção das amídalas, quando explico isso, e percebo o quanto isso é clichê, mas é como você pensa quando tem vinte e dois anos.

– Tudo bem – digo, para nos catapultar de outro vácuo cosmológico. – Você mencionou em seu perfil que adora ler. Que livro levaria a uma ilha deserta?

– *Como Fazer Amigos e Influenciar Pessoas* – ela dispara sem pensar, e tento não parecer surpreso.

– Por que você precisaria disso em uma...?

– Você realmente deveria ler se quer fazer a diferença na escola – Fiona toma o resto de seu vinho. – Ou fazer o que fiz: começar um negócio de impressão. Cento e vinte mil libras: foi meu volume de negócios no último ano.

Eu estava esperançoso com esta noite. O site disse que éramos compatíveis, e nossas mensagens eram frequentes e longas. Mas até agora nosso encontro parecia um passarinho no ninho, batendo as asas desesperadamente enquanto tenta levantar voo pela primeira vez.

Cada um de nós lança um sorriso mudo para o outro lado da mesa, então sugiro pedir a comida para nos ajudar a relaxar. Primeiro ela quer um cigarro, que fuma como se estivesse recordando algum momento difícil do passado: exalando de lado através dos lábios apertados, olhos desafiadores enquanto encara cegamente as janelas da loja vazia que costumava ser a Woolworths. Preencho o silêncio perguntando se ela tem um "tipo" e descubro que seu homem ideal tem perto de um metro e noventa de altura (eu estou mais próximo de um e oitenta), cabelos escuros e curtos (escuros, mas caindo sobre as orelhas), corpo tonificado (o meu não é), bem-sucedido (ainda moro com meu pai) e se dá bem com os amigos dela (não tenho certeza se algum dia chegarei a conhecê-los).

Escuto pacientemente enquanto ela transmite a lista de qualidades a serem preenchidas. Pessoalmente, só quero encontrar alguém atraente, que queira fazer algo com sua vida e que entenda meu senso de humor. É pedir demais?

Fiona apaga o cigarro com uma torcida do pé, enquanto o som metálico de vidros quebrados assinala problemas nas proximidades.

– As classes trabalhadoras, hein? – brinco.

– Sou da classe trabalhadora – diz Fiona, interpretando completamente mal meu tom de voz e acabando com qualquer esperança remanescente que eu tinha de que aquilo pudesse ser o início de algo.

Permito que uma ideia maldosa cresça em minha mente, uma ideia em que aperto o passo antes de acelerar até sair em disparada. Corro sem olhar para trás, o ar frio do fim de janeiro combatido pelo calor da alegria que sinto por ter escapado.

Quase cheguei em casa quando o garçom me oferece um cardápio. E é quando Fiona e eu cruzamos o horizonte de eventos do nosso último buraco negro – o ponto a partir do qual não há retorno.

– Quando você vai aprender que ninguém mais vai a encontros? – zomba Kev, enquanto me aproximo do fim da minha história.

– Ainda tem mais – digo com um sorriso cansado. Recordo que assim que chegamos ao restaurante Fiona declarou que era vegetariana.

Kev coloca a cerveja na superfície gasta de mármore e tosse na palma da mão direita.

– E daí?

– Daí, quando pedi um filé, ela me mandou escolher outra coisa.

– Ah, ela *mandou*?

– Sim, e sugeriu lasanha de espinafre.

– O que você fez?

– Mudei meu pedido – espero que sua boca se abra de desprezo. – Pedi um churrasco em vez disso.

Não compartilho seu "toca aqui", mas não porque tenha objeções ao gesto (embora eu jure que Kev certa vez me castigou com um soco no braço por tentar isso na escola). São os germes que ele acaba de depositar na palma da mão. E o fato de que não me sinto muito no clima de comemorar.

– Quem pagou a conta? – ele pergunta.

– Eu.

– E quanto deu? Cinquenta libras?

– Um pouco mais.

– Isso é você personificado, é isso. Sempre um pateta no que se refere às mulheres.

– Como uma pessoa pode ser perso... – desisto. Uma ex-namorada me ensinou que você precisa ter pelo menos cinquenta anos para poder corrigir o inglês de uma pessoa fora da sala de aula. É quase o suficiente para me deixar animado com a meia-idade.

– De qualquer modo, o que quer dizer com "ninguém mais vai a encontros"? Como se encontra uma namorada?

– Ah, você trepa, Alex. Trepa e então trepa novamente. E se ainda for divertido depois da quinta vez, ela é sua namorada.

– Isso parece sexo casual para mim.

– Você alguma vez teve sexo casual, Alex?

– Não, e nem terei...

– Bom, então não abre a maldita boca para falar sobre sexo casual.

Por que eu ainda aguento o Kev? Por que ainda venho ao The Lion todo sábado à tarde? Bom, provavelmente porque não há mais nada para fazer em Mothston. Éramos três antigamente, mas Rothers entrou em um retiro social quando ficou noivo.

A perspectiva era mais animadora para Kev há alguns anos, quando sua careca era voluntária e não dava para apoiar uma cerveja na sua barriga. E eu? Ainda durmo no mesmo quarto em que costumava pendurar pôsteres da tabela periódica. Acho que estive esperando alguém com quem dividir uma hipoteca e, agora, estou preso em um paradoxo: sem namorada, sem chance de conseguir pagar uma casa; sem casa, menos chance de arrumar uma namorada.

Kev amassa o copo vazio e o balança perto do meu rosto, e quando volto com bebidas, percebo que meu pai apareceu de algum lugar e está posicionado perto de Kev, a inquietação perturbando sua postura. Ele pergunta como foi meu encontro, ainda que eu não tenha mencionado isso para ele. Kev dá de ombros, como se dissesse "não olhe para mim".

– O que você está fazendo aqui? – pergunto, mas em vez de responder ele coça a palma da mão, alternando o olhar entre mim e a mão. Depois de um tempo, dá uma golfada de ar úmido, prende a respiração por um segundo e, ao exalar, anuncia que está vendendo a casa.

– O que quer dizer com vendendo a casa? – e dou uma gargalhada.

– Comprei um barco.

– Você comprou um barco? – agora estou rindo. Isso é obviamente algum tipo de pegadinha orquestrada entre esses dois. Espero que uma equipe de TV se revele em um segundo.

– Uma casa-barco.

– Eu não posso viver em um barco.

Kev se recosta e cruza os braços, saboreando o drama que se desenrola.

– Levarei alguns meses para vender a casa, então não é como se você fosse ficar na rua.

Eu o encaro, incrédulo.

– Sobre o que você está falando? Desde quando quer viver em uma casa-barco?

– Sua mãe e eu costumávamos falar muito sobre isso. Eu estava esperando você sair de casa, mas, bem...

Estava esperando *eu* sair de casa?

Meu pai me dá um sorriso que interpreto como indulgente, como se ele não tivesse maus sentimentos por eu ter roubado seu sonho todos esses anos.

Mil palavras de indignação entalam em minha garganta. Ninguém diz uma palavra por um minuto ou dois até que Kev bate as duas mãos na mesa.

– Já sei! – ele diz, voltando-se animado para mim. – A resposta para todos os seus problemas. Você devia se mudar para minha casa. Meus pais não pretendem voltar da ensolarada Espanha. Podemos dividir o aluguel, transformar o lugar em um legítimo apartamento de solteiros. O que me diz, cabeção?

Capítulo 3

HOLLY

– Olá, sua imensa, triste e velha senhorinha dos gatos.

Entre todos os cumprimentos de aniversário que já recebi, esse não é O mais amigável. Mas vem de Jemma, e se eu tomasse como ofensa cada coisa ofensiva que ela diz, eu pareceria o tempo todo o cara na ponte na pintura *O Grito*.

– Só mais um ano até 3.0, hein? Eu odiaria ser você – ela prossegue com seu sotaque marcado de Glasgow, dando de ombros com a jaqueta jeans. – Mas o que está fazendo aqui? Só vamos começar a trabalhar daqui a quarenta e cinco minutos.

– Estou sempre aqui nesta hora. Você que nunca está aqui para ver. Falando nisso, o que você está fazendo aqui? Tipo, assim, tão CEDO.

– Vim decorar sua mesa com balões, e aquelas coisinhas de "feliz aniversário" que você vai encontrar em todos os buracos pelas próximas semanas.

– Deus lhe abençoe – digo, embora esteja me encolhendo por dentro.

– Não me abençoe; deixei as decorações no metrô por acidente.

– Não se incomode. É a intenção que vale.

Por mais que a ame, graças a Deus Jemma não chega neste horário todos os dias. Adoro a primeira hora antes que todos cheguem – posso adiantar meu trabalho sem distrações. Em geral, Melissa está aqui cedo também, mas ela não é dada a conversas fiadas.

– Não acredito que meu chefe está em uma reunião na única manhã em que chego cedo – Jemma faz beicinho na direção da porta de Martin Cooper. – Eu teria ganhado pontos com o brownie... juro que ele pensa que sou uma porcaria de secretária.

Ela é uma porcaria de secretária, mas deixo passar.

– Vou mandar um e-mail para ele, então, para que saiba que estive aqui – ela começa a digitar no teclado. – E o seu chefe... ele já chegou?

Como se tivesse sido combinado, Richard Croft sai de seu escritório.

– Bom dia, senhoras. Você está bonita, Jemma... fez algo diferente com o cabelo?

– Na verdade, estou experimentando xampu e condicionador novos – ela diz efusivamente, jogando os cabelos com luzes por sobre o ombro. – Que gentil da sua parte notar.

– Sem problema. Holly, quer entrar para uma reunião rápida?

Richard está quase na porta de sua sala quando Jemma exclama:

– É aniversário da Holly, por sinal. Se quiser lhe dar um beijinho de aniversário ou algo do tipo.

– Ah, sim. Hum, parabéns, Holly – Richard para por um milésimo de segundo, então caminha até minha mesa e me dá o beijo na bochecha mais rápido da história antes de voltar para sua sala.

– Ah, obrigada – murmuro para suas costas desaparecendo.

– Hols, você está vermelha – Jemma ri, assim que ele se vai. – Cara, vou fingir que é meu aniversário amanhã e conseguir um beijo de Richard Croft.

– Espero que engasgue com seu croissant – digo a ela com carinho, e então sigo para a sala de Richard.

– Bem, aquilo foi estranho – ele diz quando fecho a porta.

– Caramba, eu sei... desculpa pelo que ela fez. Aliás, aquele foi o beijo de aniversário mais mixuruca do mundo. Posso ganhar um de verdade agora, por favor?

Richard se levanta, rindo enquanto me segura pela cintura com uma mão e coloca a outra na parte de trás da minha cabeça. Ele começa com toques leves e pequenos nas laterais da minha boca. Seus lábios ficam mais cheios e mais firmes quando alcançam os meus, e é basicamente um ponto sem retorno – estamos subindo vertiginosamente a escala Richter de entrega apaixonada.

De repente, percebo que o beijo acabou, mas ainda estou parada ali com os olhos fechados, sem dizer nada. Estou excitada. É melhor dizer algo antes que ele pense que morri.

– Obrigada novamente pelo meu presente. Eu adorei – digo para ele, repousando as palmas das mãos em seu peito firme. Ele me levou para jantar na noite passada e me deu uma bolsa Mulberry preta de couro macio. É a bolsa mais cara que já tive. De longe. Mesmo se todas as minhas bolsas anteriores se reunissem e atacassem, ainda não seriam páreo para ela. Parte de mim acha que devo mantê-la no guarda-roupa, na embalagem em que veio, para que nunca estrague, de tão linda que é, mas não quero que Richard pense que não gostei dela.

– Não há de quê, querida. De qualquer modo, tenho uma reunião de apresentação para um cliente com Martin esta tarde, então queria desejar feliz aniversário enquanto tinha chance.

– Obrigada. Você devia ter me acordado aí eu teria vindo com você.

– Mas você parecia tão linda dormindo ali. Não quis despertá-la – ele coloca meu cabelo atrás da orelha e me beija na testa. – Além disso, verifiquei com seu chefe e ele concordou que você merecia dormir até mais tarde no seu aniversário. Tem trabalhado duro; não teríamos conseguido terminar a apresentação se não fosse por você. Este lugar desmoronaria sem você, sabe disso. Eu disse isso para Martin ontem.

Faço um sinal desdenhoso com a mão e sorrio timidamente.

– É verdade – ele diz. – Quero que ele perceba a sua importância. Não deixe que ele prenda você ao papel de secretária.

Arrumando a gravata de seda azul Hugo Boss, ele se senta atrás da mesa.

– Tem certeza de que não consegue sair essa noite? – pergunto de forma casual, arrumando meu vestido envelope azul-marinho.

– Querida, eu realmente gostaria de poder. Mas não pude dizer não ontem, quando Martin me pediu para trabalhar até mais tarde com ele... eu não podia explicar por que não podia. Sinto muito.

– Tudo bem – digo rapidamente. – É que Leah, Rob e Susie estão morrendo de vontade de conhecer você. E Susie vai levar seu novo namorado para nos conhecer também – e não acrescento que não estou ansiosa para segurar vela no meu próprio aniversário.

Eu sei. Estou arrasado por não poder estar lá.

– De verdade, não tem problema. Haverá outras oportunidades.

Nove meses de relacionamento, e ele ainda não conhece minhas duas melhores amigas. Pelo menos elas sabem sobre nós. Ninguém mais sabe. Esse é o problema de manter o nosso relacionamento por baixo dos panos. Mesmo assim, suponho que a discrição seja melhor do que contar para todo mundo e tornar a relação um grande clichê "chefe transando com secretária" aos olhos de todo mundo.

Não é nada disso. Ele não é casado e isso não é UM CASO – éramos ambos solteiros quando ficamos juntos pela primeira vez.

Ele não é VELHO nem TARADO. Tem trinta e cinco anos, está em boa forma e só me toca de forma inapropriada quando é apropriado.

Não estou tentando escalar novos postos na POSIÇÃO HORIZONTAL. Mesmo que Richard sempre me encoraje a me esforçar para crescer na empresa, gosto de ser sua secretária – formamos uma boa equipe. A única razão pela qual concordamos em manter isso em segredo quando ficamos juntos foi porque não queríamos que as pessoas interpretassem mal a situação. E toda essa coisa secreta tem sido um tanto quanto excitante.

Então, se pensar bem, nossa situação não tem em nada as características de um grande clichê. Tem mais os elementos de uma clássica história de amor.

Garoto conhece garota. Garota se apaixona por garoto. Garoto se apaixona por garota, mesmo não devendo, e juntos eles superam os obstáculos da vida para ficarem juntos contra todas as probabilidades.

Só falta saber se vamos viver felizes para sempre.

Todos já estão em suas mesas agora, e volto para um coro de "parabéns, Holly", "parabéns, Hols", "toca aqui, velhota!" (Danny) e "pessoal, silêncio" (Melissa). Pego meu bloco e começo minha lista de tarefas.

Amo essas listas de tarefas. Algumas pessoas se divertem comprando sapatos, comendo rosquinhas ou no Facebook. Eu me divirto escrevendo as coisas que preciso fazer, e depois riscando-as quando estão feitas. Eu faço isso desde a época da faculdade. Leah e Susie costumavam zombar disso. Revezavam-se para acrescentar coisas na minha lista quando eu não estava olhando, como "limpar o banheiro", "fazer o chá das minhas colegas" e "ter uma vida".

Ligo para o restaurante para mudar a reserva do jantar desta noite de seis pessoas para cinco, então corro a caneta com satisfação em LIGAR PARA O RESTAURANTE no momento em que o corpo de um metro e noventa e cinco de Martin Cooper faz uma sombra sobre a mesa de Jemma e da minha.

– Olá, marinheiras – ele ressoa. – Jemma, posso bater um papo com você no meu escritório?

Ele desaparece atrás da porta de madeira e da placa com seu nome, enquanto Jemma procura um bloco de notas entre sua pilha de tranqueiras.

– Ok, estou indo – ela diz. – Mas se ele algum dia tentar bater mais que um papo, vou chamar o RH.

Já risquei mais três itens da minha lista quando Jemma reaparece, e Danny gira sobre si mesmo em sua cadeira giratória

– Tudo bem, Essex? – zomba Jemma.

– Olá, Escócia – ele replica, fracassando na tentativa de imitar o sotaque de Jemma. – Tenho uma pergunta para vocês, senhoras. Preferiam perder um dedo da mão ou do pé?

– Muito fácil – Jemma diz. – Um dedo do pé. O pé está escondido a maior parte do tempo, e as mãos estão à mostra quase sempre.

– Além disso, onde você vai encontrar uma luva com quatro dedos? – acrescento, sem levantar os olhos do computador. – As meias, por outro lado, não separam seus dedos, então não faz diferença.

Danny assente, satisfeito.

– Está certo. Bons argumentos, muito bom.

Gostamos de Danny, apesar do fato de ele terminar toda terceira sentença com "sabe o que quero dizer?", mesmo que nada do que diga seja remotamente ambíguo.

– Ok – Jemma diz. – Vocês preferiam nunca mais ter um orgasmo ou nunca mais dar um orgasmo?

– Ter – digo.

– Dar – Danny diz ao mesmo tempo.

– Egoísta – digo.

– Mentirosa – ele diz ao mesmo tempo.

Não estou mentindo. Não que seja algo com o que preciso me preocupar com Richard. Ele continua tentando até eu chegar lá, mesmo que leve a noite toda. Algumas vezes, parece que leva. Eu costumava ser assumidamente contrária às mulheres que admitiam fingir orgasmos, mas há pouco tempo aprendi que algumas vezes é simplesmente necessário. A verdade é que nem sempre chego lá. Não quer dizer que eu não curta. E Richard é o primeiro cara com quem estive que não aceita isso, o que é muito legal da parte dele. Mas também é um pouco inconveniente algumas vezes.

É claro que dizer tudo isso para Danny seria espetacularmente inapropriado. De todo modo, ele acaba de voltar para sua mesa, ao mesmo tempo em que as portas de Martin e de Richard se abrem simultaneamente.

– Hora de engolir sapo – Martin explica, como uma forma de despedida.

– Aproveite o restante do seu aniversário, Holly – acrescenta Richard, com uma piscadela secreta que me dá arrepios. – Saia um pouco mais cedo se quiser.

– Obrigada, Richard – respondo em um tom de voz que, espero, seja educado e amigável o bastante para mostrar a quantidade adequada de respeito pelo meu chefe, mas que de forma alguma implique que alguma vez já o amarrei na cama com aquela gravata azul Hugo Boss.

É uma linha tênue.

– Razão número noventa e quatro pela qual seu chefe é melhor do que o meu – Jemma lamenta enquanto observa-os partir.

– Sim... legal da parte dele me deixar sair mais cedo.

– Claro, isso também. Eu estava falando daquela bunda.

Sigo com minha lista até 16h, quando vejo algumas pessoas se reunirem ao redor da minha mesa com falsa sutileza. Estão claramente esperando que o bolo apareça para que possam cantar *Parabéns*. Odeio isso. É tão constrangedor. Demonstro que percebi a presença deles e aparento esperar o bolo ou finjo que não percebi? Por fim, eles começam a cantoria, e posso assoprar as velas.

– Desculpe, não é do nosso padrão normal – Jemma diz enquanto coloca uma fatia de bolo de chocolate perto do meu teclado. – Mas teria sido errado pedir para você fazer seu próprio bolo, então tivemos que encomendar um.

Em geral, eu fazia os bolos nos aniversários dos colegas. Foi no aniversário de vinte e três anos de Danny, logo depois que comecei na Hexagon Marketing e me contaram sobre a ridícula tradição das pessoas trazerem o bolo no PRÓPRIO aniversário. Então me ofereci para fazer o dele. E assim, sem querer, me tornei a tia do bolo. Agora as pessoas me mandam e-mail dizendo como querem e fingem surpresa quando Jemma apresenta os bolos para elas.

– Hummm... está ma-ra-vi-lho-so – declara Melissa, jogando o guardanapo no lixo e limpando as migalhas da mesa, parecendo tão maravilhada quanto alguém ao ouvir o homem do tempo anunciar que vai chover no inverno. Jemma estremece. Nunca notei, até Jemma comentar, que Melissa só expressa emoções vocalmente, sem jamais registrar isso no rosto.

– Mais? – Jemma pergunta, assim que termino minha fatia.

– Não, obrigada, querida.

Ela corta uma segunda fatia caprichada para si.

– É por isso que você veste trinta e oito e eu não.

Não é verdade. Tem mais a ver com a academia três vezes por semana. Na verdade, nunca me exercitei até que comecei a universidade, e não pode ser coincidência que foi quando tudo começou a encolher. Até o meu bumbum – já se foram os dias em que era possível parar o trânsito com ele. De qualquer modo, do jeito que Jemma fala parece que ela veste cinquenta, em vez de quarenta e dois. Ela me disse, durante o almoço no meu primeiro dia de trabalho aqui, que começaria uma dieta amanhã, e vai começar amanhã desde então.

– Posso me dar ao luxo de comer hoje – ela diz, lambendo os dedos. – A dieta começa amanhã.

Quando o último comedor de bolo retardatário se dispersa, volto ao trabalho e consigo terminar tudo o que é urgente às 17h em ponto, momento em que Jemma salta da cadeira.

– Certo. Pegue seu casaco... vamos sair. Você trabalhou demais. Posso resolver isso. Mas pegue seu casaco... vamos para o pub.

– Não posso.

– Claro que pode. Seu chefe permitiu e o meu jamais saberá.

– Preciso alimentar Harold – como Richard ia ao meu jantar de aniversário, não contei nada para Jemma, apesar de querer convidá-la. Somos amigas desde minha segunda semana aqui, quando lhe ajudei a se arrumar para um encontro de última hora com minha chapinha portátil e a maquiagem que guardo na gaveta. O relacionamento não durou uma semana, mas nossa amizade se solidificou, e desde aquela época ela regularmente se aproveita dos meus recursos de embelezamento.

– Vai correr para casa para alimentar seu gato retardado?

– Harold está parcialmente cega, Jem, não é retardada.

– E depressivo.

– Sim. E acho que possivelmente bulímica.

– Então, qual o sentido de alimentá-lo?

– Alimentá-LA – quando Harold apareceu pela primeira vez na porta dos fundos de casa, pensei que fosse um macho e lhe dei um nome masculino. – Bem pensado. Mesmo assim, preciso ir... sinto muito, Jem.

– Tudo bem – ela murmura, um pouco ofendida. Então bufa, e acho que ela está exagerando um pouco, até que percebo quem se aproxima da minha mesa.

– Já vai, Holly? – Melissa diz, gentilmente. – Caramba, invejo vocês, garotas, que podem ir mais cedo para casa. Não que eu as culpe. Gostaria de não ter tantas responsabilidades e poder fugir neste horário. Aproveitem!

Estupefata demais para recordá-la de que trabalho até mais tarde todas as outras noites, observo enquanto ela se afasta.

Jemma simplesmente faz um sinal malcriado com a mão.

Volto para casa e alimento Harold – que está claramente aborrecida porque vou sair de novo – antes de ir até a esquina encontrar meus amigos no Blackheath Village.

Localizo-os quando escuto aplausos, assim que entro no pequeno restaurante italiano. Há uma mesa de seis lugares no canto – as garotas estão sentadas de um lado, os garotos do outro. Coloco minha bolsa na cadeira de frente à minha e cumprimento cada um com um beijo.

Capítulo 4

ALEX

O senhor Henderson estende o braço pela escrivaninha para pegar o envelope da minha mão, rompe o lacre com o indicador e lê o contúdo com uma expressão imutável. Assim que termina, arqueia o peso de volta à cadeira.

– Londres, hein? – diz jovialmente.

Lembro-me da minha primeira manhã como professor do colégio Mothston – um ex-aluno, como o senhor Henderson.

– Veja como você chegou longe – ele pronuncia sem ironia. Neste momento estou informando que não retornarei após as férias de primavera, e ele parece dividido. É um golpe no meu ego.

Refletindo sobre os últimos meses, percebi que não foi o anúncio do meu pai de que venderia a casa que finalmente me levou a deixar Mothston. Foi meu encontro com Fiona e a pergunta dela: "você gosta de ensinar?" Sem querer, ela me fez recordar do motivo pelo qual me tornei professor. Ao longo dos dias que se passaram, ficou mais claro para mim que "o pássaro no ninho que não podia voar" não era apenas a história da nossa noite juntos – era a história da minha vida. Na escola, eu estava desesperado para chegar ao ensino médio, mas no ensino médio só pensava na universidade. Quatro anos mais tarde, terminei minha formação como professor e pensei que minha vida estava realmente começando. Eu encontraria a mulher dos meus sonhos e ensinaria gerações de crianças a amar Shakespeare. Foi só durante meu triste encontro com Fiona que percebi que desperdicei anos da minha vida esperando por algo que eu pensava que chegaria em breve.

De repente, soube que precisava deixar Mothston, a incubadora dos meus sonhos fracassados. E então comecei a procurar empregos em Oxford, Leeds e Londres.

– Tem algo diferente nessa outra escola – expliquei para o senhor Henderson. – É em uma área carente e...

– Sua chance de mudar o mundo? – ele tira os óculos, limpando-os com a parte interna do blazer antes de recolocá-los no rosto. – Você lembra muito sua mãe.

Nenhum de nós preenche o silêncio que se segue, e é como se alguém tivesse apertado o botão de pausa na nossa conversa enquanto nos lembramos dela; um silêncio capaz de condensar dias, semanas ou mesmo anos em poucos segundos. Minha mãe era vice do senhor Henderson até lhe oferecerem a diretoria em uma escola para crianças com necessidades especiais perto de York. Com frequência, ele relembra como ela organizou uma campanha para arrecadar fundos e impedir que a nova escola fosse fechada quando todos lhe diziam que era um caso perdido. Como se eu precisasse ser lembrado. Juro que ainda tenho bolhas nas mãos de confeccionar os cartazes sobre o piso da cozinha.

Não posso deixar de me perguntar o que minha mãe faria com tudo isso. Minha primeira lembrança é dela explicando que sempre que nosso sensor de alarme piscasse na sala de estar era o Papai Noel verificando se eu estava me comportando. Então, quando criança, sempre tive a sensação de estar sendo observado, e isso continuou por muito tempo depois que parei de acreditar no Papai Noel.

Quando minha mãe morreu, ela se tornou a pessoa que me observava, por mais bobo que isso pareça, e sei que ela me incentivaria a não hesitar agora, mas daria qualquer coisa para falar sobre tudo isso com ela. A coisa que me deixa mais triste quando penso nela é que eu a conheci apenas como uma criança conhece a mãe, e não como adulto; não como o senhor Henderson a conhecia. Como ela era como colega de trabalho? Como ela era depois de alguns drinques? Nunca saberei.

– Estou feliz por você – disse o senhor Henderson. – Muitas vezes penso que gostaria de ter me mudado também.

Tento esconder minha surpresa. Suponho que cada geração presuma que os mais velhos jamais tiveram ambição real, como se os sonhos tivessem sido inventados no dia em que *eles* nasceram.

Antes que eu possa perguntar ao senhor Henderson o que o segurou em Mothston, a secretária da escola bate na porta para relatar um incidente na biblioteca.

– Aproveite cada chance que tiver na vida – conclui o senhor Henderson, ficando em pé. – Algumas coisas só acontecem uma vez.

Não estou animado apenas com o Whitford High, minha nova escola, também estou animado com Londres: o Museu de História Natural, os Reais Jardins Botânicos de Kew, o West End, Shakespeare no Globe Theatre. Duvido que vá ter tempo para encontros on-line.

Kev afirmou que eu não duraria dois minutos fora de Mothston. Acho que esse era o jeito que ele tinha de dizer que sentiria minha falta. Ainda estou decidindo se o sentimento é mútuo. Acredito que se pode ter dois tipos de amigos na vida: aqueles com quem mantém uma relação porque vocês gostam das mesmas coisas e têm uma perspectiva semelhante – espero encontrar pessoas assim em Londres – e há aquelas amizades cujas fundações estão na história e nas circunstâncias. Kev é desse último tipo e, embora eu o ame muito, não tenho certeza se gosto muito dele.

Mesmo assim, foi gentil da parte dele me ajudar a encontrar uma pessoa para dividir o apartamento, mesmo que logo tenha ficado nervoso quando vetei pessoas que postavam anúncios on-line por parecerem muito moleques, muito bagunceiros ou muito boêmios.

– Ah, você sabe que quem quer que vá morar com você vai achá-lo muito obsessivo, muito nerd e muito analítico, não sabe? – ele questionou, assim que arrumamos a terceira e última possibilidade em Deptford, perto da minha nova escola.

E aqui estamos nós, embarcando no metrô em King's Cross depois de decidir não dirigir pela capital.

– Ah – ele diz preocupado. – Você não vai começar dizendo "Deus o livre" e "tudo azul, cara", vai?

Levanto as sobrancelhas na direção dele:

– Não, a menos que você comece dizendo "da hora" e "e aí, bro".

Observo os outros passageiros do vagão: um amontoado de turistas chineses, um adolescente vestido como um modelo da Topman e um skinhead com um piercing no septo nasal. Ninguém faz contato visual, e absorvo o anonimato com alívio.

– E aí, bro – diz Kev, apontando com a sobrancelha para o skinhead. – O cara parece um pouco com Bobby Shepherd.

Bobby Shepherd era um cara prematuramente careca que ficara ofendido quando ganhei uma bicicleta nova com mais marchas que a dele no meu aniversário de quatorze anos. Uma tarde, ele esperou fora do portão da escola com Dean Jones e eu teria sido massacrado se Kev não tivesse interferido, chamando o Bobby para uma conversinha. A visão da garganta de Bobby sacudindo enquanto ele ouvia o que Kev lhe dizia ainda causa tremores de alívio em meu corpo, mas até o dia de hoje ele não revelou o que aconteceu entre eles.

– Prometi a Bobby que não abriria o bico – ele diz quando o questiono sobre isso mais uma vez agora.

– Isso foi há quatorze anos. Ele se alistou no exército e lutou em zonas de guerra. O Talibã é inimigo dele agora, não nós – Kev pondera.

– Considere isso como um presente de despedida – acrescento, e suas pupilas se expandem.

– Eu não preciso comprar algo para você?

– Não.

Kev olha para a direita e para a esquerda, por algum motivo desconfiado de bisbilhoteiros.

– Certo... bem, você sabe que o pai de Bobby foi preso?

Assinto.

– Sim, por assalto à mão armada.

– E como sabemos disso?

– Porque Bobby contou para todo mundo.

– Exatamente – Kev espera que eu adivinhe, mas dou de ombros, sem ter ideia do que ele quer dizer. – Vamos lá, o Bobby contou para todo mundo que o pai dele era um tipo de bandido perigoso... mas você não diria isso se na verdade ele estivesse preso por furtar velhinhas, diria?

Eu o encaro cético.

– É verdade. Meu tio Mick é guarda na prisão Wakefield, não é? Então, quando Bobby estava quase batendo em você, eu ameacei escrever o que sabia em cada lousa da escola.

Meu olhar de ceticismo é substituído por um de admiração.

– Nada de mais – conclui Kev. – Quero dizer, todo mundo tem um ou dois segredos, não tem?

– Fale por você mesmo.

Kev enfia o mindinho na orelha, inspeciona o material tirado e limpa no jeans.

– Desculpe, esqueci aquela vez em que minha mãe pegou você brincando com suas partes íntimas no nosso banheiro.

Lá vamos nós.

– Quantas vezes preciso dizer... pensei que tinha um caroço.

– Batendo uma punheta escondido, provavelmente.

Balanço a cabeça.

– Kev?

– Sim?

– Vamos ficar quietos um pouco, ok?

Primeiro vamos em um apartamento de segundo andar no centro de Greenwich. Eu dividiria com um ilustrador freelancer chamado Carl, que tem uma TV de plasma de 52 polegadas e parece baixista de uma banda indie.

Kev bate os nós dos dedos contra a parede do quarto.

– Reboco bom.

Um construtor desempregado nunca esquece o dever.

– Por que eu me importaria com isso? – digo, revirando os olhos para que Carl saiba que não deve me julgar por nada que Kev diga.

– Caso você queira pendurar um alvo de dardos.

– Não jogo dardos.

– Ah, só estou dizendo que, se quiser começar, o reboco é bom. Você não conhece ninguém aqui... precisará de alguma coisa para preencher o tempo.

É por esse tipo de absurdo que eu estava reticente em trazê-lo. Apesar disso, ele tem razão – precisarei de coisas para fazer por aqui. Estava pensando em começar um clube do livro na minha nova escola. E decidi comprar uma bicicleta.

– Há alguns pubs decentes aqui por perto – interrompe Carl, afastando a franja comprida e em diagonal dos olhos.

Kev dá um tapa nas minhas costas:

– Pronto, você não vai nem precisar de um alvo de dardos.

Assim que o tour está completo, nos despedimos e começamos a curta caminhada até nossa próxima visita.

– Isso vai ser muito legal.

– Não posso morar ali.

Kev para de repente:

– Por quê?

– Você não viu quando ele espirrou? – pergunto, seguindo em frente.

– Pelo amor de Deus! – Kev entende onde quero chegar.

– Não posso viver com alguém que não cobre a boca. É bactéria líquida voando a cem quilômetros por hora.

Kev olha maliciosamente para mim, como se, em vez de dar um argumento totalmente válido, eu tivesse acabado de confessar que tenho uma queda por usar roupas íntimas femininas.

Russell é nosso anfitrião no compromisso número dois. A primeira coisa que ele faz é apontar para a camiseta do Pink Floyd que Kev está vestindo.

– É um grande fã? – ele pergunta, e é como um motor de arranque para os dois.

Dez minutos mais tarde, ainda estamos no corredor, e eles ainda estão tentando superar um ao outro, se vangloriando da dedicação ao "Floyd". Russell vence. A esposa ameaçou se divorciar dele se ele visse a turnê The Wall no primeiro aniversário de casamento. Por isso, ele está à procura de um novo colega para dividir o local.

É só quando digo que estamos nos atrasando para nossa próxima visita que somos levados para conhecer o apartamento.

– Acho que nem precisamos ver o próximo, certo? – Kev conclui quando partimos.

Espero que ele pare de acenar e que Russell feche a porta.

– Ele tem um pôster quase em tamanho real de quatro homens na sala de estar, Kev.

– Não são *apenas* quatro homens, cara.

Talvez não sejam, mas é irrelevante. Pensando bem, a razão verdadeira pela qual não poderia viver com Russell não é a obsessão pelo Pink Floyd. É o medo de que nunca deixarei de ver Kev.

Nosso compromisso final é em Deptford, onde minha companheira de casa em potencial é uma comissária de bordo chamada Suzanne. Kev passa a língua pelo lábio inferior quando ela abre a porta, sem se deixar abalar pela maquiagem que se acumula nas dobras de seu nariz.

– Você se importaria se Alex tivesse um amigo que viesse uma ou duas vezes por mês? – ele questiona, e antes que eu possa protestar, Suzanne move os lábios maliciosamente.

– Vocês dois não são... – ela hesita – um casal?

Kev fica impaciente com a sugestão de que seja *gay*. Pessoalmente, estou mais afrontado pela ideia de que gosto dele.

– Olhe, Susan... – Kev interrompe.

– Suzanne.

– Desculpe. Aposto que pensou isso o tempo todo, hein?

– Na verdade, não.

– Bom, tanto faz – Kev se inclina na direção dela para confidenciar alguma coisa; Suzanne cruza os dois braços apertados contra o peito, como uma tartaruga retraindo-se para sua carapaça. – O Alex gosta de outro.

Permito que minha cabeça bata em minhas mãos.

– Mas espero que você e eu possamos nos conhecer melhor se ele mudar para cá.

– Oooook... – Suzanne desvia dele e nos leva até a sala de estar, com um tapete felpudo e uma espreguiçadeira moderna. O lugar é acolhedor e, baseado em nossa pequena conversa enquanto Kev vai ao banheiro, ela parece agradável. Posso nos imaginar organizando jantares, com *hors d'oeuvres* e sobremesas à base de canela.

Quando já estamos no trem para casa, Kev usa a parte de trás do recibo de duas garrafas de água para escrever uma lista de prós e contras:

Prós de viver com Suzanne
(segundo Kev)
1 – Ela parece safada
2 – Não tem problemas em receber amigos
3 – Bela casa
4 – Ela provavelmente tem amigos legais
5 – Cinco minutos a pé do trabalho
6 – Ela parece safada

Contras de viver com Suzanne
(segundo Kev)
1 – Potenciais papos de mulher
2 – O assento do vaso sanitário não foi colocado adequadamente – é necessário segurá-lo enquanto mija
3 – Você nunca mais vai dormir

– Ok, algumas perguntas – digo, examinando a lista.

– Vá em frente...

– Primeiro: o número dois da lista de prós não devia estar, na verdade, na lista de contras?

– Hilário. Próxima pergunta...

– O que você quer dizer com "potenciais papos de mulher"?

– Sabe como é... quando as garotas chegam em casa do trabalho, elas precisam contar todos os detalhes do dia, como o que comeram no almoço e quantas vezes usaram o banheiro.

– Quer dizer, conversar?

– Tudo bem, Casanova. Mais alguma pergunta?

– Sim, só mais uma: por que nunca mais vou dormir?

– Ah, porque se morar com uma mulher gostosa, você vai para cama com tesão todas as noites.

É claro, tesão – por que não pensei nisso? Ah, bem, mesmo sem dormir, os prós superam os contras, então procuro ansiosamente o número de Suzanne entre meus contatos.

– Ah, oi – ela parece surpresa por me ouvir.

– Estive pensando e, se estiver tudo bem pra você, eu gostaria de alugar o quarto.

– Ah, certo.

– Ainda está disponível?

– Sim, mas...

– Mas o quê?

A linha fica em silêncio por um segundo e fico me perguntando o que diabos está acontecendo.

– Não me entenda mal... você parece ser um cara legal. Mas o seu amigo...

O mau humor começa a me consumir, mas tento manter o tom de minha voz calmo.

– O que tem ele?

– Ele é um cretino.

– E o que isso tem a ver?

– Não quero que você alugue o quarto, sabendo que ele virá aqui uma vez por mês. Ou alguma vez na vida, na verdade.

Quero explicar que está tudo bem, que eu também não quero que Kev me visite, mas é muito provável que ele não me consulte antes de comprar a passagem de trem.

Encaro o vazio pela janela, enquanto terminamos a ligação. Não posso acreditar que ele conseguiu um jeito de estragar isso para mim.

– Bem, vamos lá – ele diz. – O que ela disse?

Aperto a garrafa de água com força, buscando as palavras.

– Na verdade... – suspiro, ainda desviando os olhos, mas não adianta. Não posso fazer isso. Ele não está preparado para ouvir o que o sexo oposto realmente pensa dele. Além disso, não vou precisar aturá-lo por muito mais tempo. – Um cara foi lá depois de nós e alugou o quarto.

– Ah, sinto muito, cara. Eu poderia facilmente me imaginar transando com ela naquele sofazinho engraçado. Então, o que vai ser: bactéria ou Pink Floyd? Está um pouco em cima da hora para encontrar outra opção, não é?

No dia seguinte, ainda estou decidindo o que fazer, quando vejo Sally Barrowclough em um restaurante de *fish and chips*. Sally sentava perto de mim no primeiro ano do ensino médio. Ela era uma daquelas garotas que tinha um namorado de quase trinta anos, o que na época eu achava legal. Então fiquei um pouco mais velho e percebi que era tão legal quanto Gary Glitter.

Contei para Sally sobre a mudança para Londres.

– Você sabe que Holly Gordon mora lá, não sabe? – ela interrompe. Seu tom de voz é sugestivo e não tenho certeza do que ela está insinuando exatamente, então aceito a informação com um aceno simples e evasivo.

– A mãe dela frequenta meu salão. Você e Holly namoraram, não é?

O calor das fritadeiras começa a queimar meu rosto.

– Não.

– Tem certeza? – Sally pergunta, entregando uma nota de dez libras para a garota atrás do balcão.

– Acho que eu me lembraria.

Sally sorri para si enquanto pega sua comida e sorri ainda mais enquanto se despede, e tudo parece um pouco juvenil.

É claro que eu sabia que Holly morava em Londres, mas a cidade é grande. Eu dificilmente vou trombar com ela no metrô. E mesmo se trombasse, o que exatamente Sally supõe que aconteceria?

Penso pouco na nossa conversa até alguns dias depois, quando o telefone fixo toca e meu pai atende. Ele balança a cabeça e parece ligeiramente surpreso, e depois de um minuto ou um pouco mais ele faz sinal de escrever algo na mão para me informar que precisa de caneta e um pedaço de papel.

– Quem era? – pergunto, assim que ele desliga o telefone.

– Joan Gordon – há algo oculto no sorriso que acompanha sua resposta, algo que não consigo decifrar.

– Não sabia que você ainda falava com ela.

– Não falo, na verdade. Só trocamos cartões de natal e coisas do tipo.

Ainda estou confuso.

– Então, o que ela queria?

– Ela ouviu dizer que você vai se mudar para Londres.

Por fim, eu entendo. Joan deve ter ido cortar o cabelo e Sally Barrowclough sempre teve a língua solta, costumava contar para todo mundo as coisas obscenas que ela deixava o cara mais velho fazer com ela.

– Ela ligou para passar o e-mail da Holly.

Percebo que não há nada de misterioso escondido no sorriso do meu pai – é só um sorriso. Como Sally, no restaurante. E eu não devia esperar nada mais. Afinal, aqui é Mothston. Um lugar onde ninguém tem nada melhor para fazer que cuidar da vida dos outros.

Demonstro indiferença enquanto aceito o pedaço de papel com o e-mail de Holly, mas todo o tempo uma sequência de perguntas recorrentes me vem à mente. Por que ela não manteve contato? Por que nunca me ligou quando veio para cá?

Procurei por ela no Facebook, tentando ver qual das 263 Holly Gordon podia ser a garota da qual me lembro. Meus olhos sempre foram atraídos por seus lábios, que estavam em um permanente sorriso, como se ela pudesse cair na gargalhada a qualquer momento. As outras garotas da escola usavam maquiagem como se participassem de um projeto de arte ou perdiam tempo com a dieta da sopa de repolho (ninguém queria passar muito tempo na sala de aula durante esses poucos meses da dieta), mas Holly era diferente e, mesmo assim, sempre parecia incrível. Enquanto meus olhos eram atraídos por seus lábios, quando eu estava sozinho, minha mente se concentrava em sua silhueta curvilínea, o sonho de um caricaturista.

Sinto uma ponta de arrependimento quando me ocorre que talvez eu não a tenha encontrado no Facebook porque ela não é mais Holly *Gordon*. Talvez tenha se casado com o tal Max com quem ouvi que estava namorando. Não consigo me lembrar de quem me contou sobre ele.

Nos dias seguintes, eu escrevo e reescrevo um e-mail, tentando encontrar o tom certo. Eu sei que Holly mora em Londres e trabalha no Centro, porque esbarrei com a senhora Gordon sem querer – provavelmente foi ela quem me contou sobre o Max –, mas há tantos buracos na história. Quanto tempo ela passou viajando? Será que abriu aquela loja de bolos em Paris? Ou seria um pub inglês? Não lembro agora. Não tínhamos uma "garota que muito provavelmente..." no colégio Mothston, mas se tivéssemos, Holly seria uma escolha unânime.

Sim, eu teria corrido pelado pelo centro de Mothston para estar com ela naquela época, e acho que isso não podia ser mais óbvio, mas Holly nunca nos viu dessa maneira, então eu fiz o que devia ser feito, tentei seguir em frente, e tive o coração partido muitas vezes desde então, embora nunca tenha doído tanto. Chamam isso de "aquela que escapou", não é? – a pessoa que nunca desaparece completamente dos seus pensamentos. E é por isso que fiquei perturbado no restaurante com Sally. Eles sempre estão ali, como uma cápsula do tempo que você enterra no jardim na época da escola. E agora, todos esses anos mais tarde, parece que estou prestes a desenterrar a minha.

Capítulo 5

HOLLY

– Com quem você acha que Richard está transando? – Jemma coloca uma xícara de chá na minha mesa.

Ai, meu Deus, ai, meu Deus, ai, meu Deus. Como ela sabe? Todo mundo sabe? Será que deixei minha calcinha na gaveta dele? Tirei o telefone do gancho enquanto transávamos e apertei a discagem rápida para a caixa de voz de Martin Cooper sem querer?

– Por que você está dizendo isso? – murmuro, com os olhos na tela e a testa franzida, como se estivesse me concentrando arduamente no e-mail que estou lendo.

– Olhe para ele: sorriso satisfeito e aquela arrogância. Entrei no escritório dele outro dia e ele estava ASSOBIANDO, Holly. Ele não estaria tão convencido se não estivesse com alguém.

Respiro novamente, mas meu alívio é tímido – há uma boa chance de o segredo ser revelado em breve, de qualquer maneira. E, se for assim, vai ser espetacular.

Eu devia estar no terceiro dia da minha menstruação, mas pelo terceiro dia consecutivo: nada. Nem mesmo uma colicazinha. Os "pintores" não chegaram nem ligaram para dizer que estão a caminho.

Confissão vergonhosa: Richard e eu não fomos totalmente, 100% cuidadosos, durante nossos amassos no escritório. Droga, umas duas vezes fomos completamente imprudentes.

Então é claro que estou totalmente apavorada. Bom, não totalmente. O que é um pouco estranho. Ok, se você considerar que estou potencialmente grávida do meu chefe depois de uma relação ilícita na mesa dele, isso parece RUIM. Por outro lado, posso ser uma mulher de vinte e nove anos grávida do meu namorado respeitável de trinta e cinco anos.

Passei por um susto há dois anos, com meu último namorado, Max, e eu simplesmente não podia imaginar essa situação. Caminhar por aí com um barrigão, comprar berço, trocar fraldas – qualquer uma dessas coisas.

Mas quando penso em fazer isso agora, a imagem vem com facilidade.

Não que eu esteja me sentindo assim porque estou naquela idade em que todo mundo espera isso de você, e Richard aconteceu por acaso. Ele tinha acabado de voltar de férias quando comecei um trabalho temporário aqui.

Eu fui secretária-executiva do CEO de um banco atingido pela recessão, e meu chefe – e, portanto, eu – fomos despedidos. Eu devia saber que isso aconteceria, considerando o fato de que ele juntara uma pequena fortuna para ferrar com todo mundo. Dizem que tudo acontece de três em três, e isso não só aconteceu na noite depois que Max foi embora, mas naquela manhã minha chapinha quebrou no meio do processo, e precisei ir para o trabalho com cabelo crespo na metade da cabeça.

Fiquei enfurnada no meu apartamento por uma semana, me lamentando. Não por causa da coisa com o cabelo – embora ainda fique chateada ao pensar nisso –, mas por de repente não ter mais um rumo. Minhas únicas conversas eram com Harold. Eu estava no fundo do poço. Fiquei tão entediada que me sentava com meu pijama xadrez para ler os antigos diários de adolescente. Aparentemente, aos quatorze, quinze e dezesseis anos, eu não podia esperar para sair de Mothston e ver o mundo. E então aquilo me fez perceber. Aquela era a única coisa que jamais consegui riscar na minha lista de tarefas? Por que eu estava lamentando? Eu nunca desistiria do sonho de conhecer o mundo e acabara de perder duas coisas que me impediam de fazer isso.

Então preparei uma lista de destinos e aceitei alguns empregos temporários de destruir a alma para conseguir levantar fundos para a viagem. A única coisa que me mantinha nos eixos na época em que consegui um trabalho de três semanas na Hexagon era a pilha de livros da Lonely Planet na minha mesa de cabeceira.

Então, às 9h da segunda-feira, lá estava ele. Acho que quase desmaiei.

– Você deve ser a nova secretária – Richard sorriu, apertando minha mão com firmeza.

– Eu te amo – respondi. Mas não em voz alta.

E foi como conheci Richard há um ano. E ele pareceu uma boa razão para ficar por aqui.

– Há quanto tempo ele terminou com Rachel? – Jemma prossegue. – Já deve fazer mais de seis meses, certo?

Aaaaarrrrrghhhhh. A ex dele.

– Nove meses – aquelas duas palavras me fizeram lembrar da caixa embrulhada na embalagem da farmácia na minha gaveta de cima. Com algo entre medo e animação, engulo metade do meu chá.

– Uau, você nem precisou pensar – Jemma sorri. – Alguém está monitorando a situação.

– Nem um pouco – protesto. – Só sei disso porque foi perto da época em que meus três meses de experiência acabaram – e uma semana antes do nosso primeiro beijo.

Eu fiquei até tarde para ajudá-lo com uma apresentação, e quando finalmente terminamos, às 21h15, ele ficou tão animado que segurou meu rosto com as duas mãos e me beijou nos lábios. Então tivemos um momento estranho como nos filmes, quando olhamos um para o outro pelo que pareceram dez minutos (mas na verdade foram cerca de quatro segundos), então lentamente nos aproximamos para um amasso adequado. Pode-se dizer que Richard é um excelente beijador. Disse isso uma vez para ele, mas não havia sinal de surpresa no sorriso que ele me deu como resposta, então presumo que não era uma informação nova.

– Você gosta dele, certo? – Jemma pergunta. – Você trabalha duro porque seu chefe é gostoso. É o único jeito que posso justificar por que eu não trabalho tanto.

– Nada disso – minto de modo defensivo.

– Então como você está solteira? Você é gatinha. Somos as pessoas mais azaradas do mundo no amor. Se ainda estivermos solteiras aos quarenta, vamos nos tornar lésbicas.

– Pensei que você estivesse saindo com alguém – mudo de assunto.

– Tenho quase certeza que acabou.

– Por que você acha isso?

– Ele me mandou um SMS dizendo "acabou". Mas estou bem – ela acrescenta, antes que eu possa demonstrar empatia. – Consegui o telefone de um ciclista que quase me derrubou na frente de um ônibus em movimento hoje de manhã, e definitivamente me casarei com ele.

– Sério? Daquela vez que concordamos que homens em duas rodas eram sexy, você quase se mijou de rir quando percebeu que eu estava falando de bicicletas e não de motos.

– Sim, mas o cartão de visitas dele diz que ele é um investidor, então suas outras rodas provavelmente são as de uma BMW.

– Por que não fica sozinha por um tempo? – pergunto, não pela primeira vez. – Concentre-se em si mesma. Prove que não precisa de um homem para ser feliz.

– Ah, mas eu preciso – ela lamenta. – Provavelmente um rico, para que eu possa sair do trabalho e apenas ter bebês.

– Em frente, companheira! – estendo o braço para um cumprimento sarcástico, mas Jemma acerta minha mão com a régua.

– Vocês, feministas, me irritam. Não me venha com a história daquelas esposas da década de sessenta queimando sutiãs... elas pensavam que estavam fazendo um favor para todas nós, provando que somos iguais aos homens, mas tudo o que fizeram foi criar uma sociedade na qual aquelas que só

QUEREM criar uma família e manter um lar perfeito não podem sequer admitir isso.

Antes que eu tenha a oportunidade de perguntar como ela pretende manter um lar perfeito se ainda tem restos de bolo do meu aniversário na sua mesa, Melissa se aproxima.

– Holly, oi. Preciso dar uma palavra com o Richard... ele está no escritório?

– Claro, pode... – ela avança, sem esperar que eu termine. – ... entrar – murmuro, revirando os olhos.

– Tem uma pessoa que gostaria de saber que você não está interessada em Richard. Menos competição.

– Melissa? – não consigo esconder a surpresa na minha voz. Estou longe de ser o tipo louca ciumenta, mas a ideia de Melissa flertando com Richard me deixa um pouco enjoada. Ela é daquele tipo que sabe-o-que-quer-e-não-desiste-até-conseguir.

– Ah, sim, totalmente afim dele. Sempre que ela tem reunião com ele, passa no banheiro primeiro e retoca a maquiagem. Olhe, ela está prestes a sair. Observe.

– Ah, estou *tão* animada com esse projeto – ela diz, com um olhar que mostra um nível de animação que a maioria das pessoas reserva para a fila do caixa eletrônico, enquanto toca o bíceps de Richard. Maldita evidência.

Não que eu me sinta ameaçada por Melissa. Ela é loira e bronzeada (ambos artificialmente) e relativamente bonita, eu acho, se você gosta desse tipo. Também é tão divertida quanto uma cirurgia bucal.

– Viu? – Jemma abaixa a voz. – Estou dizendo: se jogar a calcinha dela na parede, vai grudar.

– Certo – dou uma risada e tomo o resto do meu chá. – Se já acabou de especular se meu chefe tem ou não uma namorada, tenho trabalho a fazer.

– Ah, eu não disse que ele tem uma namorada. Só disse que ele está gozando.

Duas horas mais tarde, e ainda não tenho vontade de fazer xixi. Como isso é possível? Estou enjoada com a expectativa. Ou será enjoo matinal? É possível ter enjoo matinal à tarde?

– TERRA PARA HOLLY.

– Desculpe, Jem, o quê?

– Você preferiria se casar com alguém muito inteligente, mas bem feio, *ou* com alguém lindo, mas burro como uma porta?

Em geral, não penso muito nesses dilemas, mas este parece pertinente. Olho para Richard, parado na porta de Martin Cooper, gesticulando animadamente. Aparência é genética. E a inteligência? Não acho que seja, será que é?

– Inteligente e feio – digo, porque parece a única resposta aceitável.

– Ah, não viaje. Eu preferiria o bonitão estúpido. Vou mandar um e-mail pro Danny e ver o que ele acha.

Estou prestes a me levantar para comprar um pacote de M&Ms na máquina de snacks (inferno – um desejo!), quando chega um e-mail na minha caixa de entrada.

De: <alexpatricktyler@hotmail.com>
Para: <holly@hexagon.co.uk>
Assunto: Oi

Oi, Holly,

Lembra-se de mim? Sua mãe me deu seu endereço de e-mail. Sou professor agora e acabo de conseguir um emprego novo em Londres. Acho que sua mãe pensou que seria bom nos encontrarmos. Onde você mora? Estarei em Greenwich.

Não acredito que já se passou tanto tempo. Estamos com quase 30 anos! Espero que tenha feito todas as coisas que queria. Seria realmente muito bom nos encontrarmos uma hora dessas. De qualquer modo, melhor continuar aqui – tenho muito que fazer com a mudança e tudo mais. Espero ter notícias suas logo.

Alex x

Ah, meu Deus:

– Alex!

– Quem? – Jemma olha ao redor e percebo que falei em voz alta.

– Um cara da minha escola em Yorkshire... ele acaba de me mandar um e-mail dizendo que está se mudando para Londres.

Leio mais uma vez, com o coração acelerado. Ele quer se encontrar comigo? Não tenho notícias dele há onze anos. Seria legal vê-lo. Ou seria estranho? Por que ele escolheu hoje, entre todos os dias, para entrar em contato – não consigo pensar direito.

– Você não tem sotaque de Yorkshire.

– Minha família se mudou para lá quando eu tinha onze anos, e saí de lá quando estava com dezoito, então na verdade eu nunca...

– Legal. Então, ele é solteiro?

Dou de ombros. Não nos falamos desde que fui embora de Mothston. Ele provavelmente se casou com aquela tal Jane que conheceu logo antes da minha partida. Devem ter comprado uma casa logo e, na sequência, ela teve o primeiro filho dele. Ele era do tipo que fazia as coisas na ordem certa.

– Vocês não são amigos no Facebook? Ah, eu esqueci. Você é a única pessoa no planeta que não tem Facebook.

– Richard não tem Facebook – o que estou fazendo? Cala a boca, Holly. Prossigo antes que Jemma pergunte como sei disso. – Qual é o objetivo? É só um jeito de as pessoas xeretarem as vidas umas das outras.

– Esse é o objetivo. Pense: sem o Facebook, eu nunca saberia que o cara que conheci é membro do grupo PESSOAS QUE ACENDEM SEUS PEIDOS e provavelmente teria saído com ele. Também é um jeito bacana de retomar contato com as pessoas.

– Tenho contato com todo mundo que eu quero.

– E dá para saber quais garotas da escola ficaram gordas. De qualquer modo, qual é o sobrenome dele?

Digo para ela.

– Há milhares de Alex Tyler – ela reclama depois que digita. – Como ele é?

– Humm, magro. Cabelo mal cortado.

– E você não está interessada? Estou chocada.

Dou uma risada. Havia muito mais em Alex do que aquilo. Ele era um bom amigo, mas até meus outros amigos achavam que ele era chato e estudioso, porque não cabulava aula, não atrapalhava os professores, nem fumava atrás do ginásio, como os garotos descolados faziam. Ele analisava as coisas até a morte, mas era um bom ouvinte. Eu podia dizer qualquer coisa para ele. Menos daquela vez em que realmente precisei lhe contar algo e ele foi um pouco imbecil. Então, no final das contas, eu não podia dizer tudo para ele.

– Você pode buscar por localidade? – arrisco. – Talvez se tentar Mothston.

– Ah, eu desisti com o cabelo mal cortado. Estou jogando Scrabble on-line agora.

Justo.

Digito uma resposta rápida ao e-mail de Alex, mudando apressadamente a sugestão de uma cerveja por um café, quando um aperto na minha bexiga me recorda da minha situação em potencial, então há um minuto e meio estou sentada no banheiro.

Com a tampa abaixada.

E a calça vestida.

Não posso fazer isso. Não o ato de urinar – isso seria fácil. Fácil demais. Corro o risco de ter um acidente se demorar muito. Mas não posso passar por isso aqui, desse jeito.

Se der positivo, lembrarei para sempre. Vou querer contar para o pequeno Jeremy ou para Jemima (nota mental: verificar se Richard também era fã de *O Calhambeque Mágico* na infância) que eu estava sozinha, em um banheiro para deficientes? Richard deveria estar aqui. É irresponsabilidade contar para ele antes de ter certeza? Podemos não ter falado sobre filhos ainda, mas ele deve ter pensado nisso. É o que se faz quando se está envolvido com alguém – pensar no futuro.

Não posso ficar muito mais aqui, pensando no que fazer, porque se tiver alguém lá fora em uma cadeira de rodas, vou me odiar, então faço xixi sem tirar o teste da bolsa e volto para o escritório.

Chega o domingo, ainda nada da menstruação, e ainda não contei nada para o Richard. Quando entrei no escritório, ele se adiantou com notícias animadoras do trabalho: a Hexagon estava em negociação com uma firma de marketing norte-americana para uma potencial fusão.

Estou sendo modesta ao usar a palavra "animadoras", pois Richard estava delirando – aquilo podia significar promoção, chefiar um novo departamento responsável pelos clientes norte-americanos.

Hoje é a primeira vez desde aquele dia que estarei sozinha com ele e estou recheando um frango com limão quando a luz dos meus olhos me liga.

– Oi, lindão!

– Oi, gatona. Tenho uma boa e uma má notícias.

A boa notícia é que a empresa da potencial fusão quer levá-lo para o escritório de Nova York amanhã para uma reunião.

A má notícia é que ele precisa se preparar, então não poderá vir jantar.

Digo que está tudo bem. Não está, mas ele não sabia o que eu planejava: a romântica revelação de um bastão coberto com minha urina.

– Obrigado, querida. Compensarei você. Vou... que barulho é esse? Você está na igreja?

– *Songs of Praise**. Eu estava mudando de canal.

* *Songs of Praise* é o programa religioso mais assistido da TV britânica. É transmitido pela BBC desde a década de 1960. (N.T.)

Não sei por que disse que estava mudando de canal – é mentira. Eu gosto de *Songs of Praise*. Gosto que as letras dos hinos apareçam na tela para que você possa cantar junto. É como um karaokê religioso.

Ele ri.

– É melhor eu desligar.

Não o verei até terça-feira. Não posso esperar tanto tempo para fazer o teste – ficarei louca.

– Parece que somos apenas você e eu, Harold.

Ah, sério?, ela pergunta com os olhos redondos. *E supostamente eu devia estar grata por isso? Só porque você não tem mais ninguém aqui? Bem, vai se ferrar*, ela diz, e vai embora.

Ela voltará assim que o frango estiver pronto.

Sentada no vaso sanitário com *How Great Thou Art* retumbando ao fundo, escuto o celular tocar ao meu lado, quase me matando do coração.

Richard está ligando para dizer como vai me compensar?

Olho o nome na tela.

– Oi, mãe. Não é um bom momento... posso ligar...

– Oi, querida. Então, tem uma mulher no *Jeremy Kyle** que descobriu que a filha, que a visita todo final de semana, não só rouba dinheiro dela, mas também dorme com seu marido. E sabe o que pensei?

– Que você precisa sair mais?

– Muito engraçado. Não, pensei na sorte que ela tem por ver a filha todo final de semana.

A maioria das mães simplesmente PERGUNTA quando você vai visitá-la. Mas a minha gosta de disfarçar a pergunta em um tópico de conversa.

Pelo menos ela foi rápida desta vez. É pior quando conversamos por décadas primeiro e não sei qual assunto será o prelúdio para isso. Mais ou menos como quando alguém está escondido e você sabe que vai saltar na sua frente a qualquer momento – é a expectativa que prende você.

– Irei logo, mãe. Mas realmente preciso desligar...

– De todo modo, o motivo real da minha ligação – ela interrompe animadamente – é para dizer que Alex Tyler se mudou para Londres.

Deve ser o assunto da cidade – nada tão importante aconteceu em Mothston desde que o correio ganhou uma seção de cartões comemorativos. Minha mãe me ligou para falar disso também.

– Eu sei, ele me escreveu para nos encontrarmos. Falando nisso, obrigada por distribuir meu e-mail por aí.

---

* *The Jeremy Kyle Show* é um talk show sensacionalista da TV britânica. É apresentado pro Jeremy Kyle e transmitido pela iTV desde 2005. (N.T.)

Ela ignora a última parte.

– Então, vocês se encontraram?

– Ainda não.

– Ah... – ela parece desapontada. – Pensei que estaria morrendo de vontade de vê-lo.

– Já se passaram onze anos – eu digo. *E ando um pouco distraída pela potencial existência de seu primeiro neto*, isso eu não digo.

– Então vocês têm muito o que conversar. E provavelmente ele não conhece ninguém em Londres.

Asseguro a ela que marcarei algo e desligo.

Assim que o teste está finalmente em progresso, distraio-me de olhar o relógio cantando *Shine Jesus Shine*. Estou quase chegando na parte em que peço para Ele inundar as nações com graças e misericórdia quando o telefone toca novamente. Richard...?

– Oi, mãe – a única explicação que tenho para me incomodar por atender é que há uma parte de mim que não quer estar sozinha neste momento.

– Não era o pai dela, por sinal.

– Como?

– A garota que dormia com o marido da mãe. Os pais são divorciados, e ele era o novo marido da mãe dela. Só para o caso de não ter ficado claro. Se bem que nesse programa você nunca sabe o que esperar.

Mal escuto. Estou ocupada demais encarando o bastãozinho branco.

Capítulo 6

ALEX

– Atchiiiiiim!

Carl se levanta da poltrona, olhos úmidos e inchados, enquanto analiso a área próxima para definir quais itens foram contaminados. A maior parte da mesa de centro sofreu baixa: um lápis de carvão vegetal que repousa em um bloco de desenho A2, o controle remoto, uma latinha retangular que suspeito conter maconha.

– Maldita febre – ele suspira, usando o pé direito para localizar um par de sapatos sob o sofá. – Vou sair para comprar um antigripal. Quer alguma coisa, cara?

Toalhas umedecidas? Um lenço de papel? Uma espingarda?

– Estou bem, obrigado.

Faz uma hora que terminei de desempacotar e já não tenho certeza se consigo dividir um apartamento. Acabei jogando uma moeda para decidir entre Carl (bactéria) e Russell (Pink Floyd), imaginando que sempre poderia encontrar um lugar mais adequado depois que tivesse me estabelecido. Mas então Carl exigiu um depósito de £800, não reembolsável se eu mudasse antes de seis meses, e agora estou preso nesse fosso de vírus, assistindo a *Songs of Praise* em uma TV de plasma de 52 polegadas porque tenho medo do que posso contrair se tentar mudar de canal.

Esqueço a TV e me volto para o laptop. Ainda não tive chance de verificar meus e-mails durante o fim de semana por causa da mudança e levo alguns segundos para localizar a resposta de Holly entre os informativos dos professores, as receitas da Amazon e as mensagens do líder oposicionista nigeriano que pede minha ajuda na guerra contra seus opressores. Quando finalmente encontro, meu peito aperta.

É surreal ler o nome dela em Courier New. Ninguém em Mothston tinha ouvido falar em e-mail na última vez em que nos vimos. Ainda batíamos na porta das pessoas quando precisávamos falar com elas. Clico na mensagem e sou tomado inesperadamente por uma sensação familiar. A mesma sensação que tinha sempre que minha mãe ou meu pai me chamavam para dizer que Holly estava na porta. Eu ia até o espelho do banheiro na ponta dos pés, o coração acelerado enquanto conferia meu hálito contra a palma da mão. Um último trago de ar no alto da escada e então...

De: <holly@hexagon.co.uk>
Para: <alexpatricktyler@hotmail.com>
Assunto: RES: Oi

Oi, Alex!

Espero que esteja tudo bem com você.

É bom saber que é professor agora, como sempre quis – bom para você. Moro em Blackheath, que na verdade é bem perto de Greenwich. Provavelmente consigo encaixar um café em algumas semanas – dê notícias quando estiver acomodado, e verificarei minha agenda.

Boa sorte com a mudança,

H.

Leio o e-mail novamente em busca de pistas, algo que me diga se ela está feliz por saber de mim. Tudo depende de onde você coloca a ênfase: no "consigo" ou no "café".

Talvez seja a coisa do café o que me deixou desanimado. Como se ela só pudesse dispor de alguns minutos ou algo assim. Eu previa uma noite recordando os velhos tempos, com alguns drinks, conversando até a madrugada como costumávamos fazer. Não sei – provavelmente estava esperando demais. Algumas coisas nunca mudam.

Depois de quinze minutos, decido que há pelo menos uma pequena chance de eu estar sendo um imbecil, então aceito o "café" com confiança e entusiasmo, pergunto quando ela está livre e forneço o número do meu celular. Então fecho o laptop e me recosto no sofá, permitindo que os nervos e a emoção façam seu pior, enquanto pondero sobre o que virá no dia seguinte.

Uma curva para a direita depois da estação Deptford me manda para uma rua onde um açougue halal e uma loja de comida afrocaribenha acabam de abrir para o comércio. Sorrio para um dos donos da loja; ele parece não me notar.

O ar de primavera está calmo, a temperatura insinua o verão. Tiro a jaqueta e a penduro no ombro enquanto sigo a rua até alcançar um conjunto de edifícios habitacionais populares com antenas parabólicas penduradas em sacadas de cores diferentes. Começo a espionar os alunos: estudantes do sétimo ano com camisas para fora da calça e mochilas penduradas de qualquer jeito; garotas mais velhas usando brincos de argola e com expressões sisudas. Há muito mais ostentação do que eu pensava. Nas últimas semanas, imaginei um menino polonês com buracos nos sapatos e sem dinheiro para livros. Na minha imaginação, eu lhe dou meu exemplar de *Michael Robartes and the Dancer*, de W. B. Yeats, e sorrio enquanto ele me agradece em um inglês sofrível. A narrativa então avança cinquenta anos e o menino, agora um poeta laureado, me guia por sua biblioteca pessoal vestido com um smoking bordô. Ele coloca minhas mãos em um livro protegido por papel de embrulho grosso e mais tarde percebo que é o mesmo de Yeats que dei a ele.

Admito que é provavelmente um pouco romântico.

Dobro mais uma esquina à esquerda e lá está: minha nova escola. Fico parado, observando os arredores. O edifício principal é uma caixa imensa com três camadas de concreto e três camadas de janelas. Algumas crianças me encaram ao passar por mim, sem dúvida se perguntando quem é o cara com o sorriso imenso no rosto – não posso evitar.

Uma recepcionista me leva ao chefe do departamento, o senhor Cotton, que se organizou para passar a manhã definindo protocolos, cuidados espirituais e outros assuntos do tipo.

Assim que terminamos, ele pergunta como me sinto em relação à minha primeira aula nesta tarde.

– Ansioso, tenso, e um monte de outros adjetivos que não são suficientes. Acho que um pouco assustado também...

– Você viu que tem o nono ano primeiro, imagino?

Examino minha grade horária, mesmo que possa recitá-la de cor.

– Sim, acho que sim.

– Bem, não deixe que percebam que está "um pouco assustado"... eles o comeriam vivo.

Dou uma gargalhada com a brincadeira, mas o rosto do senhor Cotton permanece impassível. Sua pele amarelada, o cabelo jogado para esconder a careca e o nariz rígido fazem com que pareça um personagem daquele jogo *Cara a cara*.

– Estou falando muito sério – ele diz quando o sinal toca, levantando-se e me levando até a porta com o braço estendido. – Esse foi um dos motivos pelos quais sua antecessora foi embora.

– Acalmem-se, por favor, acalmem-se. Eu sou o senhor Tyler e estou aqui para substituir a senhora Marsden – alguém no fundo da sala boceja. – Sei que é difícil se acostumar com um novo professor a essa altura do ano escolar, mas espero que juntos possamos fazer isso dar certo.

Um garoto pálido com uma mancha de gordura na camisa e um anel chamativo no dedo médio da mão direita puxa um elástico na parte de trás da caneta. Segura, aponta e atira na testa de um colega a três carteiras de distância. Verifico o diário de classe eletrônico: Gareth Stones.

– Pare com isso, Gar... – um retardatário entra. Mesmo com o cabelo estilo black power, o garoto tem um pouco menos de um metro e meio. Ele passa mancando por mim com um blazer grande demais e sem o brasão da escola.

– Kenny vai entrar em um dos armários do fundo, senhor – avisa uma garota cujos cabelos descoloridos pendem de raízes escuras. Juliette Jacobson, segundo minha tela.

Aturdido, hesito atrás da minha mesa e olho para a professora assistente, a senhora Pritchard, mas ela parece tão perplexa quanto eu.

– Posso saber o que está fazendo? – questiono, mas é como se ele estivesse em seu mundinho, um mundo onde é perfeitamente normal entrar no armário de metal. Ele se encaixa com espaço de sobra. – Escute, você pode, por favor, sair daí?

Ainda nada. Gareth dispara outro elástico, desta vez no crânio de Juliette, enquanto caminho hesitante até os armários:

– Vamos lá – imploro, abrindo a porta de metal agora fechada. O garoto recua, batendo o cotovelo no fundo do armário.

– Você me machucou – ele berra. – Vou ligar para o meu advogado.

– Hey, senhor Tyler! – grita Gareth com um sotaque entre mafioso e apresentador de programa de auditório. O restante da classe desvia a atenção de seus exemplares de *Hamlet*. – Eu estava me perguntando de onde você é. Harvey acha que é de Newcastle, Stacey aposta em Urano.

A maior parte das crianças ri, e decido usar a mesma tática que funcionava com Jack Couchman, no colégio Mothston: deixar Gareth ser o centro das atenções por um instante em vez de aproveitar a oportunidade para adverti-lo.

Gareth afunda na cadeira e abafa a gargalhada com a mão quando lhe digo de onde sou, uma resposta bem normal. O problema é como soa o nome do lugar de onde venho: *Mothston*[*].

– Onde é isso?

– Em Yorkshire.

Gareth se endireita novamente e adota um sotaque do norte:

---

* A pronúncia de Mothston soa como "cidade das traças" em inglês ("moths town"). (N.T.)

– Era ensinar crianças em Londres ou trabalhar nas minas.

A classe cai na gargalhada e Gareth comemora, ficando em pé e fazendo uma mesura.

– Muito bom, Gareth – sorrio. – Mas *você* é quem vai acabar nas minas se não trabalharmos.

Por algum motivo, isso causa uma nova explosão de gargalhadas, e quando todos se aquietam a aula acaba.

Assim que meus alunos desaparecem, tiro o celular do bolso e dou de cara com uma nova mensagem de um número desconhecido.

Capítulo 7

HOLLY

Passageiros se amontoam no meu vagão em Canary Wharf e percebo que a mulher que acaba de entrar e começa a se agarrar em meu apoio de cabeça está usando um adesivo BEBÊ A BORDO. Todas as pessoas sentadas fingem estar concentradas em seus *Evening Standard*, então me levanto.

– Aqui, sente-se – me afasto pelo corredor para deixá-la passar. Ela está naquele estágio em que pode facilmente passar por grávida ou por gorda. Eu não teria arriscado se não fosse o adesivo. Ela me agradece com um sorriso agradável e se acomoda com a mão na barriga – não posso deixar de pensar que aquilo é um pouco de exagero.

Mesmo assim, ela merece o assento. Não há bebê algum NESTA passageira.

Se houvesse ao menos uma ponta de dúvida sobre a exatidão do resultado bastante direto NÃO GRÁVIDA do meu teste, ela seria nocauteada pela chegada da minha amiga especial, duas horas mais tarde, como se não tivesse me causado ansiedade. *Sou só eu... desculpe, estou um pouco atrasada... perdi alguma coisa?*

Esperei que o alívio tomasse conta de mim, mas nada. Acho que me empolguei com a ideia. Ainda bem que o Richard não estava ali para compartilhar o momento, no final das contas – e se ele ficasse muito feliz com a perspectiva de ser pai? Eu me sentiria muito mal.

Não sei se foi a promessa que fiz para minha mãe ou minha necessidade de distração que me fez entrar em contato com o Alex, mas se foi a última alternativa, funcionou.

Animada para vê-lo. Holly x

Foi como assinei o último SMS que mandei para ele. É o que você diz para alguém quando acaba de combinar um encontro. Não importa se faz onze anos da última vez que o viu, se não sabe quase nada sobre o que ele fez desde então, ou mesmo se vocês se separaram de uma maneira estranha. É só etiqueta social, não é? E, em geral, mais educada do que a verdade.

Não que eu esteja temendo nosso encontro. Só não sei o que esperar.

Alex é duas pessoas diferentes na minha mente. Há o Alex doce, leal, autocrítico, com um pouco de TOC, esperto e engraçado que sempre me apoiou. E há o Alex levemente estranho e um pouco assustador que ficou todo metido ao primeiro sinal de atenção sexual de uma garota.

Há muito mais lembranças do primeiro Alex.

Mas o segundo foi o que eu vi bem antes de deixar Mothston e ficou comigo desde então. E se aquilo fosse apenas o início da mudança? E se ele seguiu naquela direção pelos onze anos seguintes e é um nojento agora?

Levemente intimidada com isso. Holly x – É o que eu teria dito se tivesse sido realmente honesta. Ou: Espero que não seja estranho. Holly x

– É muito simples – Jemma insistiu mais cedo. – Por que você simplesmente não observa do outro lado da rua e, se ele for desagradável, mande um SMS e diga que está doente demais para ir? Aí você dá um jeito de nunca mais encontrá-lo.

– Bem, Jem – argumentei. – Tenho três problemas. Primeiro, vamos nos encontrar dentro de um pub, então não poderei vê-lo do outro lado da rua. Segundo, não sou uma pessoa horrível. E, terceiro, você está perdendo o foco. Não me importo com a aparência dele. Não é um encontro às cegas... ele é um velho amigo, e só tenho medo de não termos sobre o que conversar.

– Ah, deixe disso. Você é solteira e vai se encontrar com um cara que não vê há anos, que também deve ser solteiro. Não acredito nem por um segundo que não se perguntou qual é a aparência dele.

Ok, ela está certa. Não sobre ser solteira, obviamente, mas eu me perguntei sobre a aparência dele. Onze anos é tempo o bastante para ganhar uma barriguinha e algumas entradas. Mas e se ele ainda estiver bonitão? Como me sentirei ao vê-lo? Do jeito fraternal como me senti nos primeiros anos de nossa amizade, ou com a animação que eu costumava sentir ao estar perto dele quando comecei com a paixonite adolescente? Não faz diferença – só desejo o bem para esse homem. Mas é difícil não me questionar.

Alguns dias depois da última vez que o vi, passei a viagem de carro de Mothston a Londres tentando me convencer de que entendi errado meus sentimentos por ele. Nunca uma viagem pareceu tão significativa. Eu não sentia que estava deixando apenas Mothston para trás – sentia como se deixasse para trás a garota que eu era lá. Uma jornada para a vida adulta. Mas ser adulta não era tão excitante quanto sempre pensei que seria – tinha responsabilidades e consequências. A Holly despreocupada dançando no jardim de Ellie há poucos dias era como uma estranha para mim, e não a vi desde aquela noite.

E o que senti por Alex não era um amor real, maduro – era a idealização de uma garota jovem, inocente. Provavelmente.

Eu estava dizendo a verdade para Jemma. Minha maior preocupação é não termos nada sobre o que conversar, o que é irônico, pois no passado nunca parávamos de falar – ele amava conversar sobre tudo. Era o jeito dele. Mas e se tudo o que tivermos em comum for nossa história? Não quero passar a noite conversando sobre os velhos e bons tempos em Mothston. Fechei a porta daquela parte da minha vida há muito tempo, e particularmente não é algo que queira reabrir.

Pensei várias vezes em cancelar, até o momento em que peguei o metrô. O fato é que eu meio que quero vê-lo. Estou curiosa para ver o que ele se tornou. Minha mãe mencionou que ele era professor, mas não parecia saber mais detalhes. É o que ele esperava? Ou é um daqueles professores desiludidos que secretamente odeia todas as crianças? Não consigo imaginar isso, mas acho que também não sou o que ele imagina. Ele provavelmente espera que eu ainda tenha cabelo encaracolado. Graças a Deus as chapinhas foram inventadas. E ele não tem ideia que descobri a academia, então deve esperar mais volume no meu corpo. Será um pouco como as grandes revelações naqueles programas de *extreme makeover*.

Sinto-me bem até ver duas garotas no metrô dando gritinhos ao se reconhecerem e então se aproximando para um beijo, o que faz com que surja uma coisa totalmente nova para sentir pânico. Como devo cumprimentar Alex? Com um abraço? Um aperto de mão? Nunca tivemos um cumprimento habitual quando éramos amigos.

Não é que não gostássemos de contato – algumas vezes nos abraçávamos se um de nós estava chateado e dávamos beijos um no outro na bochecha quando era nosso aniversário. Mas nunca sentimos que precisávamos fazer diferente. Não era como com Ellie – a boa e velha Ellie beijadora do ar. Cada vez que dizíamos "oi" ou "tchau", o ar a alguns centímetros de cada lado do meu rosto recebia um beijo dos lábios vermelhos dela, com um som exagerado, "*smack*". Qual era o sentido daquilo? Um "toca aqui" teria sido mais íntimo – pelo menos envolvia contato corporal real.

Que semana estranha. Ontem eu encarava a possibilidade de saltar várias etapas da minha vida. Ser mãe – isso é realmente coisa de adulto. E, agora, enquanto o metrô chega à estação de Cutty Sark, sinto que voltei a 1999 e tenho dezoito anos novamente. Não sei o que é mais assustador.

Capítulo 8

ALEX

Enquanto entro lentamente no pub, faltando onze minutos para as sete, uma parte de mim tem certeza de que cometi algum tipo de erro, que sonhei com o SMS de Holly, e que em meia hora sairei dali, passando pelas risadinhas pouco sutis daqueles que testemunharam minha loucura.

Observo o ambiente e fico feliz com minha escolha de lugar. Quando Holly sugeriu Greenwich para bebermos, este lugar me veio imediatamente à mente. Na única vez em que passei aqui em frente, estava cheio de garotas usando vestidos de bolinhas com botas de cano baixo, e garotos cultivando vários comprimentos de barba. Imaginei que era o tipo de lugar peculiar que Holly gostaria.

Pago uma taça de vinho tinto e afundo em um dos sofás não-tão-confortáveis-quanto-parecem. O relógio sobre o bar mostra oito para as sete.

Decido ligar para alguém, uma diversão para anestesiar meus nervos. Tudo o que eu conseguiria de Kev é um "certifique-se de dar uma nela por mim", então continuo para a letra R dos meus contatos.

– Alex, cara! – diz Rothers entusiasmado. – Já faz tanto tempo. Como está Londres?

Quando Holly saiu da minha vida, eu não tinha ninguém em quem confiar. Lembro-me do meu segundo ano em York. Holly não entrara em contato, e eu finalmente estava pronto para conhecer alguém novo. Logo veio Charlotte McCormack, com suas pernas vertiginosas, óculos irônicos (ela negaria que eram irônicos) e a biografia do presidente Mao na mesinha de cabeceira. Pensei que poderíamos nos casar um dia, mas uma semana depois de doarmos nossa roupa de formatura, Charlotte anunciou que precisava "se encontrar" na Tailândia. Dezoito meses mais tarde, aonde sua jornada de autodescoberta a levou? A uma moradia popular em Bradford, onde ela vive até hoje com seus dois filhos pequenos – mas este não é o ponto. O ponto é que depois que ela partiu não consegui terminar uma refeição por um mês. A solidão não é algo que se compreende quando se é criança. Você sente tédio e sente saudade, mas nunca está sozinho, não de verdade, especialmente não em uma cidade como Mothston. E se eu precisasse de um abraço, Holly estava por perto. Mas depois que Charlotte partiu, eu fiquei sozinho. Sempre senti falta de Holly, mas até então não tinha entendido o quanto perdi quando ela se foi. Eu ligava para Rothers durante seus intensos estudos em Manchester, mas não era a mesma coisa.

– Sim, tudo bem... foi meu primeiro dia ho... – digo.

– JACOB, DEIXE ESSE VASO AÍ, ENTENDEU? Desculpe, Alex. Megs está fora, em uma conferência, e Jacob decidiu que é uma boa oportunidade para se tornar um dos membros do *A Estirpe dos Malditos*. O que estava dizendo?

– Nada, só que foi meu primeiro dia na escola, e esta noite vou...

– NÃO VOU FALAR NOVAMENTE, JACOB.

Um grupo de oito ou nove estudantes se esconde no pub, cada um deles pulando para trás do bar para não ser obrigado a pagar uma rodada. Depois de um tempo, saem sozinhos ou em duplas para pedir a própria bebida.

– Olhe, não é melhor eu ligar outra hora, cara?

– Não, não seja... CERTO, AGORA VOCÊ ESTÁ SENDO DESOBEDIENTE, MOCINHO. PARE AGORA, POR FAVOR. Desculpe, Alex... é melhor você ligar outra hora. Desculpe.

Rothers é a única pessoa que conheço cuja vida seguiu precisamente conforme o planejado, então sempre que ligo para o número dele me sinto um pouco inconveniente. Não consigo me lembrar da última vez que falamos mais do que alguns minutos depois que ele voltou a morar perto de Mothston, com esposa, filhos e sociedade em uma firma de advocacia em York.

Guardo o celular no bolso e, sem outras distrações, meu corpo fica sobrecarregado de angústia, como se eu estivesse prestes a fazer uma prova. Inspeciono a mim mesmo. Que ideia estúpida ficar com o terno de trabalho. Eu tinha tempo suficiente para trocar de roupa, mas achei que ficaria melhor vestido de terno do que com qualquer outra das minhas roupas casuais.

Agora me sinto formal demais.

Dois minutos para as sete.

Um encontro com a minha namorada de infância – ou com a garota que eu gostaria que tivesse sido minha namorada de infância. Em vez disso, fiz com que fôssemos melhores amigos, mas ao longo dos anos me perguntei se não fiz isso errado também. Será que exagerei na frequência daquelas noites que passamos conversando até de madrugada? E por que ela nunca me ligou se éramos tão próximos quanto eu pensava?

Olho mais uma vez para o último SMS que ela me mandou, reafirmando para mim mesmo que isto está acontecendo de verdade. Pelo menos ela parece animada agora, e me sinto animado também. Estou curioso sobre o passado e o presente. Estou nervoso pelo que pode acontecer no futuro.

Meu celular parece vibrar, mas, quando olho, ninguém ligou e ninguém mandou mensagem.

Onze minutos, onze anos; eles não parecem tão diferentes agora. Algumas vezes, quando éramos adolescentes, eu sentia como se passasse a vida toda esperando Holly Gordon.

Tomo um gole grande de vinho para me acalmar, coloco o celular de volta no bolso e, quando o relógio do bar marca sete horas, meus olhos se voltam ansiosamente para a porta.

Capítulo 9

ALEX
Setembro de 1997

Caminho lentamente do lado de fora da loja do senhor Sawyer, esperando até ver Holly dobrar a esquina da rua da casa dela para que eu possa cronometrar a minha caminhada para coincidir com a dela. Assim nossos percursos se cruzam no começo da Brickfield Road e podemos seguir juntos até a escola.

Sinto-me um idiota parado aqui desse jeito, mas não vejo Holly há duas semanas, não nos falamos na noite passada porque já era tarde quando ela voltou, e eu não podia esperar até o intervalo ou até a noite para vê-la.

Quando por fim ela dobra a esquina, correndo e atrasada como sempre, vestida com nosso uniforme novo do ensino médio, a adrenalina flui pelo meu corpo. Saio, acelerando o passo depois de alguns segundos, para alcançar a esquina da Brickfield bem a tempo de parecer pura coincidência.

– Ei. Como foi na Turquia? – inicio a conversa casualmente, sem ter certeza de como cumprimentá-la depois de tanto tempo. – Obrigado pelo cartão postal.

– Foi divertido – Holly responde. – Eu só queria que meu pai não tivesse insistido no pacote com tudo incluso. Você faz toda essa viagem e acaba ficando só no hotel.

Ela me olha de fato pela primeira vez.

– Mas tudo bem – ela diz, sorrindo. O sol das férias trouxe um grupinho de sardas charmosas ao redor de seu nariz. – É bom ver você. Como seu pai está lidando com tudo?

Minha mãe e meu pai. Ninguém menciona a morte da minha mãe ou pergunta como meu pai está. Acho que as pessoas têm medo que eu comece a chorar no ombro delas. Holly é a única que não parece preocupada.

Ela sempre esteve ao meu lado, filha única como eu, era alguém com quem se esgueirar para longe nas festas da família. Foi como nos conhecemos: a família de Holly acabara de se mudar para Mothston e minha mãe decidiu dar uma festa para que o senhor e a senhora Gordon pudessem fazer alguns amigos.

Holly era diferente de qualquer pessoa que eu conhecia. Quando eu era pequeno, minha mãe reclamava que eu levava tempo demais para tomar meu chá. Passava décadas decidindo qual item do prato eu gostava mais para comê-lo por último. Holly era mais comilona. Não que fosse tipo Augustus Gloop de *A Fantástica Fábrica de Chocolate,* mas ela simplesmente não pensava nas coisas. Ela seguia em frente e, mesmo naquela época, ainda que tivesse apenas onze anos, parecia ter a vida inteira planejada. Tenho tentado fazer parte desses planos desde então.

E agora, depois que minha mãe teve câncer, depois que a pior coisa que jamais imaginei que aconteceria aconteceu, a única coisa boa que veio disso é que Holly e eu ficamos mais próximos.

– Ele está... – minha frase falha antes de sair, e do nada as lágrimas começam a formar uma fila desordenada no alto da minha bochecha. Holly para de andar e eu paro também, e ela me encara intensamente. Ela começa a me oferecer um abraço, mas embora não possa pensar em nada no mundo que queira mais do que um abraço de Holly, finjo não notar o gesto e começo a andar novamente. É o único modo de deter as lágrimas que chegam.

Rothers acompanha meu olhar até a porta da cantina da escola:

– Quem você está esperando? – pergunta.

Kev responde no meu lugar:

– A garota dos sonhos molhados dele.

A resposta dele não é estritamente correta. Na verdade, nunca tive um sonho molhado. Sempre que mencionam isso, meu rosto fica vermelho e finjo saber sobre o que as pessoas estão falando.

– Eu devia ter imaginado – Rothers diz, e reviro os olhos como se eles estivessem *longe* da verdade.

A verdade é que estou esperando por Holly. Quero vê-la para ter certeza de que está tudo bem entre nós depois que as coisas ficaram um pouco estranhas essa manhã.

– O que você precisa perceber é que Holly não vai transar com um cara que usa veludo cotelê – brinca Kev, e coloco os dedos sobre um bocejo fingido.

– Você não nos viu quando ela e eu estamos sozinhos.

– Claro que não.

Dou um estalo com a boca.

– Conversamos sobre tudo, Kev.

– Vocês falam sobre a menstruação um do outro?

Ele provoca com um coro de "Oooooo, Bodyform, Bodyform for yoooooouuuu"*, balançando os braços como se estivesse de patins. Digo para

* *Jingle* de comercial de uma marca de absorventes íntimos muito popular no Reino Unido. (N.T.)

ele que era na propaganda do Tampax que as mulheres andavam de patins, não na do Bodyform.

Kev cospe na mão direita.

– Vamos apostar que estou certo?

Estremeço.

– Não precisamos apertar as mãos.

– Na verdade – Rothers diz despreocupadamente –, acho que os dois comerciais tinham patinadoras.

Dou uma olhada de canto de olho para a porta novamente, mas me distraio ao ver Dean Jones preso em uma queda de braço com Shaun Harmston. Como uma demonstração de confiança, Dean coloca *ketchup* em suas fritas com a mão livre.

– Tenho que admitir – Kev diz, espetando o garfo em uma salsicha e enfiando-a na boca –, ela tem peitinhos lindos.

– Cala a boca, ok? – replico.

Rothers para de mastigar.

– Que inferno – Kev responde. – Quem mijou nas suas fritas?

Um silêncio inquieto paira sobre nós três e percebo que é minha culpa. Eu exagerei quando, na verdade, tudo isso é um alívio. O Kev "bonzinho" que se revelou depois que minha mãe morreu durou um semestre – aquele que não me dava apelidos fazendo referência a genitais, que não fazia o ritual de rir do meu veludo cotelê – era desconcertante. Só estou irritado com sua recusa a acreditar que algo poderia acontecer entre mim e Holly.

– Algum de vocês já ficou com uma garota que tentou enfiar um dedo na sua bunda? – Kev pergunta.

Nem Rothers nem eu respondemos.

– Aconteceu comigo umas duas vezes até agora. Tive que ser curto e grosso e dizer: "sinto muito, mas não é minha praia".

Ele olha para nós esperando uma reação, mas não consegue. Sabemos que Kev é virgem, mas desde que Megan Robinson deixou Rothers chegar mais longe há duas semanas, Kev anda se gabando de suas conquistas não existentes.

– Acho que uma dessas revistas femininas deve ter escrito que gostamos disso, ou algo assim. Toda uma geração de mentes femininas corrompidas de uma só vez.

Começo a viajar, pensando no cartão postal que Holly me mandou semana passada: gostaria que estivesse aqui... xx. Injetei no "gostaria" uma dose de saudades, e cada vez que fecho os olhos desde então ela está lá, estampada em minhas pálpebras, deitada de barriga para baixo em uma toalha de banho, usando um livro de capa dura como apoio enquanto escreve meu cartão com pesar nos olhos.

Posso não ter tido um sonho molhado, mas isso não significa que não perca finais de semana inteiros sonhando acordado com Holly deitada nua na minha cama, com o cabelo desgrenhado espalhado em meu travesseiro; finais de semana inteiros imaginando a conversa na qual conto meus sentimentos para ela. E não é o medo de rejeição que me detém, o que significa que estou repentinamente com a mandíbula travada. É saber que, se estou errado e Kev está certo, as coisas nunca serão as mesmas novamente.

– Hey, hey – diz Kev, olhando para a porta onde Holly está parada com Ellie e outras garotas que reconheço de uma colagem de fotos na parede do quarto dela.

Sem ser instruído a fazer isso, meu braço esquerdo se estende em um aceno, e com minha visão periférica posso ver Kev balançando a cabeça penosamente. Felizmente, Holly vem até nós.

Olho para ela com admiração. Apesar de sermos bons amigos, na verdade nunca ficamos muito juntos na escola, e a pressão de ter uma audiência aperta minha garganta. Kev me oferece um olhar e percebo que preciso dizer algo, mas antes que faça isso, Holly aponta a mochila no chão ao lado de Rothers.

– Você vai no treino de futebol depois da escola? – ela pergunta para ele, e quando ele assente, Holly diz que também vai.

– Mas você odeia futebol! – interfiro.

– Odeio, mas os cartazes dizem que é apenas para garotos.

– E daí? Vai para provar alguma coisa?

Holly assente, e Rothers ri um pouco forçado demais para meu gosto. Ele tem andado tão arrogante nas últimas semanas. Tenho que suprimir um desejo intenso de empurrá-lo quando ele se apoia nas duas pernas de trás da cadeira.

– Trouxe um chaveiro? – pergunto. Meu jeito de dizer aos demais que Holly é minha amiga e que sei muitas coisas sobre ela que eles não sabem. Como o fato de ela ter uma imensa coleção de chaveiros: um para cada lugar onde já passou férias, incluindo a semana que nossas famílias passaram juntas em Camber Sands quando tínhamos doze anos.

Ela nos mostra o pingente de aço da Turquia, e pergunto se ela vai se juntar a nós, escorregando minha bandeja para perto de Kev, para abrir espaço na minha direita.

Holly volta os olhos na direção das amigas, que foram se reunir perto de Dean Jones e sua gangue.

– Vou sentar com a Ellie – ela diz, mordendo o lábio inferior como se estivesse se desculpando. – Temos uma festa para planejar. Começo do ensino médio e tal. Mas por que vocês não sentam com a gente?

Sentar com Dean Jones? Nós? Acho que não. Bobby Shepherd pode ter partido para se alistar no exército, mas aquele grupo ainda nos trata como ciganos que acamparam em seu jardim.

Um minuto ou dois mais tarde, olho para onde Holly e suas amigas se reuniam. Ela está histérica – mãos na barriga, boca entreaberta – por algo que Dean Jones disse, e naquele momento, pela segunda vez hoje, algo parecido com um soluço surge dentro de mim. Tenho que me deter para não olhar para Kev, porque a visão de um sorriso conhecido que tenho quase certeza de que estará no rosto dele pode ser o bastante para me fazer dar um soco em seu nariz.

Capítulo 10

HOLLY
Abril de 2010

Uau – é como minha cena favorita em *Uma Linda Mulher*. Aquela em que Edward entra no bar do hotel para encontrar Vivian e, enquanto ele analisa a sala procurando por ela, seus olhos passam por uma bela garota com o cabelo perfeitamente penteado e um vestido de noite elegante sentada em um banco do bar. Então ele tenta esconder a surpresa quando ela se vira e – oh, meu Deus! – é a Vivian.

Só que, em vez da minissaia e das botas de cano alto substituídas pelo vestido de renda preto, a calça de veludo cotelê e o blusão de lã do Alex foram substituídos por um terno azul-escuro bem cortado. E ele não parece mais um adolescente constrangido. Como a personagem não parecia mais uma prostituta envergonhada.

Mas, fora tudo isso, é EXATAMENTE o mesmo.

– Holly! – ele se levanta do sofá de um salto e estende os braços, evaporando minha ansiedade com o cumprimento. Caio com gratidão em seu abraço, respirando a loção pós-barba misturada com vinho tinto – odores que nunca associei ao meu antigo amigo de escola – enquanto a barba por fazer desconhecida arranha meu rosto.

– Olhe para você! – ele não complementa. Olhe para você: você está linda? Ou olhe para você: o que diabos aconteceu?

Olho para mim. Estou com uma camisa bem cortada enfiada em uma calça de cintura alta cinza-chumbo. O cabelo está liso, a maquiagem foi reaplicada no metrô, estou dois números menor do que da última vez que ele me viu – bom, vamos presumir que foi um elogio.

– E você – respondo, dobrando o casaco. – Está ótimo. Muito bem de terno.

Só vi Alex de terno uma vez, no funeral da mãe dele, mas – e digo isso com carinho – na época ele parecia um refugiado que estivera em uma venda de garagem. Este blazer não fica pendurado nele, e se encaixa perfeitamente em sua forma magra.

– Ora, obrigado – ele puxa a lapela. – Esse é um dos números mais exclusivos da Topman. Deixe-me pedir uma bebida para você.

– Encantador – aceno com a cabeça na direção da taça de vinho dele, repentinamente animada com tudo isso. – O mesmo, por favor.

Nunca estive aqui antes e o motivo é claro. É um pub de estudantes. O interior falsamente tradicional é cheio de réplicas modernas de placas de cerveja tradicionais e, em vez de um senhor simpático atrás do balcão que conhece todo mundo pelo nome, há um rapaz com cara de tédio, com vinte e tantos anos, que parece lutar para lembrar até o próprio nome. Por que Alex escolheu este lugar? Ambos parecemos deslocados com nossas roupas elegantes, comparados à multidão vestida casualmente e pedindo bebidas individuais apesar de estarem em grupos.

Enquanto Alex espera pacientemente para ser servido, eu me sento no sofá de couro no qual ele estava e imediatamente escorrego para trás. Ainda estou tentando me endireitar quando Alex volta do bar – uma garrafa de vinho em uma mão, duas taças na outra.

O fato de estar prestes a tomar vinho com Alex é surreal – parece sofisticado demais, como se fôssemos crianças brincando de adultos.

– Saúde – brindamos com as taças, como fizemos com toneladas de refrigerante no passado, enquanto Alex tenta se posicionar na parte da frente do sofá, do mesmo jeito que fiz há alguns minutos.

– Foi um bom primeiro dia? – há mil perguntas cujas respostas me deixam mais curiosa, mas nenhuma delas parece um jeito apropriado de iniciar uma conversa com alguém que não vejo há décadas.

– Sim, até agora muito bom – ele se entusiasma. – É tudo o que o colégio Mothston não era, o que é perfeito.

Tive que me conter para não cumprimentá-lo como costumávamos fazer quando eu tirava nota máxima em uma redação ou ele acertava na combinação das roupas, ainda que eu tivesse esquecido até este momento que tínhamos um cumprimento especial. É uma pena que a mãe dele não esteja aqui agora para ver como ele seguiu seus passos – ela ficaria orgulhosa.

Achei estranho quando minha mãe me disse que ele era professor, e é ainda mais estranho ouvi-lo falar sobre isso. Fico imaginando nossos professores. Eles eram adultos DE VERDADE. Se eu visse um deles agora, ainda sentiria que devo fazer o que eles mandam. Não que eu fizesse o que mandavam na escola. A menos que fosse o senhor Abel, professor de francês, mas só porque eu estava apaixonada por ele. Acontecia com todas as garotas em algum momento. Costumávamos enrolar as saias na cintura para deixá-las cinco ou dez centímetros mais curtas antes das aulas dele.

Pergunto-me quantas adolescentes enrolam as saias antes das aulas de Alex. Ele ri quando pergunto se preciso chamá-lo de senhor Tyler, revelando os dentes perfeitos e brancos. Nenhuma surpresa aí – ele é a única pessoa que já conheci que usa fio dental todos os dias. Para todos os demais, isso é uma mentira universal que contamos para nossos dentistas. Mas a neurose de Alex definitivamente valeu a pena.

– Eu prefiro "*sir*", na verdade – o sorriso dele (amplo e verdadeiro, aprofundando os pequenos vincos ao redor de seus olhos) ilumina seu rosto. Não literalmente, como um vaga-lume. É só um daqueles sorrisos que mostra que ele sempre sai bem nas fotografias.

– E você? – ele pergunta. – Sua mãe me disse que você trabalha no centro, mas não disse o que você faz...

– Sou secretária – dou de ombros com desdém. Por que fiz isso? Amo meu trabalho; nunca me arrependi dele. Meus colegas são divertidos, é uma boa empresa para se trabalhar (tenho plano de saúde e um vale-refeição decente). Mas quando vejo o lampejo de surpresa cruzar o rosto de Alex, que ele tenta disfarçar coçando a testa acima das sobrancelhas levantadas, percebo que era o que eu estava tentando evitar. Que ele se desapontasse comigo.

Não posso culpá-lo. Era com ele que eu falava todas as vezes que mudava de ideia sobre o que queria ser quando crescesse. Havia o pub inglês que eu ia abrir em Nova York, com um escritório grande nos fundos para cuidar da papelada, embora algumas vezes eu fosse servir atrás do balcão, onde os clientes regulares me contariam seus problemas enquanto eu servia um drink. Ou a loja de bolos em Paris, onde eu faria toda a confeitaria, serviria xícaras de chá e deixaria os jornais do dia em todas as mesas. Ou a loja de sutiãs para mulheres de seios grandes, onde seria possível comprar lingeries bonitas mesmo se você usasse acima de 46, em vez daquelas engenhocas bege feias que eu tinha que usar quando tinha dezesseis anos.

Mas, inconstante como eu era, nenhum dos meus planos de carreira envolvia abrir a correspondência de outra pessoa.

– Nunca imaginei que isso fosse acontecer – insisto, olhando meus dedos enquanto torço uma mecha de cabelo ao redor deles. – Na verdade, não foi uma decisão que tomei... só entrei nessa enquanto esperava acordar um dia e, de repente, saber o que queria fazer.

Solto o cabelo e desvio o olhar para Alex. Ele está ouvindo intensamente, um cotovelo apoiado no encosto do sofá, um lado da cabeça repousando na palma da mão. O espaço entre suas sobrancelhas está levemente franzido. Me pergunto sobre o que ele está pensando.

Nunca disse tudo isso em voz alta antes. Não tenho certeza de por que fiz isso agora. Eu costumava fazer essas coisas com Alex quando éramos mais jovens – fornecer mais informações do que faria com qualquer outra pessoa. Ele não era como meus outros amigos, intrometendo-se depois de cada frase com sua opinião. Ele ouvia sem julgar e fazia com que eu me visse mais claramente. Como se eu estivesse me vendo através de seus olhos ou algo do tipo.

– E então deu certo – explico, interrompendo o contato visual e tomando meu vinho. – Estou feliz na Hexagon. E meu chefe, Richard, e eu formamos uma boa equipe.

Quero dizer a ele que somos uma grande equipe no sentido não profissional também, mas Richard é um pouco reticente sobre as pessoas saberem disso. O que é compreensível – isso não refletiria bem em nenhum de nós dois.

– E como ele é? Seu chefe, quero dizer.

– Ah, ele é ótimo – tomo meu vinho novamente, para disfarçar o jeito como os cantos da minha boca se erguem involuntariamente. – Na verdade, nós meio que estamos juntos.

Bem, o que eu devia fazer? Ele praticamente me forçou a contar.

– Ah, uau – Alex se reclina e cruza os braços, e não consigo decifrar sua expressão. Conto-lhe mais, antes que ele tire alguma conclusão precipitada. Revelo tudo, na verdade, exceto o pequeno detalhe de que mantemos a relação em segredo. Porque, embora eu entenda perfeitamente os motivos pelos quais não contamos para ninguém, não tenho certeza se posso resumir de modo eloquente o bastante para fazê-lo entender.

– Isso é ótimo, Hols – Alex sorri calorosamente quando termino. – Eu sabia que você ia se acertar.

Acho estranho ele dizer isso, mas antes que eu possa entrar nesse assunto, ele pergunta o que a Hexagon faz.

– É uma agência de marketing. Richard acha que blá-blá-blá, blá-blá-blá, blá-blá-blá, blá-blá...

Não digo blá-blá-blá – uso palavras de verdade –, mas é provavelmente o que Alex está ouvindo. Por que voltei a falar do Richard? Será que me tornei uma daquelas garotas chatas e metidas que fazem tudo girar em torno do namorado?

Alguém: "Pode me passar o guardanapo, por favor?"
Eu: "Sabia que Richard usa guardanapos?"
Pausa.
Alguém: "Hã... tá bom."

– E você? – observo sua mão esquerda. Nada de aliança. – Há uma futura senhora Tyler por aí?

– Não – ele diz com naturalidade. – Parece que chegarei aos trinta solteiro, mas não estou com pressa.

Pelo jeito que ele me olha, é evidente que está tranquilo com seu status de relacionamento. Ainda não me acostumei com a sua recente autoconfiança, que ele consegue transmitir sem parecer arrogante.

Alex é definitivamente um bom partido. Não para mim, é claro, mas talvez eu pudesse tentar apresentá-lo a Jemma. Pensando bem, não sei se ele conseguiria lidar com a boca suja dela – ele ainda é tão educado.

Quem poderia imaginar que eu estaria sentada aqui tentando pensar em potenciais namoradas para Alex. Isso me faz querer perguntar sobre algo em que estive pensando nos últimos onze anos. Eu não planejava trazer isso à tona esta noite se ele não mencionasse, mas também não planejei contar sobre Richard, então, quem está na chuva...

– Então quer dizer que não deu certo com Jane? – tomo um gole da bebida quando digo isso, porque de algum modo parece um pouco mais do que uma pergunta casual. Os poucos segundos que ele leva para responder parecem durar uma eternidade, e é tanto suspense que o som das moedas caindo enquanto o cara no caça-níqueis perto de nós ganha o grande prêmio parece capaz de estremecer a terra.

– Jane? – Alex franze a testa em confusão.

– Aquela garota com quem você começou a sair no final do ensino médio – eu o recordo. – Corpo bonito. Peitões. Beijava bem – repito a última parte imitando o sotaque dele de Yorkshire.

– Ah, aquela – ele parece surpreso. – Uau, Jane... tinha me esquecido dela. Acho que só saímos uma ou duas vezes. Como você...?

Mas ele não termina a sentença.

Ele mal se lembra dela. Todos esses anos pensei que Jane contribuíra para os rumos que minha vida tomou. Ela teve várias aparências na minha imaginação – ora bonita, inteligente e morena, ora sexy, loira e com porte atlético, ora uma fashionista chique de cabelos negros. E Alex mal se lembra dela. Teria feito diferença se eu soubesse que a relação com Jane não chegaria a lugar algum? Talvez eu tivesse dito para ele o que pretendia dizer. Mesmo assim, se algo tivesse mudado o curso da minha vida, eu poderia não ter acabado onde estou hoje, com Richard, então acho que tudo acontece por um motivo. Decido deixar para lá.

Pergunto a Alex o que ele está achando de Londres, e seu rosto se ilumina do mesmo modo que quando falava da escola. Ele discorre sobre os museus e teatros com o otimismo de quem acabou de se mudar. Eu não matarei seu entusiasmo, mas vou recordá-lo desta conversa daqui a três meses, quando ele reclamar sobre levar uma hora e meia para visitar um amigo na mesma cidade e lutar contra a vontade de desaprovar em voz alta os turistas que param no lado esquerdo das escadas rolantes.

Na segunda garrafa de vinho, desistimos de sentar direito, inclinados para trás; em vez disso, apoiamos um cotovelo no recosto, e ficamos de frente um para o outro enquanto ele me conta sobre quem ainda vive em Mothston, quem foi embora e quem está morto. Fico esperando uma pausa na conversa para poder ir ao banheiro, mas não há pausas.

– E quanto ao senhor Sawyer... o anão que gerenciava a papelaria. Ele ainda...

Faço uma parada e espero que Alex me corrija.

– O quê? – ele pergunta, confuso por eu ter parado de falar.

– Não vai me dizer que Sawyer é baixinho... não um anão?

– Nah – ele dá de ombros, bebendo seu vinho.

– Uau, você está mudado – provoco. – Isso teria te irritado muito há onze anos. Foi por isso que falei.

Ele sorri:

– Sim, ele ainda está lá. Lembra quando pedi duzentos e cinquenta gramas de jujubas da prateleira de cima, e depois que ele passou meia hora subindo e descendo da escada para pegá-las, você...

– Também pedi duzentos e cinquenta gramas? Sim! Ele pensou que eu tinha feito de propósito... e ficou bravo.

– Não, não ficou. Virou o Zangado da Branca de Neve.

Dou risada da brincadeira enquanto engulo o vinho, e minha gargalhada inesperada faz com que cuspa a bebida por todo lado.

Então pestanejo e quando meus olhos se abrem novamente, Alex está no balcão, pedindo uma toalha. Meu rosto cora um pouco, e espero que ele não note. Não sei por que estou envergonhada – ele é o cara que já segurou meu cabelo enquanto eu vomitava na lata de lixo.

– Na verdade – digo, pegando a toalha e batendo nele com ela antes de secar a mesa –, Zangado era anão. Sawyer era baixinho.

– Certo, desculpe.

Tinha me esquecido como Alex era engraçado. Ele nunca foi uma dessas pessoas que sempre tentam ser palhaças, cheias de gracinhas. Ele nem mesmo ri de suas próprias piadas. Você nem as percebe se não está ouvindo com atenção.

Ele me conta sobre os espirros de seu companheiro de apartamento com horror genuíno, como se estivesse revelando que encontrou bebês mortos no sótão ou algo assim, e percebo que na verdade o Alex não mudou tanto assim.

Seus olhos são tão grandes e límpidos quanto me lembro, mas as linhas ao redor deles quando sorri são novas. Seu cabelo não mudou muito desde a escola, mas Alex parece mais maduro com ele. Enquanto a maior parte dos garotos usava o cabelo curtinho ou com franjas, ele usava um corte mais comprido e desordenado, caindo sobre as orelhas. Um pouco professoral. Mas professoral combina com ele, agora que ele é um professor.

– Seu velho chaveiro ficou pesado demais para carregar por aí?

– O quê? – sigo a direção dos olhos de Alex até a mesa, onde meu chaveiro prateado em forma de coração, com as chaves de casa, caiu da minha bolsa.

– Você costumava manter as chaves naquela coleção de chaveiros de férias.

– Ah, parei de usar na universidade. Ainda tenho guardado, mas, para ser honesta, não está muito maior do que da última vez que você viu.

Conto para Alex sobre minhas viagens desde a escola. Fui para Magaluf com Leah, Susie e mais umas duas amigas da universidade. Depois, para Creta com Max, Leah e Rob. E então Max e eu fomos a Barcelona no nosso aniversário de três anos.

E é isso.

Está brincando! – Alex exclama com surpresa verdadeira. – Como isso aconteceu?

Porque não se pode ter tudo. Explico que conheci Max na universidade e que não podíamos nos dar ao luxo de viajar. A situação não mudou para Max quando ele se tornou um músico-jornalista com trabalhos esporádicos. E depois veio Richard.

– Mas conhecerei o mundo um dia – insisto, nem que seja só para tirar aquele olhar de leve pena do rosto de Alex, que não consigo suportar.

– Com Richard?

Uma imagem de Richard surge na minha cabeça, usando mochila e sandálias, e fazendo check-in em um albergue. Quase rio em voz alta. Acho que estou um pouco velha demais para mochilar, mas faremos muitas viagens, tenho certeza.

– Talvez – remexo-me em meu assento, então paro antes que Alex tire alguma conclusão disso. – Não sei. As coisas são mais fáceis quando se é mais jovem, não são? Mesmo se você não está fazendo nada excitante, pode pelo menos se imaginar fazendo. Quando se chega perto dos trinta, precisa aceitar que pode nunca fazer nada disso.

Nós dois bebemos nossos vinhos, experimentando algo parecido com um silêncio estranho pela primeira vez. Tento sair da defensiva e pensar em algo para dizer, mas Alex sai na frente.

– Por que você nunca visita Mothston?

– Minha mãe te pediu para perguntar isso? – estreito meus olhos na direção dele. Ele gargalha e confirma com a cabeça, mas isso não me surpreende. Eles costumavam confabular sobre mim todo o tempo.

Minha mãe dizia: você não vai sair com esse cinto, vai?

Eu: sim, e não é um cinto... é uma saia.

Alex: é um pouco curto, Hols...

Minha mãe: já começou aquele trabalho de História, Holly?

Eu: não, tenho muito tempo para isso.

Alex: hum, o prazo é amanhã, Hols...

Para ser justa, havia fotos das minhas nádegas quase aparecendo naquela festa, e meu último trabalho fez minha nota de História ficar abaixo da média no currículo escolar.

– Eu só precisava fazer outras coisas antes – digo para ele, colocando minha mão em seu joelho para me levantar. – Preciso ir ao banheiro.

Quando volto, Alex está tirando moedas da carteira.

– Topa? – ele aponta com a cabeça para a máquina com jogo de perguntas.

– Claro – pego minha taça e vou atrás dele vacilante, observando-o tentar equilibrar o copo na parte de cima inclinada da máquina algumas vezes antes de colocá-lo na janela atrás dela. Graças a Deus não sou a única pessoa embriagada aqui.

Alex coloca as moedas e me posiciono diante do botão de resposta.

– Pare de escolher "entretenimento" – ele reclama depois da terceira pergunta para a qual não sabe a resposta.

Ele me afasta gentilmente, conseguindo tempo suficiente para selecionar "artes e literatura", e aperta a tela antes que eu tenha tempo de terminar de ler a pergunta. E então escolhe "artes e literatura" de novo.

"Em qual peça de Shakespeare Dom João era o meio-irmão sinistro de Dom Pedro?"

– MUITO BARULHO POR NADA! – meu dedo está no botão antes que Alex tenha uma chance.

– Por que está gritando?

– NÃO SEI.

– Muito bem na resposta, aliás.

– Era fácil – ele não precisa saber que só me lembro disso porque Keanu Reeves interpretava Dom João no filme.

– Então, você conhece algum personagem de Shakespeare que não tenha sido interpretado por Keanu Reeves? – ele me dá um sorriso e aproveito a oportunidade para escolher "entretenimento" novamente.

– NÃÃÃÃÃÃÃO, seu tonto! – bato no braço dele quando ele escolhe Will Young como um vencedor de *X-Factor*. – Ele era do *Pop Idol*. Bem feito... perdeu o jogo.

– Uau, há anos ninguém me chama de tonto.

– Na sua cara, talvez. Ah, você devia ir aos jogos de perguntas às quartas-feiras no pub que fica em frente ao meu trabalho... somos péssimos nas questões de "artes e literatura".

E nas de "história".

E nas de "esportes".

E nas de "política".

– Ah, obrigado. Eu adoraria. Vamos jogar de novo. Vou pegar outra bebida e uso o troco aqui na máquina. Vai tomar o mesmo?

Estou prestes a dizer que sim, mas vejo que o relógio sobre o balcão mostra 22h30 – não percebi que era tão tarde. Vou levar quinze minutos para caminhar pelo matagal.

Se eu for embora agora, estarei na cama às 23h. Sinto-me surpreendentemente relutante em partir e penso em aceitar apenas mais uma bebida, mas se Richard me ligar quando seu voo aterrissar não quero atender aqui.

– Eu preciso ir, mas repetiremos em breve... foi divertido!

– Com certeza – ele diz, um pouco pego de surpresa.

– Foi realmente divertido – digo novamente, apertando seu braço.

Estou falando sério: foi a coisa mais divertida que fiz em décadas. Nada sobre a última vez que nos vimos em Mothston veio à tona – graças a Deus –, então foi como nas vezes que saíamos antes disso. Esqueci o quão fácil era estar na companhia dele. Mas com Richard de volta ao escritório o trabalho será pesado, e eu poderia chegar um pouco mais cedo.

– Tudo bem. Uma ressaca no meu segundo dia não cairia bem, de toda forma.

Acho que nunca vi o Alex de ressaca. Ele era o tipo raro de adolescente que sabia quando parar. Isso nas poucas ocasiões em que bebia.

– Tem certeza que não quer ir de táxi? – Alex me pergunta pela terceira vez quando me abraça do lado de fora do pub. Garanto que ficarei bem, e ele me faz prometer que enviarei um SMS para ele quando chegar em casa.

Meus pés começaram a doer depois de cinco minutos, então, assim que chego ao matagal, tiro os sapatos e os levo na mão. O salto agulha também servirá como uma arma excelente se um assaltante me atacar. Bônus.

Lembro-me do Alex chamando minha atenção quando tirei os sapatos para caminhar a pé para casa depois de uma balada em Mothston. Ele disse que eu poderia pisar em uma garrafa quebrada e cortar o pé e perguntou se eu não tinha medo de pisar na agulha contaminada de um viciado e contrair Aids, e quando fingi não me preocupar ele tirou as próprias meias e me obrigou a vesti-las.

Ainda estou sorrindo com a lembrança quando entro cambaleando pela porta de casa e tropeço em Harold, que estava claramente contando as horas. Então deito na cama e aumento o volume do celular, para o caso de Richard me ligar. Mas não demora muito antes que eu esteja em um sono profundo e ininterrupto.

Capítulo 11

ALEX

As ruas de Greenwich estão da cor das abóboras de Halloween enquanto caminho para casa. Além do brilho da iluminação dos postes, há um céu noturno sem nuvens, e lembro que certa vez alguém me disse que a maioria das estrelas visíveis ao olho humano não existem mais – elas já morreram, mas, por causa do tempo que a luz leva viajando, ainda é possível vê-las. Então, na verdade, você nunca sabe se o que está observando é real ou não.

Entro no apartamento, encontrando-o às escuras e silencioso, mas enquanto desvio de pilhas de livros para me despir, o som de uma chave girando na fechadura é acompanhado de uma voz feminina. Risadinhas e passos desajeitados são interrompidos por um espirro. E outro, e mais outro. Pobre mulher. Então a porta do quarto de Carl se fecha e é a última coisa que escuto deles.

Acomodo-me na cama, mas estou inquieto. Não são nem 23h quando Holly me manda um SMS para dizer que está em casa e em segurança. Mesmo assim, foi bom vê-la novamente. Não foi estranho, e minha mandíbula não travou nenhuma vez. Descobri o que ela andou fazendo desde que deixou Mothston e ouvi tudo sobre seu namorado, que não era Max, e sobre quem ela falou com tanto entusiasmo que fiquei com a impressão de que estava me dando um aviso: *sei sobre sua paixonite lamentável daquela época, Al; por favor, não comece desta vez.* Mas, sabe o quê? Está tudo bem. As coisas são diferentes agora. Ela está diferente.

Quando ela entrou no pub, meus braços se abriram involuntariamente. *Caramba*, pensei. Todo esse tempo carreguei uma Polaroid na minha cabeça, uma fotografia da Holly com suas botas estilo militar e regata azul-marinho. Mas ali estava ela em dez megapixels: roupas de escritório photoshopadas em seu corpo magro, o cabelo alterado digitalmente para remover qualquer traço de cachos, sardas derrotadas pelo tempo ou pela maquiagem. Imediatamente desejei ter escolhido um pub mais adequado.

Não me entenda mal: ela está ótima. Só não é a garota na Polaroid. Não é estranho como as coisas acontecem? Se antes desta noite me perguntassem qual eu achava que era o trabalho de Holly, secretária não estaria no topo da lista. Nem estaria na lista. Definitivamente, estaria na lista do que ela não estaria fazendo, juntamente com carpinteira, espiã do M-16 e cantora folclórica bósnia. Mas minha carreira também não merece um episódio de *Esta É sua Vida*. Eu estava mais chocado por ela não ter histórias sobre nadar em praias australianas ou acampar em uma montanha no Peru. É como quando você cresce e um dia visita sua antiga escola primária, e tudo parece minúsculo comparado com o que você achava quando criança. Talvez Holly não fosse a pessoa que eu imaginava. Talvez ela nunca tenha sido o espírito livre que pensei. O espírito livre que eu amava.

Mas ela está feliz. Diferentemente de quando ver o mundo e festas faziam suas pupilas dilatarem, agora isso é causado por Richard e o trabalho. E gostei de ouvir sobre tudo isso; gostei de estar com ela novamente; gostei de olhar para ela sem sentir o revirar de qualquer sentimento no meu estômago. Era libertador. E se agora eu me sinto um pouco deprimido, é só porque permiti que minha imaginação ficasse um pouco fora de controle.

Tenho uma amiga aqui. Eu devia estar bem contente. Agora, só preciso fazer alguns amigos solteiros; amigos disponíveis nas noites de sábado e em outras ocasiões reservadas para casais, quando ter um dia sem compromisso se parece com assistir a uma peça da qual ninguém mais tem um papel. Feriados são provavelmente as datas em que menos gosto de ser solteiro, seguido de perto pela conversa obrigatória com minha tia Pauline todo Natal:

Tia Pauline: já conheceu uma boa moça, Alex?

Eu: não, ainda não, tia Pauline.

Tia Pauline: ah, bom, você ainda é jovem.

Meu pai: ele tem quase trinta anos, Pauline.

Tia Pauline: o que aconteceu com aquela moça com quem você estava saindo? Aquela alta.

Meu pai: ela terminou o relacionamento.

Tia Pauline: eu gostava dela.

Meu pai: todos gostávamos dela.

Eu: Charlotte e eu nos separamos há quase sete anos, tia Pauline.

Tia Pauline: e você não teve nenhuma namorada depois disso?

Eu: teve a Debbie. Você a conheceu. Ela veio para a ceia de Natal um ano, lembra?

Tia Pauline: o que aconteceu com ela?

Meu pai: ela terminou o relacionamento.

Eu: ela não terminou.

Estou cansado, mas não consigo adormecer. Viro o travesseiro para que fique fresco contra meu rosto, mas isso não ajuda. Tenho pensamentos demais rodopiando na minha mente.

Passo por ela quando vou para a cozinha. Uma morena que parece ter vindo direto das páginas de uma revista de moda. Ela está indo embora e me dá um sorriso casual, educado, com os lábios brilhantes.

– Sua outra metade? – pergunto para Carl, que está apoiado no balcão da cozinha, com um prato em uma mão e uma torrada na outra.

– Sophie? Claro que não – ele parece verdadeiramente horrorizado com a ideia. – Só temos um acordo – inseguro do que dizer, aceno com a cabeça, interessado. – Não estou pronto para nada sério – ele prossegue, entre mordidas na torrada. – Soph está na mesma situação. Então assim é bom pra nós dois.

Agora, nenhum de nós consegue pensar em mais nada para dizer. Carl fica ali, mastigando seu café da manhã enquanto embalo meu almoço.

– O que você fez na noite passada?

Conto sobre Holly e desvio de sua pergunta previsível sobre se há algo entre nós. Posso sentir que ele é cético. O que há com as pessoas?

– Você provavelmente está certo sobre não se comprometer – ele diz, colocando o prato vazio em cima de uma pilha de *suas* panelas sujas na pia. – Acho que as mulheres são um pouco como as bactérias: assim que você tem uma na mão, elas começam a se multiplicar.

Sorrio e Carl começa a gargalhar. Acho que ele pensa que estou sorrindo de admiração por sua teoria, mas não é isso. Só estou aliviado porque ele sabe o que é uma bactéria.

Certa vez perguntei ao senhor Scrafton, professor de química do colégio Mothston, o que causava a ressaca, e ele me explicou sobre as substâncias químicas formadas durante o processamento do álcool chamadas congêneres. São essas diabinhas que fazem seu estômago embrulhar, sua garganta secar e sua cabeça rodopiar. Bebidas escuras como brandy, vinho tinto e whisky contêm muitos congêneres, enquanto as claras como rum, vodca e gim, não – por isso causam ressacas com menos frequência. O senhor Scrafton e eu concordávamos que as aulas de química seriam muito mais úteis se informações como esta estivessem no programa.

Meu problema é que comecei a tomar vinho tinto com vinte e poucos anos, na esperança de que Charlotte McCormack pensasse que eu era sofisticado, e peguei gosto pela coisa. Então conseguir ordem entre meus alunos do nono ano esta manhã é ainda mais difícil do que foi ontem. Luto para me fazer ouvir sobre Stacey Bamber, que está falando para Bhumi Khan sobre visitar seus primos em Peckham, bairro onde aparentemente tudo acaba em "*bang bang*" (ela faz uma arma com os dedos).

– Podemos começar, por favor? – digo, circulando folhas para uma prova de ortografia que tem *Hamlet* como tema.

Enquanto caminho pela sala, Gareth Stones tira o Iphone do bolso da calça e usa o reflexo para revisar um rosto comprido, magro e pálido. Seus olhos profundos são um pouco próximos demais, o que o deixa parecido com um fantasma de desenho animado.

– Ei, Peluda – ele grita para Mary Hough. – Como está meu cabelo?

– Vai se foder – ela responde.

Advirto Mary pelo linguajar e peço para Gareth colocar o telefone em algum lugar onde eu não possa vê-lo. Então olho esperançoso para a senhora Pritchard, a professora assistente, enquanto a prova começa.

A maioria das crianças trabalha em silêncio, embora Stacey aproveite o tempo para desenhar um pênis com caneta vermelha. Os detalhes são bem impressionantes, mas a escala deixa a desejar. Pelo menos, espero que sim.

– Laertes* parece algo que eu pegaria de você, Peluda – Gareth exclama, e o silêncio é quebrado pelo coro de "Uuuuuu!".

Mary me encara.

– Por que não posso falar palavrão quando ele é idiota o tempo todo, senhor Tyler?

Levo alguns minutos para acalmar a classe, mas o padrão se repete: estou prestes a conseguir quando Gareth ou Stacey se comportam mal e preciso começar tudo de novo. É como brincar com um daqueles jogos de circuito elétrico, que tocam uma buzina sempre que você erra, e hoje, por causa dos congêneres, não consigo manter mão firme.

– Ok, o que vocês acham que causou a explosão de Hamlet no túmulo de Ofélia? – arrisco.

Silêncio. Silêncio entorpecido.

– O que me diz, Kenny?

Kenny mantém a cabeça baixa durante a aula, e quando ergue o olhar, seus olhos estão vidrados de desinteresse.

– Vamos lá, lembra que falamos sobre isso ontem?

Gareth começa uma musiquinha baixa com o nome de Kenny. Paul Keogh se junta a ele. Eu os calo.

– Quer que eu compre um protetor de ouvidos? – Gareth diz, mas consigo deixar de lado as risadas que se seguem e me concentro em Kenny.

Dou a ele mais uma chance de responder em meio ao ruído.

– Olhe, não tenho porra de ideia nenhuma, ok?

---

* Laertes é um personagem da peça *Hamlet*, de William Shakespeare. (N da T.)

Ele empurra a carteira para a frente com força, calando imediatamente a classe. Fica em pé e desliza a mão pela frente da calça de maneira ameaçadora, e sinto o pânico me consumir. Dou um passo hesitante na direção dele. Ele me encara de modo ameaçador. Pela primeira vez em seis anos, sinto que perdi totalmente o controle de uma sala de aula. Holly não estaria tão orgulhosa da minha carreira de professor se testemunhasse isso. O braço de Kenny se move lentamente até a altura do cinto. Ensinar crianças carentes a amar o inglês – quem eu estava enganando? Precisarei contê-lo.

Então ele saca.

Um pente.

Espeta o objeto de lado no cabelo e sai zangado e cambaleante da sala.

Perturbado, vou atrás dele, pedindo à senhora Pritchard que tome conta da classe enquanto sigo Kenny porta afora. Logo acelero até começar a correr, passando pelos banheiros antes de dar meia-volta para inspecionar os cubículos. Nenhum sinal dele. Vou para o pátio de concreto onde os alunos passam o intervalo e o almoço, e é onde o encontro, em um canto distante, rastejando por debaixo de um alambrado que ficou frouxo na parte de baixo. Ele caminha na direção de quatro ou cinco garotos mais velhos. Eles usam jeans folgados e a maioria deles tem pelo menos uma mão enfiada na calça, e eles o cumprimentam com uma mistura de apertos de mão elaborados e acenos simples. Observo enquanto escapam do terreno da escola e, naquele momento, resolvo fazer de Kenny Sonola meu primeiro projeto pessoal em Whitford High.

Quando o último dos meus alunos do nono ano desaparece, despenco na cadeira com um suspiro cansado. Se eu estivesse dando aulas para o sexto ou o sétimo ano, a sala cheiraria a suor; muitos meninos de onze e doze anos ainda não haviam sido apresentados ao desodorante. Mas depois que chegavam aos treze ou quatorze anos, deixavam para trás uma mistura desagradável de perfumes de celebridades, canetas marca-texto, bronzeadores artificiais e inércia.

– Não consigo parar de pensar no que aconteceu com Kenny – digo à senhora Pritchard.

– Não foi sua culpa – ela me consola com um melódico sotaque irlandês que faz tudo o que diz soar como se estivesse colocando você na cama. – O garoto tem problemas.

Acontece que, aos quatorze anos, Kenny já tem quase tantos títulos após seu nome quanto eu. Kenny Sonola DCSE PEAE, para dar o caso completo. O que significa que ele tem Dificuldades Comportamentais Sociais Emocionais e está no Programa Escolar de Ação Especial. A senhora Pritchard não sabe muita coisa sobre a vida doméstica do garoto, apenas que sua mãe morreu quando ele era mais novo e que ele passou um tempo na assistência social.

– Sabe o que pensei quando ele colocou a mão na calça? – digo. – Pensei que ia tirar uma faca.

– Eu também... é o que qualquer um teria pensado.

Eu estava ocupado demais com tudo para notar ontem, mas o cabelo ondulado castanho dela, sua pele clara e o sorriso constante dão-lhe uma beleza que é realçada pelo fato de que ela parece alheia a isso.

– Sim, e é aí que quero chegar. Ele é negro e não se envolve na aula, então deve ser um maloqueiro. Eu o vi lá fora com outros garotos negros e imediatamente pensei: *ele está em uma gangue*. Não posso acreditar que caí nesse tipo de preconceito.

– Está sendo duro demais consigo mesmo.

A senhora Pritchard coloca uma mão reconfortante no meu antebraço e agradeço-a com um sorriso desanimado. Ela se abaixa para pegar a bolsa e, ao fazer isso, alguns centímetros de uma calcinha vermelha aparecem sobre a parte de trás de sua calça. É difícil não olhar. Ela não parece o tipo que faria um gesto sexual tão ostensivo, mas se minha cueca estivesse aparecendo por sobre a calça baixa, eu saberia, não é?

– Acho que nos vemos mais tarde, então – ela diz, sorrindo enquanto seguro a porta aberta.

Então fico sozinho e, de repente, não me sinto tão cansado, fatigado ou de ressaca.

O metrô para Greenwich está chegando na estação e dou uns passos para o lado, na direção de onde acho que a porta vai parar, quando sou distraído por uma voz feminina.

Viro-me e...

– Senhora Pritchard... eu não sabia que pegava... – entramos no metrô juntos.

– Por favor, me chame de Cassie. É o diminutivo de Cassandra, mas só sou chamada assim quando me comporto mal. Acho que você é Alexander quando faz algo errado, certo?

Ela ri para si mesma enquanto tento lembrar quando foi a última vez que alguém me chamou de Alexander. Há muitos anos, pelo menos.

Por um momento, imagino seu cabelo espalhado em meu peito: estamos juntos na cama, sua cabeça repousa no meu ombro e é a manhã depois da noite anterior, uma noite na qual ela me chamou de Alexander várias vezes.

– Alex! – ela me chama, acenando com a mão diante do meu rosto quando paramos em Cutty Sark. – Eu desço aqui.

O metrô acaba de ganhar velocidade novamente quando um garoto encapuzado que subiu conosco em Deptford Bridge se vira.

– Tudo bem, *Alex*.

Gareth Stones permite que um pedaço de chiclete mascado penda de seus lábios.

– Você está transando com a senhora Pritchard, não está?

Capítulo 12

HOLLY

– Então, você e Richard já tiveram "A Conversa"?

Espio ao meu redor no escritório, para ter certeza de que ninguém está ouvindo.

– Pare com essa bobagem de CONVERSA, Susie – sussurro energicamente ao telefone.

– Mas quando é...

– Por que você não pergunta pessoalmente para ele no casamento da Chloe? – Isso a cala por um segundo e meio.

– Ele vai?

– É claro.

– Mas vai de verdade, ou como no seu jantar de aniversário?

– Vai de verdade. Agora preciso desligar... não posso falar sobre isso aqui. Amo você, tchau!

Ela devolve o sentimento e eu desligo.

Então, Richard e eu nunca tivemos "A Conversa". A conversa que a maior parte das minhas amigas acha que é necessária para promover alguém de "o cara com quem estou saindo" para "meu namorado".

Elas são obcecadas com isso há décadas, planejando meticulosamente o momento e o lugar em que isso acontecerá, praticando os diálogos em suas mentes trinta e duas vezes e, por fim, perguntando despreocupadamente: "e aí, onde você acha que isso vai dar?".

Então seguram a respiração enquanto esperam a confirmação de que isso é um relacionamento *ou* uma afirmação gaguejada e sem contato visual de que "o cara com quem estão saindo" não quer nada sério *com ninguém* neste momento.

Ou que ele acha que ela é incrível, mas que acaba de descobrir que sua empresa está prestes a transferi-lo para o escritório de Dubai por dois anos, e que ele parte na próxima terça-feira. Jemma não sabe que vi o cara que lhe disse isso comprando vinho na Waitrose há um mês.

De qualquer modo, nunca tive "A Conversa". Nunca cheguei ao momento em que senti que precisasse disso, o que é uma sorte, porque parece algo tão divertido de se fazer quanto cutucar o olho com um compasso enferrujado.

Na escola era fácil – você era a legítima proprietária de um namorado depois da conversa:

– Quer sair comigo?

– Sim.

Depois Max me salvou de quaisquer preocupações fugazes de que pudéssemos precisar da tal "Conversa". Três semanas depois de nos conhecermos, eu o escutei falar ao telefone com um amigo que estava com a namorada. Tive um sentimento de pânico por um segundo, olhando ao redor para ver onde estava a namorada de quem ele falava, antes de perceber que era eu.

Mas como Richard pode se referir a mim como sua namorada quando a ideia é que ninguém saiba? Mesmo assim, nunca senti a necessidade de recorrer ao "e aí, onde isso vai dar?". Mas desde meu jantar de aniversário, Susie começou a me ligar diariamente para me convencer do contrário.

Leah começou com isso sem querer, depois que seu marido, Rob, deixou escapar que Max tinha uma nova namorada, Felicity; ela deu uma cotovelada para calar a boca dele.

Rob e Max são grandes amigos. Leah e eu os conhecemos no centro acadêmico e, seis anos mais tarde, enquanto Leah e Rob se casavam, Max e eu terminávamos. Literalmente no casamento. Olhamos para Leah e Rob, olhamos um para o outro e percebemos que nunca chegaria o momento em que poderíamos subir ao altar, prometendo estar juntos para sempre. Foi bastante amigável. Não mantivemos contato, mas deixei que ele partilhasse a custódia de Leah e Rob sem que tivesse que se vestir de Homem-Aranha e escalar um edifício alto.

– Ah, desculpe – Rob pareceu constrangido.

– Não seja bobo... por que eu me incomodaria por ele ter uma namorada? – perguntei com sinceridade. – O rompimento foi mútuo.

– Sim, mas ninguém gosta de perder a corrida – Susie se juntou à conversa, enquanto fazia sinal para o garçom. – Quero outra vodca, soda e limão, por favor. Limão fresco... não extrato. Obrigada.

– Hum, perder O QUÊ, Susie? – perguntei, assim que o garçom desapareceu novamente.

– Você sabe... depois de um rompimento. Todo mundo quer ser o primeiro a ficar com alguém.

– Primeiro, isso é bobagem, Su... não há corrida. E, além do mais, já estou com Richard há nove meses.

Venci a corrida de lavada. Eu podia ter parado e dançado a Macarena no meio do caminho e, ainda assim, Max não teria me alcançado.

– É, Susie – Leah sorriu de modo encorajador para mim. – Ela tem essa coisa com o Richard.

– Hum, podemos classificar Richard e ela como uma coisa real? Ninguém além de nós sequer sabe que eles estão juntos.

– Como assim? – perguntou Jamie, novo caso de Susie. Ele é o tipo que ela normalmente escolhe: doce, amigável, acessível.

Até agora, gostamos dele. Por "nós", quero dizer Leah, Rob e eu. E Susie o tolera, então é promissor. O clima ficou tenso quando ele ofereceu a ela metade de seu pão de alho com manteiga. Sério, cara? Tentá-la com uma mistura de carboidratos *e* gordura? O restante de nós parou de respirar por quase um minuto, enquanto ela o encarava. Mas isso ficou para trás, e sinto como se tivéssemos ficado ainda mais próximos depois disso.

– Então, deixe-me ver se entendi direito – Jamie disse, assim que contei a história para ele. – Ele nunca conheceu suas amigas, vocês nunca passaram as férias juntos... na verdade, vocês raramente saem juntos; e, nos primeiros três meses do, hum, relacionamento, vocês só dormiram juntos no trabalho.

– Sim. Aonde você quer chegar?

– É só que parece...

– Não esqueça que Suze e eu ainda teremos a conversa "então, o que você acha do Jamie?" mais tarde.

– Não quero chegar a lugar algum. Só queria ter certeza de ter entendido.

– Você já teve "A Conversa"? – Susie perguntou, antes que eu tivesse chance de mudar de assunto.

– Que conversa?

– Aquela na qual vocês definem que são namorados.

– Bem, não... íamos fazer isso, mas então lembramos que não temos quatorze anos.

– Sim, e por que ele estaria dormindo com ela se não quisesse nada sério? – acrescenta Leah.

– Claro – Rob diz secamente, enquanto Jamie quase engasga com o pão de alho. – Não consigo pensar em nenhum outro motivo – ele sorri em minha direção, mas algo em meu rosto faz com que ele mude para um sorriso de desculpas.

– Então, você já contou para sua mãe? – Susie pergunta, sabendo que ainda não fiz isso.

– Não. Agora podemos parar com a inquisição espanhola para que todos possam dar meus presentes, por favor?

– Hols, venha ver este vídeo de gatinhos fazendo graça no YouTube – Jemma diz, enquanto Danny se afasta, secando uma lágrima dos olhos.

– Estou ocupada – respondo, voltando para o trabalho no computador.

Quero dizer, não é que não entenda por que meus amigos não aceitam aquilo. Eu percebo como pode parecer, visto de fora. Mas eles não nos veem quando somos apenas nós dois.

Nunca contei para ninguém, mas sempre que estou em um relacionamento, faço uma pequena montagem na minha cabeça e coloco uma canção nela. Como em um filme. Nos primeiros anos com Max, a canção era *Truly Madly Deeply*, do Savage Garden. As cenas que apareciam na minha mente eram coisas como nós deitados juntos na minha cama de solteiro na república em que eu morava, encarando um ao outro, apoiados nos cotovelos enquanto conversávamos até tarde da noite. Ou nos beijando no mar de Creta, Leah e Rob gritavam "arranjem um quarto!" enquanto jogavam bola a alguns metros de distância. Na cozinha, durante uma festa na casa de alguém; eu sentada na bancada e inclinada sobre seus ombros, enquanto ele estava em pé entre minhas pernas, de costas para mim, enquanto ríamos com amigos.

Então, nos últimos anos com Max, depois que fomos morar juntos, a canção mudou para *End of a Century*, do Blur. Nós dois sentados em cantos opostos do sofá, assistindo novela.

Nós LITERALMENTE nos beijávamos com lábios secos e dizíamos "boa noite".

Cada namorado – desde o primeiro, no sexto ano – teve uma montagem com trilha sonora.

De qualquer modo, depois da primeira vez que beijei Richard, e nas semanas seguintes, minha mente misturou cenas de nós dois fazendo contatos visuais cheios de significado no escritório com ele me agarrando apaixonadamente e me jogando em sua mesa – tudo ao som de *I Just Wanna Make Love to You*, de Etta James.

Mas agora mudou.

A música é *Better Together*. As cenas: eu com as pernas sobre o colo dele, conversando sobre nosso dia. E nós dois dançando ao som do rádio ao redor da imensa cozinha dele enquanto fazemos o jantar – ele cortando vegetais e eu empurrando as coisas cortadas na tábua para dentro da panela – e depois brindamos com nossas grandes taças de vinho. O cumprimento depois de finalmente terminar um projeto que nos fez ficar até tarde no escritório. Ele me agarrando apaixonadamente e me jogando em sua mesa.

Porque, nas palavras de Jack Johnson, somos realmente muito melhores quando estamos juntos.

Pode vomitar.

A questão é: o que temos é real.

Ele não iria ao casamento da Chloe se não fosse.

Devo admitir que o cinismo de Susie me atingiu – cheguei a me preocupar, pensando se ela não estava certa e se eu não tinha aumentado a importância do relacionamento em minha cabeça. Mas então falei para Richard que estava pensando em levar Alex como meu acompanhante, e ele ficou bem chateado por eu não pensar em convidá-lo. Percebi que era tolice presumir que ele não queria ir. Chloe é uma velha amiga da universidade, então não haveria ninguém que o conhece, e esse é o único problema.

– Posso pedir seu conselho ou ainda está ocupada demais? – Jemma faz beicinho para mim.

– Vá em frente – sorrio. – Sou multitarefa.

Jemma convidou Jonny, aquele banqueiro que quase a atropelou com a bicicleta – com quem já teve três encontros – para o jogo de perguntas amanhã. O que não é um problema em si, exceto pelo fato de que depois de um encontro quente, ela começou a sentir a familiar falta de entusiasmo por ele nas duas últimas vezes que saíram, e está contando com amanhã para trazer o ânimo de volta.

– Preciso de sua ajuda, Holly – ela lamenta. – Estou tão *cansada* de ser solteira. Há quanto tempo está solteira?

Meus olhos seguem para a porta do escritório do meu namorado enquanto respondo...

– Cerca de um ano.

– Já teve algum encontro?

– Não.

– Uau. Você fez sexo nesse tempo?

– Hum. Não?

Nunca tive tanto sexo. Richard é uma daquelas pessoas que está SEMPRE a fim.

Maneira de parabenizá-lo depois que ele conquista uma conta grande? Sexo. De animá-lo quando as negociações com um cliente não dão certo? Tocar seu pênis. De aliviar o tédio dele? Tirar a roupa. De ajudá-lo a relaxar após um dia estressante? Fazer o jantar, servir um drink e fazer uma massagem nos ombros.

Ele não é só um pedaço de carne, no final das contas.

– Uau, um ano. Isso é deprimente – Jemma diz.

Na verdade, a parte mais deprimente da minha vida sexual foi no último ano com Max. Não que nunca transássemos – fazíamos cerca de uma vez por semana no fim, mas era mais para manutenção do que por paixão. Como sangrar o radiador ou limpar o forno.

– O que minha vida sexual tem a ver com isso? Achei que queria um conselho.

– Ah, sim. Bom, parece que vai ser o sujo falando do mal lavado, mas pelo menos você *teve* um relacionamento longo então deve ter tido isso em algum momento.

Acho difícil aconselhar Jem quando realmente não tenho ideia de qual é o problema dela.

– Você o beijou?

– É claro – então ela dá um tapa na testa de modo dramático. – Mas onde errei? Preciso parar de agir como uma putona?

– Não, é importante ser você mesma.

– Oh, HA, HA, HA.

– Talvez seja isso – arrisco. – Os caras amam um desafio. Tente isso: nada de beijo no primeiro encontro.

– Ótimo... obrigada pelo conselho – ela tira o telefone do gancho. – Oi, é o tal do Doutor Who? Oi, doutor, eu estava me perguntando se podia me emprestar a Tardis para que eu possa voltar duas semanas e quatro dias atrás e *não* beijar o Jonny no nosso primeiro encontro.

– Bem, obviamente é tarde demais para isso – rio, enquanto ela desliga o telefone. – Mas talvez você pudesse aguentar um pouco antes de dormir com ele.

Ela pega o telefone novamente.

– Oi, doutor. Eu estava me perguntando se podia me emprestar a Tardis para que eu possa voltar duas semanas e três dias...

Então ela percebe que Danny se levantou para ir ao banheiro e aproveita para colocar o conteúdo de seu furador em cima do teclado dele.

Pode me dar um conselho amoroso? – Danny para em minha mesa na volta do banheiro e senta na ponta.

– Por que não? Estou a mil hoje. Em que posso ajudar?

Danny gostaria de ser um garanhão com suas histórias de libertinagem nas boates de Romford, acordando na manhã seguinte na cama de alguma garota desconhecida, mas é um molenga e sempre se apaixona por alguém. E faz isso aproximadamente quatro vezes ao dia. Atualmente, está saindo com Carla – uma temporária de vinte e um anos que cobriu as férias de Jemma. Viraram unha e carne nos três meses desde então, mas no sábado ela partirá para ficar um ano na Austrália.

– Então, eu quero pedir para ela ficar, mas fico enrolando porque tenho medo que ela diga não e eu fique com cara de imbecil, sabe? Agora tenho medo de que seja tarde demais. Devo aparecer de surpresa no aeroporto e implorar para que ela fique? Garotas adoram essas merdas, certo?

Ele precisa parar de basear tanto as reações de suas namoradas em filmes de mulherzinha. Digo isso para ele.

– Amamos isso nos filmes, mas na vida real, Danny, achamos que seria um pouco estranho e assediador. Deixe-a ir. Um ano passa voando e, se for de verdade, vocês continuarão de onde pararam quando ela voltar. Caso contrário, não daria certo de qualquer maneira. É melhor do que ela ficar e acabar ressentida com você pelo fato de nunca ter viajado.

– Sim. Você está certa – ele parece magoado por um momento, então força um sorriso e bagunça meu cabelo. – Querida Holly. É como a irmã mais velha que nunca tive.

– Ah, e você é como o irmão caçula que eu nunca quis – arrumo o cabelo com os dedos, tentando consertar o dano.

O relógio marca 17h30 e somos cercados pelo coro do DA-DA-DA-DUM do Windows sendo desligado, então Danny sai para desligar seu computador também.

– Vejo vocês amanhã, senhoritas – ele diz um minuto mais tarde, parando perto de Jemma para esvaziar a caixa de clipes de papel dela sobre a mesa. – Ainda vamos brincar de jogo de perguntas amanhã?

– Eu não perderia por nada no mundo – Jemma veste a jaqueta jeans sem perceber os clipes de papel. Não fazem diferença no estado em que a mesa dela se encontra, então a pegadinha foi para ele na verdade. – Ah, e vou levar um amigo. Um namorado, na verdade. Então, se você puder agir como se eu fosse um presente de Deus aos homens durante a noite, eu realmente ficaria agradecida.

– Claro... fiz curso de artes dramáticas, então sou bom ator. Holly, você vai?

– Sim... provavelmente levarei meu amigo Alex também – digo e mentalmente me dou um tapa na testa. Alex não sabe que Richard é um segredo. Eu devia ter contado, sei disso, mas pareceu mais fácil não ter que explicar.

– Mas ele não é namorado dela – Jemma esclarece. – Apenas um *amigo*. Então, não precisa ser gentil com ela também.

– E você, Mel? – Danny pergunta a Melissa, que estava a caminho da sala de reuniões.

Fuzilo-o com o olhar, mas recomponho meu rosto rapidamente, enquanto Jemma continua a encará-lo como se ele tivesse esfaqueado sua avó.

– Amanhã à noite não posso... tenho ioga. – Melissa responde, com uma ponta de surpresa na voz. – Mas posso dar uma passada para uma bebida antes da aula.

– Ótimo – Danny sorri.

– Ótimo? – Jemma e eu dizemos em uníssono depois que Melissa vai embora.

– O que foi? Eu não podia não convidá-la uma vez que estávamos todos falando sobre isso. Além disso... ela é legal. Não sei o que vocês têm contra ela.

– Não sei o que você tem *a favor* dela – Jemma diz enquanto eles caminham para fora do escritório.

Estou prestes a sair também quando meu telefone toca.

– Hexagon Marketing? Ah, oi, mãe!

– Você precisa vir para cá logo – ela diz, estranhamente direta. Estou impressionada.

– Sim, eu vou. As próximas semanas estão um pouco atrapalhadas, mas depois...

– Não, quero dizer que você precisa vir aqui nas próximas três semanas. Tenho novidades, sabe. Seu pai e eu compramos uma casa em York! Mudamos no mês que vem.

O QUÊ?

Ela disse que agora que meu pai se aposentou da polícia, eles sonham com uma mudança. Não sei por que estou surpresa. Minha mãe é como eu – ela trocaria uma cidade pequena por uma maior a qualquer momento. Tenho certeza de que ainda moraria em Londres se não tivesse se casado com meu pai que tem fobia de cidades grandes, mas ela coloca a felicidade dele em primeiro lugar.

– Mas eu não quero que vocês se mudem!

– Por que não?

Bem, em primeiro lugar, é claro que ela quer que eu vá esvaziar meu antigo quarto, mas me apego a um dos motivos menos egoístas...

– Porque não será a mesma coisa. Eu amo aquela casa. Todas as minhas lembranças de infância estão lá.

– Ah, querida – minha mãe suspira. – Você só não quer ter o trabalho de vir limpar seu antigo quarto.

– Por que você imaginaria uma coisa dessas?

Eu obviamente estou mais ligada à minha antiga casa do que imaginava. Como minha mãe me lembra a cada oportunidade que tem, raramente vou até lá, mas é porque sei que ela está lá. Talvez eu esteja apenas me sentindo nostálgica após o encontro com Alex, mas parece o fim de uma era. Mesmo que essa era tenha terminado há onze anos.

– Tem um quarto de visitas na nova casa, então você sempre terá onde ficar quando nos visitar. *Se* nos visitar, né? Mas é um quarto menor, então você precisa vir olhar suas coisas e decidir o que jogar fora.

– Ok, ok – eu concordo. – É o casamento da Chloe neste final de semana, mas talvez no próximo – folheio minha agenda. – Sim, é uma boa data.

– Ótimo. Farei seu prato favorito. Me diga qual é seu prato favorito; já faz tempo desde que cozinhei qualquer coisa para você além da ceia de Natal. Aposto que Terry Tyler não teve tanto trabalho para convencer seu único filho a separar suas coisas quando ele se mudou. Como está Alex, falando nisso?

– Está bem – torço o cordão do telefone entre os dedos enquanto tento pensar em um resumo. – Exatamente o mesmo de antigamente, mas totalmente diferente de como era. Entende o que quero dizer?

– Não, não tenho ideia. Mas estou feliz que ele esteja bem. Ele é um rapaz adorável, exatamente como a mãe. Ela fazia qualquer coisa por qualquer um e nunca reclamava.

Senti pena de minha mãe quando Julie Tyler morreu – era a melhor amiga dela. Minha mãe estava muito infeliz quando nos mudamos para Mothston. Eram as férias de verão entre meus quarto e quinto anos, o que foi considerado o momento menos perturbador para que eu mudasse. Meu pai queria voltar para sua cidade natal há anos, e minha mãe já admitiu que pensava que seria como viver em *Emmerdale*, aquela novela que se passa no campo. Mas não demorou muito até que ela percebesse que, tirando os romances, assassinatos, acidentes de avião e coisas do tipo, *Emmerdale* podia ser bem entediante. Mas então Julie a colocou sob sua asa, ajudando-a a se adaptar com cafés da manhã e jantares com amigos. Ela ficou um pouco sem rumo depois que perdeu a amiga.

Sinto-me mal por acabar com sua alegria, em especial porque ela estava obviamente na expectativa de uma longa conversa sobre a mudança, então faço algumas perguntas sobre a casa nova.

– Parece ótima, mãe – digo com carinho.

– É, sim. mas agora preciso ir... tchau! – e ela se vai. Ok, então.

Suspiro e acrescento à minha lista de tarefas: *comprar passagem de trem para Mothston.*

SMS de Holly para Alex

Ninguém no trabalho sabe sobre R e eu, então seja discreto. x

Capítulo 13

ALEX

O senhor Cotton está molhando um cacto no parapeito da janela quando chego para uma revisão das minhas primeiras duas semanas no Whitford High. Ele não desvia a atenção da planta, então permaneço em pé.

– Baixa manutenção – ele diz por fim, me convidando a sentar com um aceno de mão. – Você pode largá-los por meses, e ainda assim permanecem fortes.

Não consigo pensar em nada para dizer, então fico calado. Depois de um tempo, o senhor Cotton se senta, ajeita alguns papéis e prossegue:

– Senhor Tyler.

– Oi.

– Senhor Alex Tyler.

Adoto uma voz boba para brincar:

– Esse é meu nome, não o use à toa.

– Perdão?

– Desculpe, costumávamos dizer isso quando crianças.

O computador do senhor Cotton emite uma notificação de e-mail. Ele se inclina para a direita, na direção do monitor, para inspecionar a correspondência por quase um minuto antes de voltar à postura anterior.

– Não estamos aqui para lembrar sua infância, senhor Tyler; estamos aqui para falar sobre o presente. Como está se saindo?

– Muito bem, eu diria. Eu...

– Problemas com alguma classe?

– Eu estava prestes a dizer: meus alunos do nono ano são bem turbulentos. Acho que é apenas o caso de estabelecer uma conexão com aqueles que atrapalham todos os...

– Classe baixa, não?

– Sim, mas...

– Dê lições mais fáceis para eles. Eles se sentirão no controle e lhe darão menos trabalho. E todo mundo vai conseguir tirar as notas que precisamos.

Encaro o senhor Cotton com o máximo de incredulidade que acho que posso demonstrar sem ter problemas com isso.

– Mas, se for fácil, eles não vão aprender nada.

– Eu sei, mas dar tarefas difíceis significa que ficarão inquietos, senhor Tyler. Qual é a solução?

– Sinto muito, mas eu... – o senhor Cotton pega uma régua da mesa e a dobra com as mãos, fazendo minha garganta apertar – o que quero dizer é: é certo desistir dessas crianças porque elas dão trabalho? Como Kenny Sonola... ele faltou hoje, e quando falei com a senhora Pritchard, ela disse que ele sempre falta nos dias em que o uniforme não é obrigatório.

– A presença dele está acima de noventa por cento... não há motivo para preocupação. Senhor Tyler, alguns de nossos alunos são criaturas espinhosas; como meus cactos aqui – ele usa a régua para apontar. – Dê água demais para eles, e morrerão; chegue muito perto, e espetarão você.

Fico em silêncio, embora uma pequena parte de mim se sinta espetada pela régua do senhor Cotton – e pelos cactos. Em algum lugar, a lâmpada acesa sobre nossas cabeças não brilha.

– De qualquer forma – ele prossegue, mexendo nos mesmos papéis que ajeitou quando entrei, apesar do fato de não ter tocado neles neste ínterim –, não chamei você aqui para isso. Notei que não me mandou nenhum relatório de incidente. Lembre-se: qualquer coisa extraordinária que ocorra deve ser relatada para mim por e-mail. Se não está na minha caixa de entrada, não aconteceu. Fui claro?

Se isso fosse verdade, esses três eventos jamais teriam ocorrido:

1. Minha admissão de ignorância, enquanto assistia a um documentário no Canal 4 sobre gravidez na adolescência com Charlotte McCormack, sobre o fato de as mulheres terem um buraco separado para mijar;
2. Minha fase na universidade de chamar as pessoas de "amor";
3. Minha decisão, há dezesseis anos, de bater uma você-sabe-o-que rapidinha no lavabo da casa de Kev, enquanto ele ia comprar Pot Noodles. A mãe dele devia estar fazendo compras.

Meu telefone resmunga raivosamente em meu bolso enquanto caminho para casa. É Kev. Conto sobre Kenny Sonola.

– Fora da sua alçada, eu avisei.

– Eles não são maus meninos... só são cheios de energia. Estou gostando de verdade.

– Você me lembra minha avó. Ela sempre dizia que amava a guerra porque meu avô ficou fora por cinco anos, e ele a tirava do sério. E eu dizia: "vó, era a guerra".

– Não tenho ideia do que você está falando.

– *Você* não entenderia – ele bufa. – Enfim... como você não respondeu minhas mensagens, resolvi ligar para descobrir se já viu Holly Gordon pelada.

Reviro os olhos e explico que Holly está em um relacionamento – e que, de todo modo, ela está diferente agora. Ele não responde.

– Somos amigos. Vou a um pub com o pessoal do trabalho dela amanhã.

– Amigos? – ele replica. – Sim, acredito que é tudo o que você quer.

Solto um gemido. Ele pensa de verdade que estou preso a alguma paixonite desesperada? Eu jamais lhe daria a satisfação de saber isso, mas, sim, houve um milissegundo quando encontrei Holly no pub que pensei sobre isso. Quando estava na escola, a primeira coisa que eu conferia era o peito da menina; agora era o dedo anelar. E admito: no começo da noite, quando olhei a mão esquerda de Holly e vi o dedo sem anel, senti uma pontada. Mas conforme a noite evoluiu, percebi que era apenas nostalgia. Ela não é a mesma Holly. E sabe? Não sou o mesmo Alex.

Para calar Kev, conto para ele sobre o incidente da calcinha. Ele quer saber se Cassie me deu algum outro sinal.

– Notei que ela toca muito meu braço – respondo.

– Ah, contato pré-sexual – ele diz, e sentindo minha perplexidade acrescenta: – é o que duas pessoas que vão fazer sexo fazem antes da etapa de arrancar as roupas uma da outra. Tocar seu braço é semelhante a uma punheta.

– De onde você tira toda essa merda?

– Chama-se Universidade da Vida, meu amigo, e me graduei com nota máxima.

Não sei por que ainda perco tempo com esses absurdos do Kev. Ele está certo – andei ignorando suas mensagens. Acho que parte de mim não queria que nossa amizade continuasse depois que me mudasse para Londres, pensava que simplesmente nos separaríamos se não estivéssemos presos um ao outro em uma cidade como Mothston. Mas ele parece disposto a fazer a amizade a distância funcionar.

– Tem certeza de que ela é solteira? – ele questiona, e então suga o ar pelos dentes quando digo que já a vi várias vezes conversando com Ted Rodgers, um dos professores de educação física.

– O que foi? – pergunto e ele suspira.

– Vamos ser realistas – ele diz. – Se é uma escolha entre um professor de educação física saradão e você... acho melhor não ter muita esperança.

Ainda bem que não me inscrevi em um daqueles sites de namoro nos quais um amigo escreve uma apresentação para você – tenho medo do que Kev teria escrito.

– As mulheres procuram mais do que apenas braços musculosos, sabia?

– Você lê livros demais, Al.

– Você fala isso como se fosse um insulto. E quanto ao toque no braço? Você disse que significa que vamos fazer sexo.

– Talvez ela só tenha tocado você do jeito que um cuidador gentil toca um paciente idoso – assim que ele termina de gargalhar, acrescenta: – de qualquer modo, não importa se essa tal Cassie gosta de você porque você gosta da Holly.

Agradeço a Kev pela assessoria e tento mudar de assunto mais uma vez, contando sobre a teoria de Carl:

– Ele acha que as mulheres são como bactérias? – hesita Kev. – Parece coisa de um idiota sexista.

Tenho que me esforçar para não engasgar com minha própria saliva.

– Pois é, Kev... horrível, não é?

Ele não responde ao meu sarcasmo.

– Tendo dito isso, ele parece se dar melhor do que qualquer um de nós.

Kev dá uma bufada fria e desdenhosa:

– Bom, na verdade, eu estava de olho em uma gatinha no trem na volta do trabalho. Tipo, pelo reflexo da janela.

Isso é típico do Kev. Uma garota olha de relance na direção dele e ele deduz que ela quer procriar.

– Muito bom. É bom me manter informado sobre essa aí, não acha?

– Farei isso.

Nenhum de nós tem mais nada para dizer e o silêncio se estende um pouco mais do que seria confortável.

– Tudo bem, acho que nos falamos em breve, então – digo.

– Até logo, cara. Ah, e... – ouço que Kev vai dizer mais alguma coisa, mas foi um longo dia e meu polegar já está sobre o botão "desligar".

Quando chego ao pub, Holly sorri e abre os braços como se estivesse prestes a carregar uma caixa grande, e alguns segundos mais tarde sou apresentado aos colegas de trabalho dela. Conheço Jemma (um aceno de oi), Danny (aperto de mão) e Melissa (dois beijinhos no rosto).

Holly insiste em ir até o bar, deixando-me para concordar com a cabeça e rir nos momentos apropriados enquanto eles zombam de alguém chamado Martin. Melissa – a única que não se diverte com o que quer que Martin tenha feito esta tarde – me dá um sorriso compreensivo. Ela tem um daqueles rostos de recepcionistas de hotel – feliz por ajudar. Seu cabelo loiro imaculado balança como uma entidade sempre que ela mexe a cabeça. Quanto às suas roupas – são como as de Holly, mas com mais sensualidade: casaco de mangas bufantes e saia curta, camisa bem passada, saltos altos que requerem prática para serem usados.

Ela pergunta o que faço para viver, e quando digo que sou professor de inglês, ela coloca uma mão no peito, sobre o coração...

– Isso é incrível – ela exclama, pendendo a cabeça melancolicamente. – Eu adorava aprender sobre Shakespeare.

Estou prestes a perguntar quais peças ela estudou, quando Holly reaparece com nossas bebidas.

– Aqui está, senhor Tyler – ela interrompe, e Melissa pede licença. Volta um minuto ou dois mais tarde, com uma bolsa bege pendurada no braço.

– Espero vê-lo de novo – ela me diz, com outro conjunto de beijos. Desta vez, suas mãos seguram meus cotovelos.

Assim que ela sai pela porta, percebo que os outros estão me encarando.

– Você estava flertando com a Melissa? – Holly pergunta, provocando.

A atenção me faz corar, mesmo que sem motivo. Melissa é bonita, mas nunca tive atração pelo arquétipo loiro.

– Eu não estava flertando – digo. – Não intencionalmente, pelo menos. Mas ela é muito...

– Gostosa? – Danny sugere, decidido.

– Eu ia dizer "bonita", mas, sim, não dá para negar que ela é sedutora.

A cabeça de Holly se retrai.

– Sim, de um jeito convencional – ela diz, e Jemma concorda com o comentário com um aceno de cabeça.

– Você está certa – Danny diz, também assentindo. – Sedução convencional... é o pior tipo.

Alguns minutos mais tarde, Holly vê uma mesa prestes a ficar livre, e nos aproximamos do grupo que está de partida como se os assentos estivessem na primeira fila do Royal Albert Hall em vez de próximos a uma mesa cheia de garrafas vazias, pacotes abertos de salgadinhos e pequenas poças de cidra derramada. Fico satisfeito quando Holly me indica o meu lugar perto dela com os olhos, enquanto diante de nós Jemma guarda um lugar para o cara com quem está saindo. Ele está atrasado, e ela passa as primeiras rodadas do jogo de perguntas examinando seu celular, enquanto a única contribuição de Danny é gritar respostas incorretas para tirar do sério as equipes rivais. Holly e eu nos encarregamos da maioria das respostas.

– Qual era o nome completo da personagem de Kylie Minogue na novela australiana *Neighbours*, antes que ela se casasse com Scott?

– Charlene alguma coisa – chuta Jemma.

– Era Mangel – Danny diz. – Ou seria Robinson?

Nunca assisti a um episódio inteiro de *Neighbours* na vida, mas sei a resposta. Holly adorava Kylie, apesar das minhas tentativas de introduzi-la ao Radiohead.

– É Mitchell – digo para eles. – Charlene Mitchell.

Danny e Jemma parecem céticos.

– Tem certeza? – eles dizem em uníssono, mas Holly acaba com qualquer dúvida ao rabiscar minha resposta.

– Ele está certo – ela confirma com um sorriso.

Jemma diz que posso vir da próxima vez, declaração que causa uma cotovelada de orgulho de Holly nas minhas costelas. O vinho deve estar subindo à minha cabeça, pois por um segundo é como se fôssemos adolescentes de novo, e estou feliz por ter a aprovação dela.

– Certo, é isso – Jemma enfia o celular na bolsa e agarra Danny pelo braço. – Eu obviamente levei um bolo. Não há motivo para não ficar bêbada agora.

Eles vão para o bar e, assim que estão fora de alcance, minha mente se volta para o SMS de Holly. Acho que fiquei lisonjeado quando li. Holly costumava me fazer confissões sobre vários garotos sem saber o quanto isso me doía.

– Recebi sua mensagem – digo, antecipando uma revelação. Richard tinha esposa e filhos. É um caso, mas ele vai se separar logo. Casou-se muito jovem.

Devia ser algo sério, ou por qual outro motivo ela não teria mencionado no pub há algumas semanas?

– Nós dois queremos manter as coisas discretas no trabalho. É melhor assim.

Ela mantém um olho em Jemma e Danny no bar. Além deles, um homem de terno em risca de giz, cuja gravata frouxa indica a embriaguez, está dando em cima de uma mulher relutante. Vejo Holly observando a sordidez com que ele cai em um joelho, em uma proposta de casamento zombeteira. O semblante anteriormente desdenhoso da mulher se suaviza.

– É complicado, mas não manteremos em segredo por muito tempo.

Ao se levantar, o homem tropeça em Jemma, que o afasta com uma cotovelada nas costas.

– Estamos esperando o momento certo para essa coisa de conhecer amigos e família...

– Eu estava falando da sua mensagem com o endereço deste lugar – interrompo, sorrindo.

Ela olha para mim pela primeira vez desde que Jemma e Danny foram para o bar e sorri.

– Desculpe, é que estou ciente de que algumas pessoas podem ver isso tudo como um grande clichê dormindo-com-a-secretária.

Aquela ideia me ocorreu? Sim, mas esse é assunto de quem, além de Holly? E, ao ouvi-la agora, é claro que o que Richard e ela têm é algo de verdade. Ela está feliz.

– Viu aquele idiota no bar? – diz Jemma, abrindo um pacote de fritas com os dentes. – A coitada deveria fugir dele enquanto há tempo.

Alguns minutos mais tarde, os resultados são revelados e por pouco perdemos os prêmios, terminando em um respeitável décimo lugar entre onze equipes. Jemma se volta para mim e cobre a boca com a mão de lado, para que Holly não possa ouvir ou ver o que está prestes a sussurrar.

– Aposto com você que ela vai olhar o relógio no próximo minuto – ela diz. – Ela sempre faz isso após a divulgação dos resultados.

Jemma e eu trocamos olhares travessos por cerca de trinta segundos, até que Holly vira o pulso esquerdo, arrancando uma gargalhada de Jemma.

– Ah, pare com isso – diz Holly. – Só estou vendo que horas são. E, para sua informação, eu estava prestes a ir para o bar.

Jemma bufa em dúvida, mas Holly mantém sua palavra, pegando a bolsa, pendurando-a no ombro e seguindo até o bar.

Na verdade – Jemma confidencia, enquanto Holly mostra quatro dedos para o barman com uma mão e aponta para uma garrafa de Sambuca com a outra –, eu nunca a vi beber tanto durante a semana. Ela é uma pessoa diferente com você por perto.

Tomo um longo gole de vinho para esconder o rubor.

– E eu falei sério antes – ela prossegue –, você precisa vir novamente.

Capítulo 14

HOLLY

É a primeira vez que vejo Max desde que ele se mudou, há quase um ano.

Richard está com o braço ao meu redor, do lado de fora da igreja, depois do casamento de Chloe. Está todo sorridente – provavelmente porque estivemos conversando sobre como seria o dia do nosso casamento. Parecemos apaixonados e muito felizes, quando...

– Holly!

– Max! – eu o vejo caminhando na nossa direção, seguido por sua namorada razoavelmente-bonita-ainda-que-um-pouco-sem-glamour. Seu abraço dura um pouco mais do que o necessário, até que ele se lembra de que Felicity e Richard também estão ali.

– Você está ótima – ele me diz, observando-me depois que todos foram apresentados. É verdade: estou. Juro que o bronzeamento artificial de ontem faz minhas pernas parecerem mais longas e meus braços, mais finos.

– Você também – respondo, caridosa, ainda que sua barba por fazer, antes sexy de um jeito rude, esteja um pouco comprida demais e seu cabelo loiro precise de um corte. É quase como se ele não estivesse nem um pouco preocupado com sua aparência ultimamente.

– Então, acho que nos veremos na festa? – pergunto calorosamente.

Max encontra meu olhar e sorri, mas eu não diria que é um sorriso feliz. É mais – e, obviamente, estou supondo aqui – um sorriso de reflexão oblíqua. *Ah, Holly Gordon. A mulher da minha vida.*

De qualquer modo, é dessa maneira que se passa na minha cabeça. A realidade é um pouco diferente.

Richard não estar aqui é um retrocesso de proporções colossais. Quer dizer que estou parada do lado de fora da igreja com Susie e Jamie, esforçando-me para não ouvir a discussão deles (Jamie se esqueceu de lembrar Susie de carregar a máquina fotográfica), mas tentando manter a aparência para os demais de que estou envolvida com a conversa, para não parecer solitária, quando...

– Holly!

– Max! – ele se aproxima, o braço ao redor de ombros tonificados de uma garota que devia estar em uma montanha, vestida de lycra e fazendo propaganda de granola.

– Essa é Flick – ele anuncia. – Flick, estes são Holly, Susie e...

Ele estende a mão para Jamie e, enquanto Susie os apresenta, vejo Flick me olhando.

Ela sabe quem sou?

Não quero parecer uma ex-namorada hostil.

Preciso dizer algo gentil.

– Adorei seu vestido – exclamo. – De onde é?

Gostaria de dizer que estou sendo apenas educada. Infelizmente, gostei de verdade do vestido rosa-coral em camadas e com franjas. A cor complementa o bronzeado dela.

Precisei cancelar o bronzeamento artificial na noite passada porque estava ocupada reservando passagens de trem, já que Richard não me traria mais de carro, aquele idiota não confiável.

Flick está me dizendo o nome de uma loja exclusiva em Chelsea onde ela compra, tipo, TODAS as suas roupas, mas acho difícil me concentrar no que ela fala porque a brisa que sopra seu cabelo loiro para longe do rosto como uma máquina de vento em uma modelo joga meu cabelo no rosto, grudando-o no *gloss* dos meus lábios.

– Onde estão os outros? – Max olha ao redor. Não tenho certeza se ele está se referindo apenas à Leah e ao Rob, ou se está perguntando sobre meu acompanhante.

– Foram buscar o carro – Susie responde. – Rob veio de carro, então vai nos dar uma carona até o hotel.

– Richard não pôde vir – acrescento. – Coisa importante no trabalho. Não deu para evitar.

Max olha como se estivesse prestes a dizer algo (como perguntar quem é Richard e por que estou falando sobre o paradeiro desta pessoa qualquer?), mas Flick o interrompe.

– Querido, vamos...?

Ela não termina a pergunta, mas Max parece compreender, porque diz que nos verá na festa, sorri e vai embora.

Um sorriso feliz, se não me engano.

– Bem, não foi nem um pouco estranho – digo para quebrar o silêncio que cai assim que nos amontoamos no carro de Rob. Estou brincando, mas isso causa tentativas de olhares sutis entre os outros quatro. Eles estão brincando? Estou esmagada no banco de trás entre Susie e Jamie, sentada inclinada para frente quase no nível dos assentos de Leah e Rob. Eles literalmente precisam INCLINAR-SE AO MEU REDOR para olhar sutilmente uns para os outros.

Dou uma risada para o caso de haver dúvidas de que estou falando despreocupadamente.

Posso ver como estão confusos. Fico um pouco mal-humorada. Não tem nada a ver com Max, no entanto. É Richard.

Meu estômago se contraiu assim que vi seu nome aparecer na tela do meu BlackBerry na noite passada. Ele devia estar há três horas em um voo com destino a Gatwick – como podia estar ligando?

Será que pegara um voo mais cedo em Nova York, então conseguira chegar mais cedo para estar descansado e animado para o casamento da minha amiga?

Até parece.

Tentei ser compreensiva enquanto ele se desculpava, explicando que ainda precisava encontrar algumas pessoas. E eu sei que esta promoção é importante, mas foda-se – estou tão chateada por ele não estar aqui. Tinha imaginado o dia de hoje tantas vezes.

De mãos dadas em público.

Dançando músicas românticas.

Apresentando-o para meus amigos.

Essas coisinhas que casais fazem.

– São seus amigos – ele disse. – Você não precisa de mim lá.

– Preciso, sim! – gritei. Na minha mente. Mas é claro que não disse em voz alta, porque soaria CARENTE e PATÉTICO, e tenho certeza de que nada disso está no topo da lista de qualidades de uma namorada para Richard.

E a coisa com Max? Eu só queria que ele soubesse que segui em frente. Não porque ainda sinto algo por ele. Não tenho nem uma gota de arrependimento por termos terminado. Quero que ele seja feliz.

É só que, bom – e eu nunca diria isso em voz alta –, é uma droga vê-lo tão mais feliz do que quando estava comigo.

Eu não posso dizer para o Richard. Nem podia dizer que fiz um grande alarde sobre a ida dele para meus amigos.

– Nunca entendi por que as pessoas chamadas Felicity encurtam seus nomes para Flick – Susie diz depois de um tempo, olhando para fora da janela. Amo-a por isso.

Supero meu mau humor quando chegamos ao hotel. Seria egoísta andar por aí com uma cara de Posh Spice no dia do casamento da Chloe.

Melhor dia da vida dela, e tudo mais – eu odiaria estragar aquilo. Além disso, a parte estranha já passou e não dá para ficar pior.

Mas é quando fica pior.

Em nossa mesa estão Susie, Jamie, Leah, Rob e eu. E Max. E Flick. E uma cadeira vazia para aquele desgraçado sem consideração, Richard.

– Espero que este seja um daqueles "um em cada três casamentos" que termina em divórcio – digo calmamente para Leah, que acaba de aparecer no meu ombro enquanto olho o mapa de assentos na entrada no salão de festas.

Sei que Chloe não sabia que eu estaria sozinha, mas me colocar na mesma mesa do meu ex? Sério?

Vou ter que engolir essa. Vai dar tudo certo – serei apenas amigável e não temperamental, e charmosa e muito, muito bêbada.

Pego duas taças de champanhe da bandeja de uma garçonete que passa por ali e entrego uma para Leah.

– Não, obrigada, não estou bebendo.

– O que quer dizer com não está bebendo?

Nunca tivemos esse tipo de conversa antes.

– Quero dizer que vou dirigir, então Rob pode beber. Venha, vamos nos sentar... e não se preocupe, vai dar tudo certo. Divirta-se.

Tomo a primeira taça de champanhe e a sigo até a mesa, segurando a segunda.

Divertir-me.

Eu tento. Tento mesmo, de verdade.

Rio com todo mundo quando Max chega ao final de outra história sobre suas noites com a banda como se nunca tivesse ouvido...

– Então, quando acordo na casa de uma estranha, às 6h...

Por que eu não trouxe outra pessoa comigo?

– ... e o lugar parece que foi assaltado...

Jemma teria sido uma companhia divertida, mas eu já disse para ela que não tinha acompanhante.

– ... garrafas vazias por todo lado, quadros tortos na parede...

Ou Alex? Eu tinha pensado em convidá-lo no início, até que Richard se ofereceu para vir, e ele ainda não conhece muitas pessoas em Londres, então não seria impossível que ele estivesse livre para um convite de último minuto. E ele é boa pinta, então teria sido páreo para Flick como acompanhante.

– Então encontrei o baixista na pia lavando os pratos...

Ou Harold? Ha, ha.

– ... totalmente nu...

Espero ter deixado comida suficiente para Harold.

– ... com um cobre-bule na cabeça!

Max sempre foi a vida e a alma de uma festa. Era uma das coisas que eu adorava nele. Na maior parte do tempo.

Algumas vezes, os jantares se tornavam *Uma Entrevista com Max Brown*, e eu sabia que era hora de dizer para ele parar com a cerveja.

Mas pelo menos ele estava lá quando eu precisava, o que é mais do que pode ser dito de Richard, demônio não confiável que ele é. Eu realmente pensei que ele estivesse ansioso pelo dia de hoje. Será que ele teria conseguido voltar a tempo se realmente quisesse? Minha garganta aperta como se eu estivesse prestes a chorar, então tomo um gole de água e afasto as dúvidas sobre meu relacionamento da mente, voltando a atenção para a conversa na mesa.

Max trabalha como relações públicas no mundo da música agora – Flick conhecia alguém que conhecia alguém.

– Eu disse para ele que estava na hora de ter um trabalho regular, com um salário fixo – ela coloca a mão na nuca de Max e sorri orgulhosamente, como uma mãe que acabou de tirar a chupeta do filho.

Encho minha taça de vinho.

– Gosto de Flick – digo para os reflexos de Leah e Susie no espelho do banheiro mais tarde, enquanto puxo as bochechas para dentro para reaplicar o blush. – Mas ela é um pouco controladora, não é?

O pincel de rímel de Leah e o batom de Susie param no meio do caminho simultaneamente.

– Parece que ela faz tudo por ele. É como se fosse mãe dele.

– Ah, isso me lembra que tenho um recado para você – Susie diz, os olhos encontrando os meus pelo espelho. – O sujo pediu para você parar de falar do mal lavado.

– O que quer dizer?

– Você fazia exatamente o mesmo.

– Eu não!

– Fazia, sim, Hols – Leah confirma. – Não é uma crítica. Quero dizer, estamos falando do Max. Eu o amo muito, mas ele não consegue organizar nem um saco de papel. Lembra-se daquela vez na universidade quando o deixamos responsável por organizar a noite de filmes? Acabamos assistindo a um programa de calouros, porque Max se esqueceu de alugar os filmes. Eu ainda tentava impressioná-lo naquela época, então não demonstrei que fiquei secretamente animada com a troca da programação.

– É por isso que vocês dois davam certo – Leah prossegue. – Você adora organizar e ele precisava ser organizado.

Estou prestes a argumentar, mas me detenho. Ela está certa? Eu fazia isso? Talvez sim.

Isso foi naquela época, no entanto. Graças a Deus estou em um relacionamento maduro agora. E, para ser justa com Richard – embora não saiba por que deveria ser justa com aquele idiota egoísta –, pelo menos ele é independente e não precisa de ninguém atrás dele.

– Estou realmente bem por Max estar com outra pessoa, sabiam? – digo para elas, colocando tudo de volta na bolsa de maquiagem.

– Sim, sabemos – diz Leah, um pouco tarde demais para que eu acredite nela. Quero discutir, mas para quê? Ela está certa. Nada disso parece certo.

– Eu só queria que Richard estivesse aqui – admito, infeliz. – Vocês acham que Max está sentindo pena de mim porque acha que levei um bolo?

– Não – Susie dá de ombros. – Ele provavelmente pensa que você inventou o Richard.

– Ah, Deus, eu não tinha pensado nisso! – engasgo. – Como em *Romy e Michele*? Vocês sabem: aquele filme com a Phoebe de *Friends* no qual ela e a amiga fingem ter inventado o Post-it para que os antigos colegas de classe não percebam o quão medíocre é a vida delas? Não? É engraçado... vocês deviam assistir. Mas, falando sério, e se todo mundo achar que inventei um namorado para que não pensem que me tornei uma fracassada?

– Eu estava brincando, Hols. Ninguém pensa isso. E ninguém sente pena de você. Se alguém aqui é um fracassado, é o Richard – Susie tenta tirar a acidez de suas palavras, pressionando os lábios recém-pintados contra minha testa para deixar uma marca de beijo vermelho-vivo, então sai do banheiro no mesmo momento em que Chloe entra.

– Vou jogar o buquê... vamos!

– Já sou casada – Leah a relembra.

– Eu... – os dez litros de champanhe que bebi não me deixam pensar em uma desculpa válida para me livrar disso, então limpo o batom da testa e a sigo relutante até o salão de baile, onde ela me posiciona entre uma prima adolescente que já tem um diamante de noivado imenso no dedo e uma garota quase da minha idade, cujo namorado paira ali perto com um rosto que parece o de um réu acusado de assassinato que espera pelo veredito.

Chloe dá as costas para nós, abaixa o maço de rosas cor de creme, e então joga o buquê bem alto.

Eu pego. É claro que sim. Deus claramente me ODEIA, porque na verdade vejo que o buquê MUDOU DE DIREÇÃO para me encontrar.

Se eu tivesse tido tempo para pensar, teria rebatido como se fosse uma bola de vôlei, mas acontece tão rápido que de repente está na minha mão, e sou obrigada a sorrir até que meu rosto dói, antes de abrir caminho entre a pequena multidão.

– Por que *ela* pegou? – uma garota de olhar ressentido pergunta para a outra apontando para mim com os olhos. – Ela nem tem namorado.

– Ah, *aparentemente* ela tem – os olhos da outra garota respondem amargamente. – Não que alguém já o tenha visto.

Então volto para minha mesa bem a tempo de outra sessão de dança de casais.

Por mais que todos tenhamos comentado "por que a pressa?" sobre amigos que se casaram aos vinte e poucos anos, os casamentos deles foram inegavelmente mais divertidos. Assim que a primeira dança acabava, não era diferente de uma noite de sábado em uma balada. Mas em vestidos finos. Todos dançando em grandes círculos, e brincando uns com os outros ao redor da pista.

Esta noite, todos dançavam em casais. Até os solteiros tinham pares, exceto um punhado de garotas batendo o pé ao ritmo da música como aqueles extras sem acompanhantes sentados no fundo do salão no baile de formatura de *Grease*, esperando convite para dançar.

Rob e Jamie revezam para me tirar para dançar, o que é gentil, mas preciso dar um fim nisso porque está ficando um pouco humilhante.

– Estou bem aqui... não, de verdade, estou bem... estou me divertindo... meu pé está doendo um pouco, só isso... Vá dançar... Sim, tenho certeza.

Eles param de me convidar aproximadamente depois da trigésima nona recusa, o que é uma sorte, porque se eu disser "estou bem" mais uma vez, vou me espancar até a morte com meu novo buquê.

Não me sinto humilhada apenas por hoje. Quanto mais penso nisso, mais acho que devo ter entendido mal essa coisa com Richard – Susie estava certa. Não tenho um relacionamento sério com ele, ou ele estaria aqui. Ou pelo menos teria entendido por que é errado que não esteja.

Nossa, como a noite demora para acabar. Honestamente, não sei quanto tempo mais vou conseguir fingir que estou me divertindo. Quando meu celular toca, quase espero que seja um vizinho ligando para dizer que meu apartamento está em chamas, para que eu tenha um motivo válido para ir embora, mas é Richard.

Então ele chegou, o egoísta autocentrado. Eu devia ignorá-lo.

– Alô.

– Oi, *baby*. Está se divertindo?

– Sim, tudo bem. Eu só...

– Espere, não consigo ouvir você... o quê?

– Sim, tudo bem. Eu...

– Espere, o quê?

– NÃO, NA VERDADE EU NÃO... EU...

– Então é melhor fazermos algo a esse respeito.

Estou confusa. Aquilo não veio do telefone, veio de trás de mim. Dou meia-volta.

E lá está ele.

RICHARD.

Bem vestido, radiante, lindo e AQUI.

Dou um pulo e jogo os braços ao redor de seu pescoço. Uma combinação de surpresa e muito champanhe fazem lágrimas brotarem de meus olhos.

– Não acredito que está aqui – sussurro, enquanto nos abraçamos.

– Peguei um voo mais cedo, então consegui vir – ele diz, afastando-se e me olhando de cima a baixo. – Você está estonteante, aliás.

– Você também está bem apresentável. Agora, venha conhecer os outros.

Richard é muito charmoso com meus amigos. Leah o cumprimenta calorosamente, e até Susie amolece depois dos primeiros minutos. Max parece um pouco desconfortável durante o entusiasmado aperto de mão do meu namorado, e me pergunto se é por minha causa ou pelo fato de Flick ter ficado cheia de caras e bocas ao conhecê-lo.

Não posso acreditar que quase desisti de nós. Toda essa coisa de sigilo mexeu com minha cabeça. Enquanto Richard rodopia comigo na pista de dança, estou totalmente convencida de uma coisa: é hora de tornarmos isso público.

Não quero sair da cama quando acordo às 7h. Mas é claro que vou morrer de desidratação se não levantar. E com um namorado com uma promoção importante para preparar e uma gata com problemas de confiança, morrer não é conveniente agora, então me arrasto para a cozinha.

– Bom dia, Harold – digo, enquanto sirvo um copo de suco de laranja.

Sério? É a réplica dela. *É isso que recebo? O dia todo sozinha ontem, a porta do quarto fechada a noite toda porque seu amigo está aí, e o melhor que você consegue é um "bom dia, Harold?"*

Presumo que o que acontece em seguida é que me encolho perto dela no sofá, porque antes que eu perceba já são 10h e Richard está me acordando com chá e torrada.

Que Deus o abençoe.

Harold mia zangada e foge, enquanto Richard se espreme ao meu lado e coloca o braço ao meu redor.

Eu me aconchego em seu peito nu, e tento abordar o assunto de nós dois sairmos do nosso armário não gay.

– Obrigada, novamente, por ter ido lá ontem – murmuro.

– Está tudo bem, *baby* – ele beija minha testa. – Eu sei que era importante para você. Além disso, vou voltar para Nova York no próximo final de semana, então preciso deixar tudo pronto até lá.

Os minúsculos bateristas que tocam dentro do meu crânio fazem com que eu leve um momento para entender o que está errado com essa frase.

Quando isso acontece, tento sentar, mas os bateristas ficam zangados, e tenho que apoiar a cabeça no peito dele para perguntar...

– No próximo final de semana? E quanto à Harold?

– O que tem ele?

– Ela, não ele... e você ia alimentá-la no próximo final de semana.

Seu rosto é uma interrogação.

– Enquanto visito meus pais, lembra?

– Ah, merda, desculpe, Holly – ele passa uma mão pela testa. – Esqueci completamente.

Ok, seja razoável. Não espero que ele arruíne as chances de promoção para alimentar minha gata.

É só que, bem – será pedir demais que pelo menos ele tivesse lembrado?

– Eu realmente sinto muito. Eu devia ter anotado na agenda.

– Eu anotei na sua agenda – digo, sem forças, sem vontade de conversar sobre relacionamento. – Mas está tudo bem. Dou um jeito.

Terei que pedir para Jemma. Embora saiba que se há uma coisa que ela odeia mais do que vir para esses lados são gatos. Acho que poderia pedir para Alex. Ou será muita cara de pau?

Talvez eu possa fazer bolos para algum evento da escola em troca da ajuda dele. Penso nisso enquanto mordisco minha torrada.

Capítulo 15

HOLLY
Novembro de 1998

Acho que poderia pedir para o Alex. Ou seria muita cara de pau?

Ele disse, assim que passou no exame, que sempre que eu quisesse uma carona era só pedir. *Qualquer hora, qualquer lugar*, foram suas palavras exatas. Embora eu não tenha certeza se uma festa a poucos quilômetros de Mothston, às – fecho um olho e tento enxergar o relógio de pulso – 2h23 da madrugada seja exatamente o que ele tinha em mente.

Sentada nas escadas do corredor, tento conferir meu reflexo no espelho de corpo inteiro do outro lado, mas luto para focar. Sento e ajeito os cachos que estão caindo do meu coque. Droga – passei quarenta minutos, mais cedo, tentando fazer com que meu cabelo parecesse como se eu o tivesse ajeitado em segundos.

Eu poderia pegar um táxi, suponho, mas minha mãe ENLOUQUECERIA se soubesse que menti sobre sair com Alex esta noite. Foi o único jeito que consegui para sair tão tarde – e se (quando) ela olhar pela janela ao ouvir o carro parar, vai achar bem estranho se não for o Ford Fiesta enferrujado do Alex.

– Aí está você, Hols-Bols – Ellie enfia uma batida de melancia na minha mão e senta no degrau diante de mim, segurando uma garrafa de vodca-limão.

Não há espaço para ela sentar ao meu lado, por mais magra que seja, porque há uma fila de garotas apoiadas na parede, com garotos presos nos rostos delas.

Seu vestido brilhante é ao mesmo tempo decotado e curto, mesmo que eu continue lembrando-a de que a regra é "peitos OU pernas". Eu posso precisar verificar toda hora se meus mamilos não estão tentando escapar do tomara que caia, mas estou usando a blusa com calça jeans.

Tomo um gole da bebida, embora já esteja um pouco zonza, e me pergunto se alguém notou que tirei *House Anthems,* do Ministry of Sounds, e coloquei *Now 40* para tocar de novo. Penso em ir dançar novamente. Então lembro que quero ir para casa.

– De quem é essa casa mesmo, Ells-Bells? Preciso pedir para fazer uma ligação.

– Sei lá... use o telefone – ela estende o braço para pegar o telefone sem fio da mesa no corredor, mas ele cai de suas mãos e ela o derruba da mesa com a cabeça. Rimos até nossas barrigas doerem. Ela ainda está deitada no chão onde caiu. Só ficamos mais calmas quando ela me olha.

– Saiu vodca-limão do meu nariz – e caímos na gargalhada novamente. – Então... – ela agarra a mesa para ficar em pé, borrando o rímel enquanto seca as lágrimas, e se senta novamente na escada – acho que vou ficar com Dean Jones esta noite.

Minha boca se abre um pouco pela surpresa, mas ela não pode ver porque está de costas para mim. Está lambendo o dedo e limpando uma mancha nas sandálias prateadas que se recusa a tirar, ainda que os saltos altos estejam marcando o carpete da casa. Não sei dizer se ela está esperando para ver minha reação, ou se pensa de verdade que não há nada de errado com o fato de ir atrás de Dean.

Mesmo que saiba que eu já fiquei com ele.

Mesmo que eu tenha contado para ela que ele andou conversando muito comigo na escola recentemente e que estou me perguntando se ele vai me convidar para sair, e mesmo que eu tenha perguntado para ela o que ela acha dele, e ela tenha dado de ombros e dito "ele é ok".

Mesmo que, na semana passada, depois que Dean e eu fomos parceiros no laboratório de ciências, eu tenha brincado que tínhamos química.

Ficamos em silêncio por um minuto e meio e agora ela diz:

– Vi aquele cara de camisa polo vermelha com quem você ficou conversando um tempão... é *bonitinho* – ela pronuncia *buunitinho*. – Você devia ficar com ele.

Ele não é bonitinho. Ellie também não o acha bonitinho – ele tem pouco mais de um metro e vinte e acnes da cor da camisa polo – e ela sabe muito bem que eu estava conversando com ele porque sou educada, porque, ao contrário dela, não falo apenas com garotos que acho gostosos.

Talvez eu deva lembrá-la sobre Dean e eu? Talvez ela tenha esquecido.

– Não gosto daquele cara – digo, brincando com o cabelo loiro liso dela. Adoro aquele cabelo. Certa vez, perguntei para ela se eu poderia tê-lo e ela disse que trocava pelos meus peitos. – Na verdade, estive pensando em dizer sim para Dean. Você sabe, sobre ter um encontro com ele. Mas não é como se ele fosse meu namorado ou algo assim, e foi só um beijo, então não posso impedir você...

– Ah, eu sei... não é como se você tivesse saído com ele. É claro que eu nunca o roubaria de você se vocês tivessem alguma coisa. Isso estaria fora de questão... você é minha melhor amiga – ela se levanta e me beija no rosto, então vai para a sala. Eu me levanto para pegar o telefone do chão onde Ellie o deixou e, ao fazer isso, espio pela porta da sala bem a tempo de vê-la espremer seu pequeno traseiro no sofá perto de Dean.

Eu me pergunto se ele gosta dela. Ela é magra e loira – como não gostar? Achei ter visto ele me examinando enquanto eu me remexia ao som de *Bump n'Grind*, do R. Kelly, mais cedo, mas ele poderia facilmente estar observando Ellie dançando ao meu lado. E se estava, tudo bem! Não vou brigar com uma amiga por causa de homem. Até parece!

Ligo para o número de Alex, grata por ele ter um telefone perto da cama e seu pai não.

– Dois, sete, zero, sete? – ele diz, depois de dois toques.

– Oi, dois, sete, zero, sete – parece que ele está bocejando. – Desculpe, acordei você?

– Sim! Quero dizer, não. Quero dizer, sim, mas eu não estava dormindo profundamente. Está tudo bem?

– Na verdade, eu estava me perguntando se você me faria um favor IMENSO – consigo transformar o pedido de favor em um monólogo de cinco minutos. Não estou tão bêbada que não percebo que estou exagerando como as pessoas bêbadas fazem quando estão falando com quem está sóbrio, mas estou bêbada demais para parar.

– Holly! – Alex me interrompe. Na verdade, acho que ele me interrompe pela terceira vez. – Qual o endereço?

Tenho que correr lá fora para ver tanto o número da casa quanto o nome da rua e, embora ele não saiba exatamente onde é quando lhe digo, ele responde que olhará no guia de ruas em seu porta-luvas e estará lá o mais breve possível.

Assim que desligo e coloco o telefone de sei lá quem que acabei de usar no lugar, faço uma pequena conta para descobrir quanto tempo provavelmente vai demorar. Matemática é uma das matérias nas quais me saio melhor, então é fácil. Levei cerca de vinte minutos para chegar aqui de táxi, mas quando se leva em consideração que Alex precisa se vestir e olhar o endereço (acrescentar dez minutos) e o fato de que é Alex quem está dirigindo (reduzir a velocidade média em um terço), decido que definitivamente tenho tempo para outra bebida.

Não há mais batidas de Bacardi, então vou em busca de cidra. Bobby Shepherd, que está sentado no balcão ao lado da geladeira, pega uma e usa os dentes para arrancar a tampa, antes de orgulhosamente me oferecer a bebida.

– Boa técnica – sorrio. – Não é de estranhar que você foi aceito no exército.

Ele não entende o sarcasmo e agora pergunta se já fiquei bêbada pingando vodca no globo ocular. Respondo com um "não" honesto, e ele pergunta se quero experimentar, e dou um igualmente honesto "não", e quando ele vai me mostrar como é feito, desejo que alguém apareça e me tire dali. E então, como que por mágica, Dean aparece na porta.

– Hum, Holly? – ele me olha, desculpando-se. – Ellie está chamando você... ela não está bem.

Quando Dean me leva até a sala de estar, onde Ellie está sentada com a cabeça entre as mãos e um vômito cor de laranja nas sandálias, tenho vontade de voltar para a cozinha com Bobby-vodca-nos-olhos. As duas garotas que alisam as costas de Ellie se afastam agradecidas assim que me veem, e quando me aproximo o cheiro de cerveja e vômito me atinge em cheio.

– Ells – digo gentilmente, me abaixando ao lado dela e colocando um braço ao seu redor.

– Hols – ela soluça no meu ombro –, acho que estou morrendo.

– Você está bem – digo para ela. – Alex está a caminho. Ele deixará você em casa. Pode dormir no banco de trás o caminho todo.

– Eu amuuu voceeeê, Hols.

– Também amo você, Ellie.

Quando me levanto, Ellie se estica no sofá. Pego nossos casacos no quarto no andar de cima e coloco um ao redor dos ombros dela e o outro sobre suas pernas, antes de pegar um pano para limpar o carpete onde ela vomitou. Com medo de acabar vomitando também, lavo as mãos e vou para frente da casa esperar por Alex.

– Isso não deve ter sido muito divertido – Dean me segue até lá fora e se senta ao meu lado no degrau da entrada.

– Não deve ter sido divertido para você também – eu sorrio. – Espero que ela tenha percebido que ia vomitar a tempo de tirar a língua da sua boca.

– O quê? Nós não fizemos nada – Dean diz rapidamente, colocando a lata de cerveja no chão e pousando a mão gentilmente no meu joelho. – Hum, na verdade, eu estava perguntando para ela se ela achava que eu tinha uma chance com você. – Uau, não é de estranhar que ela tenha vomitado.

O cara mais lindo do ensino médio está mesmo sentado aqui me pedindo para ser sua namorada? Não sei para onde olhar. Teria sido mais fácil meia hora atrás, quando eu estava realmente alterada, mas nada deixa você mais sóbria do que limpar o vômito de alguém.

– Holly? – ele diz, usando a mão para virar meu rosto na direção dele. – Posso perguntar uma coisa?

– Sim, é claro – digo despreocupadamente, mesmo que ache que saiba o que ele vai perguntar e ainda não saiba a resposta.

– Quer sair comigo?

Sorrio e afasto o olhar timidamente. Que garota na escola não gostaria de estar no meu lugar agora? Posso não ter aquele sentimento que tenho quando sento tão perto assim do Alex, sentindo o corpo formigar e querendo desesperadamente tirar o espaço entre nós. Mas não conheço Dean tão bem quanto conheço Alex, então talvez um dia cheguemos lá. Ele é bonitão – todo mundo acha isso. Ellie inclusive. E não posso ficar a vida inteira sentada esperando por Alex se ele não quer tirar o espaço entre nós.

No fim, Dean me salva de uma resposta ao puxar meu rosto na direção do dele, para que nossos lábios se juntem. Ele tem gosto de cerveja e cigarro e meio que beija bem. Eu me pergunto o que ele está pensando. Beijo bem? Eu gostaria de ter sabido que isso ia acontecer – teria trazido balas de menta na bolsa. Meu pescoço começa a doer um pouco agora, por causa do ângulo que minha cabeça está virada, mas não ouso parar. Então ouço uma buzina de carro.

– Isso é um sim? – Dean pergunta.

– Sim – dou uma risada, esfregando o pescoço. – Me ligue amanhã, ok?

– Combinado. É seu táxi?

– Não, é o Alex Tyler. Ele vai me dar uma carona.

– Ah, você está brincando. Não passou da hora de ele ir para a cama?

– Cale a boca, Jones – bato gentilmente em seu braço, esperando que ele entenda a dica e realmente cale a boca.

– Você sabe que ele está tentando conquistar você, certo?

– Está nada! – está? Não, é claro que não. Está? – Ele é meu amigo.

– Ele é um cara. Pode ser um cara meio menininha, mas ainda é um cara, e isso quer dizer que a única razão pela qual ele buscaria uma garota no meio da noite é porque ele acha que eventualmente conseguirá algo com ela.

– Você está errado. É sério, Dean... deixe-o em paz, ok? E me ajude a buscar Ellie.

– Tudo bem, mas é melhor ele manter as mãos longe de você.

As mãos de Alex são o último dos meus problemas. Estou mais preocupada com sua reação quando eu lhe disser que ele precisa levar uma Ellie coberta em vômito no banco de trás do seu carro.

– Eu realmente sinto muito, Alex – digo novamente.

Ele concordou sem hesitar em dar carona para a Ellie – até arrumou um lençol do nada para cobri-la (tenho noventa e nove por cento de certeza que ele jogará no lixo quando chegar em casa). Mas ele ficou quieto o caminho inteiro, então acho que é seguro dizer que está um pouco irritado.

– Está tudo bem – ele diz mais uma vez, e começa a cantarolar *More Life in a Tramp's Vest*, do Stereophonics, como se quisesse provar que está realmente bem.

Olho para fora da janela, tentando pensar em algo sobre o que conversar para diminuir a tensão, e percebo um casal de vinte e poucos anos cambaleando juntos, de braços dados – ele carregando os sapatos de salto dela, e ela carregando um punhado daquelas rosas vermelhas que os ambulantes vendem nos restaurantes, fazendo os caras se sentirem culpados por não comprá-las para suas acompanhantes.

– Eca! – dou uma risada.

– O que foi? – os olhos de Alex se voltam para mim.

– Rosas vermelhas. O maior clichê do mundo. Eu chutaria um cara que fosse tão pouco original. Girassóis, talvez. Ou rosas de chocolate. Mas não rosas vermelhas.

– Eu não me preocuparia – ele diz depois de um minuto ou dois. – Não acho que Dean Jones seja o tipo de cara que dá rosas vermelhas.

– Você viu aquilo?

– Sim, eu vi – ele faz uma pausa. – Então, aquilo foi só porque você estava bêbada?

Olho para o banco de trás, para ver se Ellie ainda está dormindo. Ela está babando no assento.

– Na verdade – observo o rosto de Alex atentamente enquanto me volto para olhá-lo –, ele me convidou para sair.

Percebo que a mandíbula de Alex trava um pouco.

– Ele é encrenca, Holly. Ele e os amigos dele... estão sempre fumando maconha, cabulando aula e essas coisas.

– Olha só você, dando uma de irmão mais velho – forço um sorriso e dou um tapinha em sua perna de modo carinhoso, então recosto a cabeça no banco e fecho os olhos.

– Eu só acho que você é boa demais para ele, só isso.

Meu coração acelera um pouco. Alex está tentando me dizer alguma coisa? Viro-me para ele e espero que seus olhos encontrem os meus, mas ele está fixo na estrada enquanto começa a cantar, e percebo que ele não está tentando me dizer absolutamente nada.

Capítulo 16

ALEX
Maio de 2010

O barulhinho dos iPods chega ao corredor quando alguém entra na sala dos professores. Seguro a caneta entre os dentes, mantendo os olhos nas palavras cruzadas.

Mentira; uma expressão de discordância. Seis letras, a quarta é E.

Alguém para diante de mim e bloqueia a luz. Espero que a pessoa se afaste, mas ela não faz isso. Impaciente, olho para cima e meu rosto suaviza imediatamente. Cassie sorri para mim, esperando ser notada. Ela ajeita a parte de trás da saia florida, na altura do joelho, enquanto se acomoda na poltrona de couro gasto ao meu lado.

– Graças a Deus é sexta-feira, né? – ela diz, e coloco o jornal e a caneta no colo. – Planos para o final de semana?

– Alimentar a gata de uma amiga – respondo. – Sou super rock'n'roll.

Cassie concorda com a cabeça de modo sarcástico.

– E você? – pergunto.

Ela balança a cabeça.

– Nada agendado. Espero me afundar no sofá com um livro. A não ser que receba uma oferta melhor.

Cassie olha para mim, e o olhar dura um segundo ou dois a mais do que espero.

– Horizontal – digo, porque é mais fácil do que perguntar o que ela está encarando. – *Mentira; uma expressão de discordância.* Seis letras, a quarta é E.

Cassie finalmente para de me olhar e pensa por um segundo.

– Sou péssima em palavras cruzadas.

– E trabalha no departamento de inglês? – sorrio, e ela bate no meu braço brincando. Então paro de pensar nas palavras cruzadas e tento perceber se estamos iniciando um contato pré-sexual, ou se Cassie é a cuidadora gentil e eu sou um paciente idoso. E então compreendo. O jeito que ela estava me olhando: era eu. Era eu quem supostamente devia lhe fazer uma oferta melhor.

– Boa tarde, punheteiro – Kev diz quando atendo o telefone.

Com o dia de trabalho terminado, estou a caminho da casa de Holly para alimentar Harold. O ônibus está lotado, e ao meu lado uma senhora de idade está espremida, com uma mão repousando em um carrinho de compras que obstrui a passagem.

– Só pra você saber: transei na noite passada.

Balela. Essa era a palavra. Horizontal. *Seis letras, a quarta era E.* Por que deixei meu jornal na sala dos professores?

– Conta outra, Kev.

– É sério. Você se lembra da garota que eu disse que estava dando em cima de mim no trem?

– Aham.

– Eu juro. Transamos como coelhos. Duas vezes.

– Como você conseguiu que isso acontecesse?

– Bem, Alex, eu tirei a calça, animei o companheiro e enfiei nela.

– Que imagem adorável, Kev... mas o que quero dizer é: como chegou a uma situação na qual ela... – abaixo minha voz até um sussurro – na qual ela deixou você enfiar?

– Acredita que eu a vi de novo no trem na volta do trabalho? Só que desta vez ela não ficou só provocando. Ela chegou perto. E você me conhece, Alex... as mulheres adoram minhas brincadeiras, né? Daí acabamos indo tomar uma bebida, e então...

Ele termina a sentença com um assobio.

Tudo isso me parece lorota, especialmente quando ele afirma que não pretende vê-la novamente. Pergunto o motivo, tentando encontrar uma brecha na história.

– Porque, quando acordei na manhã seguinte, adivinha o que encontrei no banheiro dela?

De verdade, não posso perder tempo com isso. Ainda estou com dor de cabeça de uma hora com meus alunos do nono ano, e só quero chegar na casa de Holly.

– Não tenho a mínima ideia.

– Dê um chute.

– Pomada antifúngica?

– Pior.

– Eu não quero saber, Kev.

– Vai, pensa... qual é a coisa mais assustadora que você poderia encontrar no banheiro da mulher com quem você transou?

Sem avisar, um ciclista muda abruptamente de direção na frente do ônibus e depois mostra o dedo do meio quando o motorista buzina para ele.

– Absorventes íntimos? – pergunto, fazendo com que a senhora olhe para mim zangada, levante-se e vá até outro assento que acaba de vagar. Tento agradá-la com um sorriso de desculpas.

– Pior – Kev diz.

– Desisto, cara... não consigo...

– Globos de neve.

– Globos de neve?

– Uns cento e cinquenta. Do Canadá, da Lapônia e um de Skegness. Não é estranho?

Eu estava errado. Ele está falando a verdade. Nem Kev poderia inventar isso.

– Um pouco, eu acho.

– Alex, é o fim da picada. Uma panela de pressão prestes a explodir. Totalmente psicopata.

A senhora me encara agora como se eu representasse *tudo* o que há de errado com a sociedade atual.

– Então, para concluir, você não vai mais sair com ela porque ela coleciona globos de neve.

– Correto.

– Bom. Estou feliz que você tenha desabafado, mas vou desligar agora. Estou recebendo olhares estranhos da avó de alguém.

– Bom, se ela vier sentar perto de você, pergunte se ela coleciona algo estranho antes de ir para a casa com ela.

Devo ter entrado no apartamento errado.

Ela era a garota cujo quarto parecia um verdadeiro chiqueiro, o chão servia como guarda-roupa, escrivaninha e rack para CDs. Ela me dizia que a vida era curta demais para perder tempo arrumando o quarto. Por isso minha surpresa ao ver quatro almofadas simetricamente colocadas no sofá na sala integrada com a cozinha. Um conjunto de canecas que parecia ter sido comprado em um antiquário estava pendurado em uma prateleira sobre a superfície limpa da bancada. Os DVDs estavam divididos em tipos: musicais, filmes preto e branco, shows de bandas como Erasure e Take That. O conteúdo de cada seção era arrumado alfabeticamente (meus livros e CDs atualmente são organizados por ano de lançamento), e ela incluiu todos os shows ou filmes que começam com o artigo "O" dentro da letra "O". Penso em corrigir o erro, mas ela provavelmente me acharia maluco.

A única exceção à organização é o canto da cozinha que pertence a Harold. Ali, pedaços de comida de gato se misturavam com restos da caixa de areia. Abro o armário sob a pia para procurar vassoura e pá de lixo, quando a culpada disso vem na minha direção e inclina o queixo em busca de carinho. Estendo a mão para fazer a vontade dela, mas ela ignora e caminha na direção da geladeira, onde um bilhete intitulado "Alex Patrick Tyler" está preso por um ímã na forma de gato. Eu tinha esquecido como Holly se divertia em usar meu nome do meio.

Tiro o bilhete das garras do bichano.

Sirva-se de chá ou café. E nem PENSE em limpar a bagunça que Harold inevitavelmente deixou em protesto pela minha ausência. Você ia fazer isso, não ia? Ah! Eu sabia! Nos vemos logo – e obrigada novamente, meu HERÓI. Holly x.

Dobro o bilhete no meio com cuidado e o coloco dentro do bolso do casaco antes de segurar Harold no colo e lhe oferecer uma coçada no pescoço. Em alguns segundos, ela está ronronando com brilho nos olhos.

Enquanto carrego Harold pelo apartamento, percebo uma foto de Holly com um homem. Deve ser Richard. A moldura parece cara e moderna, em contraste com os outros pertences dela, que geralmente têm um ar vintage. A foto foi tirada por Holly com um braço estendido no que parece ser um bar da moda com quase nenhum cliente. Ela está rindo; Richard tem o braço ao redor de seus ombros e olha para a lente com um sorriso sedutor. Um bom par para a Holly que conheci nas últimas semanas, concluo: profissional, bonito e impecável, e posso ver pelo bíceps repousando no ombro dela que ele também passa muito tempo na academia.

Eu devia ter imaginado que encontraria algo assim e me blindado contra a melancolia que isso causaria, mas o choque não dura mais do que um ou dois minutos. Harold e eu trocamos um sorriso, embora a expressão dela se torne um pouco infeliz quando percebe que estou me despedindo. Decido ficar com ela por mais cinco minutos.

Olho o mundo de Holly pela sala novamente, e balanço a cabeça pelo quão organizado é. E, enquanto isso, moro com Carl que, já percebi, tem TOC com panelas sujas. Hoje não consegui encontrar uma colher para meu cereal porque estavam todas submersas em água suja, afundadas entre panelas, travessas e um ralador de queijo. Entendo que ele tenha deixado a louça na pia – mas não é melhor já lavá-la logo após o uso? – só não sei por que deixar em água suja. É como se você estivesse dizendo: "Ei, bactérias, tem uma festa lá em casa hoje, chamem todos os seus amigos do Twitter". Sei que pareço um estraga-prazeres; sei que há coisas mais importantes acontecendo no mundo. Mas isso acontece todo santo dia.

Como se não fosse ruim o bastante, eu quase quebrei uma perna ao me vestir hoje de manhã, quando tropecei em uma pilha de livros. Ainda não decidi quem deve ser processado: Carl por não ter prateleiras em nenhum lugar do apartamento, ou J.G. Ballard, J.R.R. Tolkien e outros autores que lançaram livros em 1984 por estarem no meu caminho. Fiquei com a primeira opção e resolvi procurar outro lugar para viver. Que se dane meu depósito.

Capítulo 17

HOLLY

Passo a maior parte da minha viagem de trem até Mothston com vontade de bater a cabeça na parede por ter perdido a oportunidade de ter "A conversa" com Richard. Eu estava tão perto. Cheguei a me levantar e jogar a caneta com a qual estive tamborilando minha lista de tarefas por vinte minutos. *Coragem, Holly*, disse para mim mesma. *Simplesmente entre lá. Pergunte se ele tem cinco minutos. Diga que precisa falar com ele. Não é difícil.*

– Richard tem cinco minutos? Preciso falar com ele.

– Hum, sim, ele... – gaguejo para Melissa, que apareceu de repente na minha frente.

– Que ótimo – ela entra. Quando ela finalmente sai, mal tenho tempo de me despedir dele.

Quando o trem se afasta da penúltima estação, tento espantar o sentimento de desconfiança ao reunir minhas malas e esperar na porta. O trem não para muito tempo em Mothston. É como se ninguém acreditasse que alguém fosse descer aqui. Como sempre, fico tentada a não descer. Mas depois de praticamente me jogar do trem em movimento na plataforma, puxo minha mala para a frente da estação.

Meu pai já está lá, sentado em seu carro, lendo o jornal. Ele deve estar ali há pelo menos meia hora. A antecedência é seu defeito. Eu costumava compartilhar a abordagem bem otimista da minha mãe em relação à gestão do tempo, mas em algum momento a influência do meu pai deve ter se sobreposto, porque, ultimamente, qualquer um tem tido a chance de acertar o relógio por mim.

– Então, está animado com a mudança? – pergunto enquanto deixamos o estacionamento, parcialmente para quebrar o silêncio (meu pai não é um homem de muitas palavras) e parcialmente porque eu realmente não tenho ideia de como ele se sente. Ele não era tão feliz em Londres quanto o foi em Mothston. Arranjou um emprego na polícia metropolitana para ficar perto da minha mãe – ela estava fazendo um curso de desenho na capital, mas Londres não chegava aos pés de sua maravilhosa cidade natal. Talvez ele simplesmente odiasse Londres. York não está nem perto de ser tão intensa.

– Acho que tudo vai ser novidade – ele diz, tirando os olhos da estrada por um momento para me dar um sorriso tenso.

Eufórico, claramente.

Minha mãe já está na porta, com seu avental coberto de farinha, quando chegamos na casa semidesmontada dos meus pais.

– Aí está ela! – ela estende os braços para mim, beijando o topo da minha cabeça quando nos abraçamos. – Entre, entre... sinta-se em casa. Mas não muito em casa: não é mais nossa casa, hahaha. Agora suba e tire essas roupas de trabalho enquanto coloco a chaleira para ferver. Não tínhamos biscoitos, então estou assando alguns.

No andar de cima, abro a porta do meu quarto e entro na década de 1990. O papel de parede listrado de vermelho e amarelo até a metade da parede encontra a metade de cima amarela lisa, demarcada por uma borda floral. Última moda quando ajudei meu pai a redecorar. Eu só queria um tema vermelho, mas a adição do amarelo foi o combinado para tornar o ambiente, nas palavras da minha mãe, "menos parecido com um bordel".

Nunca houve muito sentido em reformá-lo – eu passei pouco tempo ali. Só voltava nos Natais – e apenas nos anos em que Max e eu não passamos as festas em Londres, sozinhos. Mesmo quando eu ia para Mothston, ali era apenas um lugar para dormir quando chegava tarde na véspera de Natal, até o dia 26 de dezembro, quando meu pai me levava para York para pegar o trem de volta, porque o trem de Mothston não funciona neste dia. Pelo menos a mudança vai poupá-lo de uma viagem.

Olho ao redor, e embora a única mudança seja a pilha de caixas vazias amontoada no canto e o rolo de sacos de lixo apoiado nela, parece a primeira vez em anos que noto o ambiente. Como se tudo fosse tão familiar que parei de ver.

Meu quadro de cortiça está coberto de fotos enroladas nos cantos pela idade, e uma televisão pequena, mas comicamente robusta, está em um canto, em cima de um videocassete, com várias fitas bagunçadas perto dele. A caixa vazia da segunda temporada de *Friends*, episódios 7-9, está no alto da pilha, com *Take That and Party* logo abaixo. Um mapa-múndi gigante domina a parede sobre minha cama, com alfinetes vermelhos marcando os países em que estive e muitos mais amontoados no canto inferior esquerdo esperando para serem colocados.

Decido não pensar sobre empacotar até a manhã e me sento até tarde da noite na mesa da cozinha tirando o atraso com minha mãe.

– Então, ela sabe do caso, mas tem medo de confrontá-lo e ser largada – ela diz. – Você sabe, apesar de tudo, ela ainda o ama.

– Entendo – concordo com a cabeça, e estendo a mão para a lata de biscoitos, em busca do meu centésimo cookie, que mergulho no chá. Eu devia ter trazido tênis para correr de manhã. – E ele a ama?

– Sei lá – minha mãe balança a cabeça tristemente, mordiscando um cookie. – Acho que sim, mas provavelmente ele nunca vai ser capaz de manter aquela coisinha dentro da calça.

– Então o que ela vai fazer?

– Não sei. Foi onde parou. Vai ao ar novamente às nove, nesta quarta, então eu a manterei informada. Fiz um monte desses – ela levanta o cookie. – É melhor levar um pouco para casa ou os dentes do seu pai vão cair.

– Obrigada, levarei um pouco para Alex – ela assente e me dá um sorriso que não sei como interpretar, então explico: – para agradecê-lo por alimentar Harold.

Mencionar Alex foi um erro porque agora ele é o único assunto sobre o qual minha mãe quer falar. Se vou vê-lo logo. Se estamos nos vendo com frequência. Se ele está solteiro. Na verdade, é muito bom tê-lo por perto – a vida é um pouco mais divertida com ele em Londres –, mas tenho medo de pensar o que minha mãe imaginaria se eu contasse isso para ela.

Neste exato momento, meu BlackBerry toca e, antes que eu tenha chance de pegá-lo, minha mãe vê o nome na tela.

– Richard? Seu chefe? Que folga mandar mensagem a esta hora. Você pode ter uma vida fora do trabalho, sabia, Holly? Não devia estar à disposição para ele ligar noite e dia.

Eu rapidamente leio a mensagem de Richard.

Prestes a pegar meu voo, linda. Já sinto a sua falta. xxx

– Está tudo bem, mãe – reafirmo para ela, sorrindo involuntariamente. – Ele só está me dizendo algo que preciso fazer na segunda, enquanto vai para Nova York.

– Ah, eu amava Nova York – ela coloca a mão no peito. – Lembra quando estivemos lá?

Vagamente. Eu tinha nove anos quando minha mãe e eu viajamos por um fim de semana prolongado, um pouco antes do Natal, enquanto meu pai trabalhava.

– Tudo o que lembro é de fazer compras e ver *A Bela e a Fera* na Broadway.

– Foi tudo o que fizemos, querida. Não é de se estranhar que seu pai não tenha gostado – o sorriso dela desaparece ligeiramente. – De qualquer modo, espero que seu chefe se divirta enquanto você faz o trabalho sujo.

Por um momento, penso em contar a verdade para ela. Quando ela o conhecer, não será mais segredo e ela pode parar de se preocupar comigo ficando velha sozinha com minha gata e deixar de lado qualquer ideia louca de que Alex e eu possamos começar algo agora que estamos novamente em contato.

Mas, conhecendo minha sorte, ela vai me ligar no trabalho e será a única vez na vida que Richard vai atender o próprio telefone. E só Deus sabe o que ela vai dizer.

Então, simplesmente digo para ela não se preocupar e lhe dou um beijo de boa-noite antes que ela tenha a chance de deduzir que o motivo pelo qual não tenho namorado é porque meu chefe é um senhor de escravos.

Capítulo 18

ALEX

Carl está sentado de pernas abertas no sofá quando volto, depois de alimentar Harold, os pratos sujos ainda estão na pia. Planejei falar sobre isso assim que o visse, mas neste momento não consigo pensar em nenhuma palavra que não reverbere como neurose minha. O que é bizarro, porque aquilo não tem nada de neura. Nós dois estamos destinados a pegar febre tifoide ou algo assim.

Em vez de ir direto ao assunto, faço uma expressão hostil e restrinjo a conversa a um simples "oi", na esperança de que ele perceba minha irritação, entenda que os pratos são o motivo e os lave sem que eu precise dizer algo. Mas ele não percebe nada e começa um papo-furado sobre uma loira tingida que ele quer levar pra cama esta noite.

– Desculpe ser obcecado, cara... – interrompo.

Por que obcecado? Isso não é ser obcecado.

– ... mas eu ia aprontar um pouco de chá...

"Aprontar"? Quem me tornei?

– ... e estava pensando se você não poderia lavar a louça para que eu possa...

Começo a me perguntar se estou fazendo a coisa certa. Eu subestimei o quão estranha essa conversa se tornaria.

– E eu vou fazer macarrão de forno. Você quer?

Essa última parte é para mostrar que sou um companheiro de apartamento bacana, o que é supérfluo, porque depois de parecer assustado no início, Carl diz:

– Sim, claro, esqueci os pratos – e vai para a pia.

Sinto-me orgulhoso de afirmar minha autoridade. Quem sabe quanto tempo vou demorar para achar outro lugar, mas pelo menos fiz Carl pensar sobre o que significa morar com alguém. Ele pode nunca ter pensado nisso, mas se começar a fazer um esforço a partir de agora, posso me esforçar também.

Atravesso o apartamento, resistindo à tentação de começar a assobiar, mas quando entro no meu quarto, algo está errado. Pela segunda vez hoje, é como se tivesse entrado no lugar errado. Dou de cara com grande objeto que foi deixado no meio do carpete.

Um conjunto de prateleiras de madeira escura que nunca vi na vida.

– Escute, cara, eu realmente sinto muito pela coisa das panelas. Acho que ainda estou me acostumando com essa coisa de dividir o apartamento. Vou relaxar um pouco.

Carl toma um gole de sua cerveja antes de soltar um sorriso que indica que o episódio mal foi notado.

– E obrigado mais uma vez pelas prateleiras... muito gentil de sua parte.

Carl me convidou para sair com seus amigos em Islington, logo depois de explicar que percebera meus livros no chão e comprara as prateleiras em uma loja de móveis usados em Lewisham. Várias horas mais tarde estamos em um bar de jazz com lamparinas baixas no formato de chapéus chineses. Não é o tipo de lugar que se tem em Mothston – e, por esse motivo, gosto de lá. Com sorte, Cassie também gostará. Instigado por Carl e sua teoria da bactéria, mandei um SMS para ela, e percebi que eu estava certo: ela obviamente esperava que eu a convidasse para sair naquele momento na sala dos professores.

Ela chega logo depois das 21h30, parecendo bonita sem esforço algum, com um jeans justo e uma blusa decotada que faz seus seios parecerem de um filme de época estrelado por Kate Winslet – amplo, mas apertado, ansiando para serem libertados. Concentro-me em não encará-los quando ela me cumprimenta com um beijo, e então nós dois vamos para o bar, Cassie agarrando meu cotovelo enquanto andamos de lado pela multidão. Quando viro o pescoço para lhe dar um sorriso caloroso, o gesto é devolvido, e é como se disséssemos algo sem palavras, embora eu não consiga definir o quê.

Conseguimos um sofá e passamos as duas horas seguintes tomando vinho tinto e conversando sobre o quão irritante é quando as pessoas comparam *Ulisses*, de James Joyce, com *24 horas*, de Jack Bauer, e como o senhor Cotton obrigou o pessoal de TI a remover o ponto de seu endereço de e-mail depois que uma das crianças viu e começou a chamá-lo de Dot Cotton*.

Quando, por fim, há um intervalo na conversa, vou ao banheiro, hipnotizado pelo quão bem as coisas estão para mim nos últimos meses. Posiciono-me diante do urinol e direciono o jato até um pedaço descartado de chiclete. Apesar de teimoso, o diabinho não resiste às quatro taças de vinho no meu corpo e por fim sucumbe, escorregando pelo aço inoxidável antes de desaparecer pelo ralo. Alex Tyler um, universo zero.

Quando retorno, Cassie está olhando o celular e meu ânimo é abatido por um pensamento paranoico ridículo: ela está mandando um SMS para Ted Rodgers, o professor de educação física com quem a vi na cantina.

---

* *Dot* significa ponto em inglês e Dot Cotton é uma personagem de novela da BBC, famosa na Inglaterra desde a década de 1980. (N.T.)

Ao me ver, ela trava o dispositivo e o guarda novamente na bolsa.

– Por que está aí em pé?

Ela dá um tapinha no assento ao seu lado e minha paranoia acaba quando ela se atira para mim no sofá. Ela vira o rosto para mim e, de algum modo, nós dois sabemos que chegou a hora. Meu rosto começa a ir na direção do de Cassie em câmera lenta, e ela não se afasta ou faz qualquer gesto para se defender.

Tento me acalmar, concentrando toda a minha atenção nos lábios de Cassie, que são frios e grudentos, e quando ela, bêbada, toma a dianteira, apoiando a boca na minha, aceito a entrada desajeitada de sua língua.

Nas últimas horas, tive a sensação incômoda de que ela era boa demais para ser verdade, mas eu estava sendo um idiota. Em pouco tempo, estamos sentados no banco de trás de um táxi, a caminho da casa dela, e meus pensamentos se voltam para todas as coisas que podem dar errado. E se ela perceber que meus mamilos são desproporcionalmente pequenos e rir na minha cara? E se eu acidentalmente disser que a amo durante o orgasmo?

Eu tinha dezenove anos quando descobri que o diagrama do períneo feminino do senhor Gaffney era tão útil quanto o Google para um dissidente chinês em busca da verdade, porque as coisas que aprendi durante as aulas de educação sexual não tinham a mínima semelhança com o que enfrentei na cama com Sarah Cross. Consegui passar pela experiência sem me sentir muito humilhado – mas nunca mais tirei a roupa de costas para ela, porque ela nunca retornou minha ligação.

Dormi com sete mulheres desde Sarah, mas, sendo totalmente honesto, nunca cheguei ao ponto em que não parecesse que eu estava blefando – e fico preocupado que um dia desses serei descoberto. E se for essa noite?

Fixo os olhos nas luzes neon vermelhas do taxímetro, tentando relaxar e me obrigar a deixar de ser idiota. Isso é bom. É o que eu queria. E Cassie obviamente sente a mesma coisa. Quando o taxímetro chega a £7,60, ela está mordiscando minha orelha; em £21, o botão do meu jeans está aberto. Antes que eu perceba, estou dizendo ao motorista que fique com o troco para £30, e penso que o dinheiro foi bem gasto.

Capítulo 19

HOLLY

A casa está em silêncio quando acordo, então preparo um café e começo a mexer no meu quarto. Depois de vinte minutos esvaziando armários, tirando coisas de baixo da cama e virando gavetas de cabeça para baixo, percebo algo.

Eu era uma ACUMULADORA. Sério. Será que eu não joguei NADA fora nos primeiros dezoitos anos da minha vida? É muita tranqueira. De um único armário, tiro um casaco acinturado com estampa de pele de cobra que não usaria nem morta mesmo se não fosse grande demais para mim; patins de gelo pequenos demais, que não devem servir em mim há vinte anos; CDs de *boy bands* que, com razão, caíram no esquecimento; oito feios bonecos Troll com cores de cabelos e roupas variadas; entradas de cinema; um frasco de perfume Lou Lou Blue que eu devo ter guardado sem motivo quando acabou, mas que agora cheira a ranço; e uma rolha. Por que guardei uma rolha? Que tipo de utilidade ou motivo sentimental me fez pensar que um dia relembraria algo com uma rolha?

Hoje em dia, eu odeio bagunça – jogo fora tudo o que não tem mais uso. Mas, por algum motivo, tive que me obrigar a ser implacável aqui. Enchendo mais sacos de lixo do que caixas, trabalho até as 10h, quando minha mãe coloca a cabeça pela porta para me oferecer café da manhã.

– Só um sanduíche de bacon, então? – ela oferece quando digo que não estou com fome.

Por fim, concordo com uma torrada, que ela traz em uma bandeja com uma xícara de chá, um copo de suco de laranja, um pouco de manteiga, um pote de geleia e um de Marmite*.

Tento ligar meu velho rádio FM, mas depois de cinco minutos frustrantes girando o botão, não consigo encontrar uma estação audível, então pego um CD do alto da pilha. Bad Boys Inc. Não consigo lembrar nada do que cantavam, mas me lembro de ter sido apaixonada por eles, então vamos lá.

Estou redescobrindo Ace of Base quando tiro meu quadro de cortiça da parede e sento de pernas cruzadas no chão, tirando cada uma das fotografias e colocando-as em uma das caixas para guardá-las na casa nova de meus pais.

* Popular produto alimentar britânico, muito consumido com torradas. (N.T.)

Há uma tira de fotos 5 x 8 cm minhas e de Alex que me faz rir, então guardo-a na bolsa para levar para casa.

A última foto amassada é minha e de Ellie dançando em uma festa. Ellie olha para a câmera com uma mão no quadril e outra apontando para o fotógrafo, eu estou logo atrás com braços no ar, cabelo balançando, olhos fechados e claramente inconsciente de que estavam tirando a foto. Não reconheço a casa, mas isso não é nada estranho – familiaridade com o anfitrião nunca era necessária. Desde que os pais não estivessem, tudo bem. No entanto, me lembro da noite. Foi a primeira vez que beijei Dean Jones. A náusea aperta a boca do meu estômago e rasgo a foto ao meio antes de jogá-la em um dos sacos pretos, antes de ficar em pé para sacudir os alfinetes coloridos das minhas pernas.

Tudo o que resta na parede agora é o mapa-múndi. A lembrança de minha mãe me presenteando com ele para meu quarto recém-decorado com um dramático “Ta-da!” me faz sorrir. Estava me preparando para agradecê-la educadamente por almofadas com babados horríveis, então quando essa foi a “surpresa”, fiquei extasiada. Ficamos diante do mapa e marcamos todos os lugares em que eu estivera nas férias. Um grupo de alfinetes marcou a Turquia, Malorca e as Ilhas Canárias – meu pai vetava qualquer lugar que não tivesse chance de encontrar um bar inglês ou irlandês – e um mais distante apontava Nova York. Eu o atualizo com os lugares que visitei desde que deixei Mothston, o que leva menos de cinco segundos, e meu sorriso desaparece conforme passo a mão sobre as áreas não marcadas da Austrália, Ásia, África, América do Sul – todos os lugares que eu ansiava cobrir de alfinetes naquela época. Meus olhos se arregalam de repente. O que aconteceu com meu sonho de viajar pelo mundo?

Ah, cresça, Holly – você não se casou com Mark Owen também. Ninguém faz todas as coisas com as quais sonha quando é jovem.

Tiro todos os alfinetes, solto o mapa da parede, enrolo-o e, após alguns momentos de deliberação, jogo-o no saco de lixo.

Algumas horas suadas e empoeiradas e alguns CDs ruins mais tarde, o quarto está ordenadamente embalado – nenhuma roupa pendurada no espelho ou garrafas espalhadas pela penteadeira – e sinto uma pontada de tristeza. Tudo o que resta é uma mala de mão enfiada embaixo da cama. Assim que esvazio o conteúdo no carpete, lembro o que é. Alex deixou na minha varanda na manhã depois da última visita que lhe fiz, cheia de coisas que eu deixara na casa dele. Eu mal olhei para aquilo antes de enfiar em um lugar longe da vista, ainda consumida pela dor e pela humilhação da sua rejeição e decidida que, depois de tudo o que acontecera naqueles poucos dias, eu precisava fechar uma porta para Alex, Mothston e aquela parte da minha vida.

Prendedores de cabelo, um bracelete que um dia foi de prata, mas que agora tem uma cor esverdeada, sérum anti-frizz para cabelo e uma moldura com uma foto de nós dois. A foto era, na verdade, da mãe dele, mas ele claramente não tinha uso para ela, já que sua mãe não estava mais por perto – e ele sempre se constrangeu um pouco com isso. Foi tirada na festa à fantasia do meu aniversário de doze anos. Fiz Alex ser o Jason Donovan da minha Kylie Minogue, e nós dois usávamos calças jeans *stonewash* – a dele completada com uma camiseta branca e jaqueta de couro preto e a minha com uma jaqueta curta preta, meu cabelo encaracolado preso em um rabo de cavalo. Como se não fosse humilhante o bastante para ele, eu o convenci a cantar um dueto comigo, fazendo-o copiar a letra de *Especially for You* da contracapa do meu antigo LP de Jason Donovan e decorá-la, e nesta foto estávamos olhando um para o outro, cantando em nossos microfones.

Sorrio e estou prestes a guardar a foto em uma das caixas quando percebo que há algo preso na parte de trás. É uma folha A4 de papel pautado dobrada em quatro, que sai facilmente da fita adesiva seca e amarelada que a prende na moldura. Desdobro e, conforme leio, meu coração sobe até a garganta. Escrito em caneta esferográfica desbotada, com o inconfundível rabisco adolescente de Alex, ali está a letra de *Especially for You* com uma mensagem adicional feita na margem.

Desculpe por eu ter sido um idiota ontem, Hols. Você estava tentando me dizer alguma coisa, e eu não ouvi. O que era? Sei que você está indo embora hoje, mas acabo de comprar um celular, então se você quiser conversar – a qualquer hora e de qualquer lugar –, aí está meu número: 07588876098.

Sempre seu,
Alex xxxxx.

Capítulo 20

ALEX

Cassie está deitada com as costas viradas para mim, o edredom dobrado sob o pescoço, os joelhos erguidos na direção da barriga. Decido não abraçá-la, e deixá-la dormir.

E pensar que eu estava preocupado com Ted Rodgers. Que tipo de nome é esse? Ted Rodgers não seria capaz de identificar que a imagem no quarto dela era *A Dama de Shalott*. Nem conheceria o poema do mesmo nome de Tennyson. Como poderia? É um professor de educação física.

Ted Rodgers. Bah!

Aqui estou no quarto impecável de Cassie, onde as almofadas, tapetes e lençóis em tons pastéis ainda estão sufocados pelas brasas da noite. O sol logo nascerá, e talvez eu pergunte a Cassie se ela gostaria de fazer algo comigo. Um dia em Londres. Ir ao Museu Britânico talvez. Um primeiro encontro adequado.

Fico deitado ali por várias horas, contente, ouvindo enquanto ela respira lentamente contra o travesseiro, até que finalmente, um pouco antes das 10h, ela boceja acordada.

– Bom dia, dorminhoca – digo, colocando uma mão gentilmente em seu cotovelo.

Ela gira o corpo, eliminando qualquer contato entre nós, e usa as duas mãos para esfregar o sono do rosto. Seus olhos permanecem fechados.

– Dormiu bem? – pergunto, mas a resposta não vem.

Minutos se passam sem que nenhum de nós diga uma palavra. O choro de um bebê pode ser ouvido vindo de outra casa da rua. Cassie é quem fala a seguir:

– Fiquei tão bêbada na noite passada.

Incerto de onde ela quer chegar, sigo a deixa.

– Sim, eu também.

Cassie geme e afunda no edredom, mais uma vez dobrado na altura do pescoço. O silêncio se torna insuportável, mas não consigo pensar em nada apropriado para dizer. Pego-me tamborilando com os dedos contra a cabeceira da cama para pontuar o silêncio.

Permanecemos sonolentos por quinze minutos, e então Cassie anuncia que vai tomar um banho, e quando retorna pede que eu olhe para o outro lado enquanto ela se veste. Eu que vi cada centímetro de seu corpo pálido há poucas horas, embora sob as sombras do edredom. Eu que afaguei suas coxas sou agora impedido de vê-las, e eu acariciei seus seios que agora estão cobertos por um defensivo braço direito.

Desanimado, convenço-me de que ela está apenas envergonhada com toda a situação: dormir com um colega de trabalho, um professor respeitável, alguém que ela vê todos os dias e que pode influenciar sua carreira. Eu devia ter imaginado que ela se sentiria um pouco desconfortável depois. Estávamos destinados a dormir juntos em algum momento, mas Cassie não é esse tipo de garota assim como não sou esse tipo de cara. Obviamente, nos empolgamos com a situação. Decido que o melhor caminho a seguir é lhe dar espaço. Então poderemos retomar o que quer que isso seja durante a semana.

Cassie sorri agradecida quando lhe digo que preciso ir embora. Ela me arrasta para fora de seu quarto, até o andar de baixo, aceitando um beijo no rosto e um abraço de despedida, ao mesmo tempo em que estende a mão para o trinco da porta.

Sinto seus olhos me acompanhando enquanto passo pelo portão de ferro e um pouco mais cedo do que o esperado ela fecha a porta.

– Sinto como se tivesse sido usado – digo ironicamente, segurando uma batata frita entre o indicador e o polegar examinando-a.

– Ela provavelmente está envergonhada por dormir com você no primeiro encontro. E com o fato de que agora vai trabalhar com alguém que já viu sua vagina.

A garçonete pergunta se está tudo bem com nossa comida. Holly me convidou para jantar em um pub para me agradecer por alimentar Harold, embora tenha me trazido os famosos biscoitos da senhora Gordon na semana passada.

– Você não estava na nossa aula de inglês na segunda-feira passada. Ela não me disse uma palavra durante a aula toda. Não entendo como uma mulher pode passar de me convidar para sua cama a me tratar como se eu fosse fichado por estupro.

– Isso está parecendo os velhos tempos... eu escutando você analisar tudo demais.

– O que quer dizer com analisar tudo demais?

Holly sorri com ternura.

– Olha, você tentou conversar com ela?

Ela tem razão. Também não falei com Cassie, mas tentei contato visual várias vezes, e dos dois sorrisos que dei, um provocou uma guinada de desprezo de cabeça e o outro foi completamente ignorado. Para aumentar meu constrangimento, o último foi testemunhado por Gareth Stones, que nos viu juntos no trem aquela vez, e me provocou fazendo movimentos sexuais em sua carteira.

– Ele parece ser engraçado.

Holly apoia o queixo nas duas mãos. É a primeira vez desde que me mudei para Londres que a vejo sem maquiagem. Quero dizer que ela fica mais bonita assim, mas me contenho com medo de que ela me interprete mal.

– O mais engraçado de tudo foi na semana passada, quando ele entregou sua tarefa sobre *Hamlet*, e tudo o que estava escrito era "CMP".

– CMP?

– Tive que olhar em um site de gírias adolescentes. Quer dizer: "chupe meu...".

Holly morde o lábio para conter uma gargalhada.

– É bem engraçado, mas tenho medo de estar totalmente despreparado para isso. Eu tinha pensado em estabelecer lugares fixos para eles na sala, só que aí eu tinha que escolher entre colocar Gareth e seus amigos sentados próximos uns dos outros e conversando, ou gritando uns para os outros em cantos diferentes da sala.

Holly escuta intensamente, assentindo quando é apropriado e oferecendo conselhos aqui e ali.

– É como se a maioria dos garotos já tivesse decidido que falhou: eles desistiram. Como Kenny. A mãe dele morreu quando ele era pequeno, e ele é muito agressivo, mas não dá para fazer nada. Não é como na série *Waterloo Road**, onde dá para ir conversar com os pais dos alunos tranquilamente. Eu seria demitido. Tudo precisa passar pela equipe pastoral, e a nossa é diabólica. Como eu fui idiota ao pensar que poderia causar algum impacto em uma escola assim.

Holly aproveita a oportunidade para opinar:

– Você devia conversar com ele. Com Kenny. Depois de uma das suas aulas. Diga que você está do lado dele. Caramba, de todas as pessoas, *você* deve ser capaz de se conectar com um garoto assim.

Olho para ela com dúvida. Certo, minha mãe morreu quando eu era criança, mas essa é a única coisa que tenho em comum com Kenny. Dificilmente alguém acreditaria se eu tentasse a velha tática do "eu sei pelo que você está passando".

– O que você tem a perder?

– Não sei – digo fracamente. – Acho que não é só a escola. Nem mesmo Cassie. Ela dificilmente seria páreo para as desilusões que tive – assim que as

---

* *Waterloo Road* é uma série dramática britânica de televisão que gira em torno de uma escola de mesmo nome. (N.T.)

palavras deixam minha boca, percebo que quase falei demais, mas por sorte Holly não responde. – Não posso acreditar que estou dizendo isso, mas pela primeira vez, nesta semana, senti saudades de Mothston. Tudo está estranho aqui. Não conheci nenhum londrino que saiba alguma coisa sobre a geografia do resto da Grã-Bretanha. Os pubs acham que podem se safar servindo apenas quatro batatas fritas, descrevendo-as como graúdas e três vezes cozidas – pego a última batata, que, de algum modo, se tornou o símbolo do meu descontentamento –, e ninguém faz fila nos pontos de ônibus, o que, juntamente com querer evitar Gareth Stones no trem, é outro motivo pelo qual comprei uma bicicleta.

Holly rouba a batata dos meus dedos e a enfia inteira na boca.

– Então, você ainda está adorando Londres, não é? – ela diz, e seu sorriso me contagia. Ambos balançamos as cabeças para meu comportamento ridículo, e Holly estende a mão e a coloca sobre a minha. É apenas por um ou dois segundos, antes que ela retraia e faça sinal pedindo a conta. Mas, naquele momento, mudar para Londres não parece uma atitude estúpida no final das contas.

Olho para fora, onde o pôr do sol faz o céu ficar da cor de bala rosa e amarela. É feriado de primavera – o verão não está longe agora. Vejo Holly colocar o cardigã azul-marinho nas costas da cadeira, expondo braços nus que são magros e torneados.

– O que você está olhando? – Holly diz, conferindo seus antebraços.

Volto minha atenção para ela.

– Nada. Só estava pensando que azul-marinho sempre foi sua cor.

Holly me avalia intrigada, mas eu a acalmo com uma expressão vazia, até que ela desiste e muda de assunto.

– Outra coisa que você vai descobrir em Londres: as pessoas que nos visitam ou ficam com medo de tudo aqui (do metrô, das estradas e das pessoas) ou menosprezam tudo dizendo: "Deve ser o jeito que as coisas são feitas em Londres...".

– Seu pai?

Holly confirma com a cabeça, mas sei que ela não mudaria o pai em nada.

– Como está o seu pai?

– Amando a vida na água. Exceto pelo desentendimento com a Associação de Embarcações de Mothston. Eles não aceitarão sua filiação até que ele mude o nome do barco. Parece que os barcos devem ter nomes como *Lady Rosebery* ou *Com pressa* ou *A Duquesa de York*.

– E como é o nome do barco dele?

– *Barco do Terry*.

Holly bate palmas encantada.

– E você disse que Kev também conheceu uma garota?

– Bom, ele transou.

– Então talvez *você* esteja com inveja *deles*?

Holly me lança um olhar malicioso, enquanto toma o resto da sua bebida.

– Vamos lá. Vamos encontrar um pub tradicional. Algum lugar em que os clientes regulares nos encarem quando entrarmos. Será como voltar a Mothston.

– Você não trabalha amanhã?

Holly me ignora e nos leva até a rua.

– Falando em trabalho – digo, lembrando de um convite de amizade que recebi há um tempo –, sua colega me adicionou no Facebook.

Eu previra uma reação – ficou claro no dia do jogo que Holly não é a maior fã de Melissa –, mas ela aceita a informação com pouco mais do que um aceno de cabeça. Está ocupada olhando o sinal de PARE diante de nós, o contentamento eclodindo nos cantos de sua boca.

– O que foi? – pergunto.

– Não me diga que você esqueceu?

Holly fica na expectativa até que por fim as lembranças aparecem. Devíamos ter treze ou quatorze anos. Holly me convencera a dividir uma garrafa plástica de cidra sob uma lua crescente em Weelsby Park – cada um dos meus goles era seguido de um gole de Holly – e estávamos a caminho de casa quando Holly pegou um marcador permanente preto do estojo em sua mochila.

– Me ajuda aqui – ela disse, observando o sinal de PARE diante de nós.

– O que está fazendo? – choraminguei.

– Você gosta de lição de casa, não gosta, Al? Vamos considerar isso um projeto de artes.

Ela tirou a tampa do marcador, com a rebeldia estampada no rosto.

– Alguém vai ver – protestei ao mesmo tempo em que cruzei as mãos para criar um degrau. Afinal, era Holly, e até hoje me lembro que, enquanto a segurava no ar, percebi que estava tendo uma ereção, e não conseguia fazer ir embora, não importava o quanto pensasse em minha avó, mas acho que no fim consegui, porque quando ela desceu ficamos ambos muito absortos com sua obra.

PARE, HORA DE DANÇAR:

– Sua vez agora – ela disse, empurrando o marcador na minha barriga. – O que vai ser?

Vagamos por meia hora antes que outra placa chamasse minha atenção. Eu nunca fizera nada que pudesse me colocar em sérios problemas antes, mas não queria desapontar Holly. Então, com ela como testemunha, me aproximei do McDonald's e comecei a trabalhar na placa do *drive-thru*, acrescentando meticulosamente uma cobertura ao "U", de modo a transformá-lo em "O". Então, letra por letra, escrevi um "ugh", para que a placa ficasse escrita em inglês perfeito: "Bem-vindo ao drive-through do McDonald's".

O pânico começou assim que terminei – e se alguém tivesse visto? –, mas Holly estava tão impressionada que não me importei de verdade em ser pego. Alguns dias mais tarde, minha arte foi destaque no *Mothston Herald*, na página de cartas, com elogios de um aposentado chamado George Riley à nossa iniciativa.

– Encontrei um exemplar do jornal quando estive em casa – Holly diz. – Devia ter trazido comigo.

Enquanto caminhamos, um olhar melancólico toma conta dela. Sigo seus olhos, mas eles não levam a nenhum lugar em particular.

– No que está pensando?

No início, me pergunto se ela me ouviu, porque leva cerca de trinta segundos para responder.

– Você acredita em destino, Al? Que algumas coisas são destinadas a acontecer e outras não?

Parece uma coisa estranha de se perguntar. Encaro-a novamente, mas ela continua com o olhar perdido no horizonte.

– Acredito que todo mundo deve fazer certas coisas, seguir um caminho. Se é destino ou não, não sei. Acho que é só um conceito que as pessoas usam para dar significado às coisas.

Holly não diz nada.

– E você? – pergunto.

Ela pensa um momento.

– Houve uma época em que provavelmente acreditei.

E agora?

– Acho que a vida é apenas um milhão de coincidências diferentes e acidentes que levam você até onde você está. Não é muito romântico, mas acho que é verdadeiro.

Holly nos faz parar do lado de fora de um pub chamado "The Woodman". Ela espia pela janela suja, mas balança a cabeça e diz que não quer entrar.

– Foda-se – ela diz, por fim, voltando a si. – Devíamos comprar umas cervejas e ir a um parque em vez disso.

– A um parque?

– Isso, com árvores, grama... Algumas vezes, há balanços também, sabe?

Observo seu rosto, tentando entender a fonte de sua recém-encontrada despreocupação, mas nunca consegui entendê-la.

Pela primeira vez desde que vimos a placa de PARE, Holly se volta para mim.

– Por que você está me olhando assim? – ela pergunta. – Vamos ficar bêbados. Para que servem os feriados? – ela me convida a andar de braços dados. – Não é como se eu precisasse voltar para casa, para Richard. Ele disse que estava cansado demais por ajudar a mãe a decorar o novo cômodo da casa. Que ele aproveite as meias de lã.

– Muito bem – engancho meu braço no de Holly com um sorriso satisfeito. – Vamos lá.

– Tudo seco – digo, inspecionando o chão perto de um carvalho antigo com a palma da mão, e nas uma ou duas horas seguintes sentamos de pernas cruzadas em Greenwich Park, bebendo latas de cidra e conversando sobre os velhos tempos como se já fôssemos aposentados. O céu passa por todo o espectro de púrpuras e azuis, mas o ar permanece tranquilo enquanto nos lembramos de nomes familiares e da semana que nossas famílias passaram juntas em Camber Sands. Holly me conta que foi lá onde beijou um garoto pela primeira vez, e eu me pergunto como é possível que uma revelação como essa ainda provoque ciúmes em mim tantos anos depois. Não tenho ideia, mas provoca.

Falamos sobre a vez em que Kev caiu em um lago enquanto tentava refutar a teoria de que os gansos podem quebrar seu braço. Agora, aqui nesse parque, tudo parece como antes. Sinto exatamente o que costumava sentir.

Ignoro o pensamento; apago-o da minha mente. Estou bêbado de cidra, de nostalgia e do cheiro de fumaça dos carros misturado com o de grama recém-cortada. Holly e eu somos amigos e é assim que sempre será.

– Tem uma coisa que eu queria perguntar pra você – Holly diz em um tom de voz que faz meu peito se apertar.

Ela prolonga o momento, até que me pergunto que raios ela quer saber. Por fim, ela coloca a mão sobre a minha e diz se divertindo:

– Você ainda anda com aqueles lenços umedecidos para limpar assentos de privada?

– É isso? Quer saber se ainda ando com lenços umedecidos?

Ela responde com uma gargalhada.

– Se quer saber, não. Não ando. Charlotte McCormack me proibiu.

– Charlotte quem?

– Uma das minhas ex. Ela também é a razão pela qual parei de corrigir a gramática das pessoas. Ela disse que isso era coisa de mala.

Holly sorri.

– Você devia ter segurado essa, Alex.

Explico como não tive muita chance de fazer isso, e então conto sobre Debbie e como terminou, e então é a vez de Holly me proporcionar seu histórico de relacionamentos. Ela me fala sobre todos os seus ex, com exceção de Dean. Acho que sei tudo o que há para saber sobre ele.

– E agora aí está Richard – ela conclui, estendendo os dedos para alcançar a terceira lata de cidra.

Quando por fim nos levantamos e limpamos a grama das pernas, minha cabeça está tonta e um aperto sinistro começa a subir pela minha garganta.

– Acho que vou vomitar.

– Você não bebeu quase nada!

– Três latas de cidra e a maior parte de uma garrafa de vinho.

– Você nunca deve segurar o...

Corro até o carvalho, pressionando as mãos contra a casca desgastada enquanto minha cabeça pende como um sino em meu pescoço. Logo uma contração feroz atravessa meu corpo. E então mais uma vez.

Vomito três vezes antes de olhar para cima para testemunhar Holly parada a menos de um metro de distância, as mãos cobrindo a boca, os olhos arregalados de compaixão. Assim que ela tem certeza que terminei, se aproxima e coloca a mão de leve em meu ombro.

– Precisa de um pouco de TLC*? – ela pergunta suavemente.

Incapaz de falar, olho para ela, sorrio agradecido, e afundo a cabeça entre as mãos.

E então Holly começa a cantar. Uma canção que reconheço da época do ensino médio, sobre uma mulher que não queria nenhum babaca. A letra me confundia na época e me confunde agora. Não há ninguém por perto, mas ela canta alto o bastante para que eu me sinta constrangido.

– O que está fazendo? – digo com voz rouca.

– Cantando. Perguntei se queria um pouco de TLC**. É um dos maiores sucessos delas, Alex. *No Scrubs.*

Holly morde o lábio para conter uma gargalhada.

– Esta é uma das piores piadas que já ouvi – respondo, voltando as costas para ela e me afastando. Ela começa a cantar novamente, ainda mais alto do que antes.

– Você é quase tão engraçada quanto Gareth Stones – grito de volta, mas apesar disso não consigo evitar que uma risada escape pelos meus lábios.

E uma vez que começa, é quase impossível parar.

---

* Expressão popular que significa "*tender love and care*" [ternura, amor e cuidados]. (N.T.)

** Banda feminina norte-americana que toca R&B, hip hop, soul e funk, formada em 1990 por Tionne "T-Boz" Watkins, Rozonda "Chilli" Thomas e Lisa "Left Eye" Lopes. (N.T.)

Capítulo 21

HOLLY

Certa vez, vi um documentário sobre uma mulher que amava a Torre Eiffel.

Não era amor de um tipo nostálgico – ela estava apaixonada de verdade pela torre. Casou-se com ela. História verídica. É chamado de objetofilia, ou algo assim.

Lembro-me de ter assistido e pensado que ela era um pouco excêntrica, mas acabo de decidir que amo minha cama. AMO. Eu certamente me casaria com ela se isso significasse poder ficar aqui para sempre.

Meu sonho é destruído por Lady Gaga.

– Ah, cale a boca – resmungo em voz alta, apertando o botão de soneca do meu rádio-relógio.

Por acaso, também havia uma mulher no programa que afirmava fazer amor com seu aparelho de som, mas aí já é demais.

Argh – essa não é uma ressaca normal – estou morrendo de verdade. Não achei que estivesse tão bêbada quanto Alex no parque, mas acho que lembro de ter desfigurado uma placa de "aluga-se" no caminho para casa, desenhando uma carinha nela com meu delineador e mandando uma foto para o celular dele.

E só agora percebo que ele respondeu com uma foto da placa "Queens Road", mas com uma apóstrofe antes do "s"*. Ha, ha! Isso está cada vez mais parecido com os velhos tempos. É por isso que decidi não contar sobre o bilhete que encontrei. Não quero que as coisas fiquem estranhas e desagradáveis, como na última vez que o vi em Mothston.

Não é fácil não dizer nada. O que ele quis dizer? Ele sabia que eu gostava dele e sentia muito por não gostar de mim do mesmo jeito? A letra de Jason e Kylie era o jeito de ele me dar um fora com gentileza ou era para tentar me animar? Ou havia uma mensagem na letra? Ele estava tentando me dizer que se sentia como eu? O que teria acontecido se eu tivesse encontrado o bilhete na época? Acho que nunca saberei – Alex provavelmente nem se lembra. Mas eu só queria saber o que...

---

* Queen's Road com apóstrofe siginifica "estrada da rainha" em inglês. (N.T.)

AH, MERDA. Gostaria de não ter olhado no espelho. Inclino-me para ver mais de perto se encontro uma folha, pois é claro que fui arrastada por um arbusto enquanto dormia.

Prendo o cabelo em um rabo de cavalo de qualquer jeito, e pratico a habilidade digna de *Britain's Got Talent* que descobri possuir recentemente de me vestir, aplicar rímel e escovar os dentes ao mesmo tempo.

– Miau.

– Bom dia, Harold. Estou ATRASADA. Estou pelo menos um pouco apresentável?

Não importa, ela diz. *Me alimente.*

A ração para gatos sai da caixa rápido demais e se espalha pela lateral da tigela de Harold, mas saio pela porta quase ao mesmo tempo em que ela atinge o chão, então só vou limpar mais tarde.

– Você está um lixo – Jemma parece impressionada.

– Obrigada – afundo na cadeira e espio o escritório. É como o navio *Mary Celeste*. Todos os computadores estão ligados. Cafés meio bebidos e jornais abertos estão perto dos teclados. Mas, além de Jemma, nenhuma alma está à vista.

– Onde estão todos?

– Martin Cooper estava atrasado para sua reunião matutina porque esqueci de pedir o carro para ele. De novo. Richard Croft está no escritório, provavelmente digitando as próprias cartas, atendendo o próprio telefone e pegando um café, tudo ao mesmo tempo, já que sua secretária parece capaz de apenas se arrastar. E a equipe está na sala de reuniões. Melissa os chamou lá há meia hora, dizendo: "Rapazes, rapazes, podemos fazer uma reunião rápida? Precisamos acertar algumas coisas". – Ela troca seu sotaque de Glasgow por um londrino de classe alta para se passar por Melissa. – De qualquer modo, por que está atrasada? Saiu com Alex? – ela pergunta sugestivamente e completa com uma piscadela previsível.

Jemma não acredita que meu relacionamento com Alex é puramente amizade. Mas por que acreditaria? Até onde ela sabe, somos ambos solteiros. Entre todas as pessoas, é mais difícil manter o segredo de Richard para ela. Não é que não confie nela. Ela jamais daria com a língua nos dentes de propósito. Só que é uma daquelas pessoas cuja expressão facial conta tudo. Se alguém suspeitasse de algo e perguntasse para ela, sua voz diria "não", mas seu rosto diria "*sim, eles estão juntos! E sabe o quê? Transaram bem naquela mesa!*".

– Sim, saí com ele, e soube que você o adicionou no Facebook. Espero que não comece a persegui-lo...

– Jemma – Melissa sai da reunião e, de repente, está nas nossas mesas –, quero começar a fazer reuniões semanais com a equipe para alinhar nossas estratégias. Pode colocar na agenda, por favor?

"Você é uma idiota, Melissa", é o que o rosto de Jemma diz.

Em voz alta, ela responde:

– Pode deixar, Melissa.

– Ótimo, obrigada. Precisamos que todos criem o hábito de se preparar e planejar com antecedência.

– Ao contrário de outras formas de preparação e planejamento – Jemma murmura.

– O que foi? – Melissa replica.

– O quê? – Jemma diz, inocente.

– Ah, nada – Melissa se vira para mim e sorri. – Boa tarde, Holly!

– Desculpe, perdi a hora – murmuro. Não tenho ideia de por que estou me desculpando. São só quinze para as dez, e fico até mais tarde com frequência. E, além disso: ELA NÃO É MINHA CHEFE.

– Ah, estou brincando. Faça-me um favor e peça para Richard me mandar um e-mail remarcando o almoço, ok? – ela acena com pouco caso. – Ele saberá o que isso quer dizer.

– Ora, ainda bem que Richard saberá o que quer dizer – Jemma diz assim que Melissa está fora do alcance de sua voz. – Não sei você, mas eu lutei bravamente para decodificar a mensagem.

Rio, mas esses almocinhos e reuniões que Melissa fica marcando com Richard estão começando a me irritar. Estão acontecendo muito ultimamente. Não estou insinuando que estejam TRANSANDO ou algo assim – sei sobre o que conversam. Perguntei a Richard sobre isso na semana em que voltei de Mothston.

Estávamos deitados entre os lençóis king size de algodão egípcio cinza-chumbo em um delicioso torpor pós-coito. A cama dele é como todo o restante em seu apartamento nas Docklands – cara, luxuosa e desnecessariamente grande, considerando que ele vive sozinho. A tela de sua televisão causaria complexo de inferioridade ao cinema do bairro; é preciso graduação em física para saber como tocar um CD no aparelho de som que ocupa metade da parede da sala de estar; uma mesa de jantar que acomodaria confortavelmente uma família de doze pessoas fica ao lado de uma adega com garrafas de vinho em quantidade suficiente para manter todo o grupo bêbado por uma quinzena.

Eu estava deitada ali me perguntado se acabaria me mudando para a casa dele ou se procuraríamos um canto nosso. Quero dizer, é bem legal e tudo mais – o condomínio foi construído quando Richard se mudou, há três anos, e tem bar e academia próprios. Mas falta personalidade ali. É um ótimo apartamento de solteiro, mas eu nos imagino em uma casa com jardim. Especialmente quando tivermos filhos.

Não tenho certeza de como passei de pensar tudo isso a deixar escapar minha pergunta sobre Melissa. Espero que tenha sido por "falta personalidade".

– Bem... isso fica estritamente entre você e eu... ela ficou sabendo da fusão. – Richard cruza as mãos sob a cabeça. – Está interessada em fazer parte da minha nova equipe.

Ah! Aposto que sim, aquela vaca manipuladora.

– Ah! Aposto que sim, aquela vaca manipuladora.

Eu honestamente não pretendia dizer aquilo em voz alta, mas fiquei irritada. Não só porque ela estava tentando descaradamente colocar as garras no meu namorado, mas também no sentido profissional. Sou secretária dele. E até que não seja mais, se ela quiser falar com Richard sobre questões de trabalho, deve ser por meu intermédio.

Embora a coisa do tentar-colocar-as-garras-no-meu-namorado seja a pior parte.

– Qual é o problema? – Richard riu. – Ah, espere, desculpe... eu esqueci.

– Esqueceu o quê?

– Que você irracionalmente detesta Melissa.

– Eu não!

– Você, sim... não consegue suportá-la.

– Não, quero dizer, não é irracional. Ninguém gosta dela.

– Eu gosto dela.

– Ok, nenhuma garota gosta dela. Todo cara do escritório parece não perceber o quanto ela é chata, mas... POR QUÊ?

– Ela é uma boa garota. Sabia que ela quer começar a jogar golfe? Ela perguntou se eu posso lhe ensinar o básico.

– Isso é golpe! – protestei, lembrando como Melissa revirara os olhos, há poucos dias, quando Jemma disse que Richard estava no escritório de Martin conversando sobre golfe. "Que tédio", ela dissera. Foi a única vez que vi suas palavras combinarem com seu tom de voz e expressão facial.

– Ah – Richard passou um braço pelos meus ombros e me puxou para seu peito –, está com ciúmes da Melissa?

Ciúmes da Melissa? CIÚMES da Melissa? Ciúmes da MELISSA?

– Do que eu teria ciúmes?

Ele acha que ela é melhor do que eu? Mais bonita? Mais inteligente?

– De que ela vai trabalhar comigo depois da fusão, mas você não?

Com os genitais tão próximos do meu alcance, ele teve sorte com aquela resposta.

– Ah, isso. Nem um pouco. Estarei muito ocupada auxiliando a pessoa que vai substituí-lo para pensar em você.

Mudei o tom de voz para fazer a palavra "auxiliando" soar o mais erótica possível, então esperei que ele ficasse ofendido para que eu pudesse dizer que estava brincando e provar isso o beijando.

– Está tudo bem – ele meio sorriu, meio bocejou. – Terei uma nova secretária gostosa para fazer minhas vontades – acho que pedi por isso.

Talvez seja Melissa e seus almocinhos, ou talvez seja o fato de que estou com muita ressaca para ter energia para explicar para Jemma por que não estou interessada em Alex, mas a insegurança mesquinha que às vezes sinto em relação a Richard borbulha até a superfície. Por que ele *não* quer que ninguém saiba? Se eu fosse uma espectadora externa, sentiria pena de mim. Uma mulher se aproximando dos trinta anos tentando forçar compromisso com um homem que claramente não está interessado nela. Quem não seguraria a mão dela na rua ou a levaria para conhecer sua mãe? Esse é o motivo pelo qual parei de falar no assunto com Susie e Leah – Susie não esconde o fato de que não está convencida, e Leah faz o mesmo com seu silêncio. Quando a eterna otimista sobre relacionamentos não consegue encontrar palavras de encorajamento, você sabe o que ela está pensando. A única pessoa com quem posso conversar é Alex – ele simplesmente escuta e não julga. Ninguém mais vê como Richard é quando estamos só nós dois, e ele está *tão* na minha. Ele não poderia ser mais carinhoso.

Mas é como aquela história da árvore na floresta – o relacionamento é real se não tem ninguém ali para vê-lo?

Nunca mais arrisquei de verdade depois da tentativa frustrada da Conversa na sexta-feira antes da viagem para Mothston. Richard anda mais ocupado do que nunca com o trabalho, e tenho saído mais com Alex, o que mantém minha mente ocupada.

Mas agora a graça está acabando. Eu me levanto e... uau. Sento novamente.

– Tontura – respondo ao olhar inquisidor de Jemma, antes de tentar levantar novamente, mas em câmera lenta.

– Querido? – fecho a porta de Richard e me sento do outro lado de sua mesa, agarrando o caderno de anotações que peguei da minha escrivaninha para manter a fachada. Preciso pensar em um assunto que levará perfeitamente à Conversa. Não posso simplesmente soltar a bomba e pegá-lo de surpresa. – Vamos contar para todo mundo. Sobre nós, quero dizer – ops!

Tento parecer casual e despreocupada, como se só tivesse um leve interesse no que ele vai dizer, enquanto todas as respostas possíveis atravessam minha mente.

– Jazz fã-tástico! – ele exclama.

Ok, nem TODAS as respostas possíveis atravessaram minha mente.

– Você é fã de jazz? JazzEast... É fã?

– Sobre o que você está falando, Richard?

Ele explica. Um dos nossos clientes é o JazzEast – um festival anual a céu aberto com cerveja e jazz em Shoreditch –, e Richard propôs promover o evento deste ano distribuindo leques de papel para os suados participantes com o endereço de e-mail gravado neles. Está tentando pensar em um slogan para imprimir nos leques.

Meus olhos vasculham seu escritório em busca de inspiração, passando sobre os exemplares de *Men's Health* e *GQ* espalhados por sua mesa outrora arrumada, e caindo em um pôster motivacional atrás de sua cadeira, no qual quatro homens estão alinhados em um bote, segurando remos.

TRABALHO EM EQUIPE. Juntos conseguimos mais.

Exatamente. É por isso que passamos tanto tempo tentando encontrar trocadilhos infames. Palavras nunca foram meu forte, mas duas cabeças pensam melhor que uma, e essas coisas. Olho para o pôster ao lado.

CONQUISTA. É difícil falhar, mas é pior nunca ter tentado conseguir.

A imagem mostra um homem sorridente sozinho no alto de uma montanha coberta de neve, com as mãos no ar. Isso não é totalmente contraditório com o trabalho em equipe?

– JazzEast: o festival mais COOL* do verão? – sugiro.

– É por isso – Richard diz, estalando os dedos para destacar – que eu te amo.

Meu coração para de bater. Ele nunca disse que me amava antes. Isso é importante. Estou prestes a retribuir com a resposta óbvia, quando percebo que ele está distraído anotando em seu bloco de notas. Não espera uma resposta.

Ele não quis dizer aquilo.

---

* Os autores fazem um trocadilho com a palavra "cool", que significa tanto legal quanto refrescante em inglês. (N.T.)

– Acho que é hora de contarmos sobre nós às pessoas.

– Por quê? – ele pergunta, ainda escrevendo no bloco. – Pode me passar o documento que saiu na impressora, por favor, querida?

– *Por quê?*

– Porque preciso dele para mandar...

– Não isso – pego o papel na impressora e passo para ele. – O que quer dizer com "por quê"?

Ele se reclina na cadeira com as mãos atrás da cabeça.

– Em algumas semanas, me mudarei para o andar de cima, e você não será mais minha secretária. Por que vamos agitar as coisas no último minuto?

Solto um suspiro de alívio. O motivo pelo qual isso não o incomoda é que ele pode ver que o final está próximo. Ele está certo. Tivemos nove meses de segredo, então algumas poucas semanas não farão muita diferença.

– Então quer dizer que está bem confiante com o trabalho, hein?

Ele me dá um sorriso que quer dizer que há tanto na minha pergunta que nem vale a pena responder, então sorrio de volta, e ficamos os dois sorrindo até que a porta se abre e Martin Cooper nos presenteia com um sorriso também.

– Deixarei vocês dois sozinhos – levanto-me de um salto e aceno com o bloco de notas. – Nós terminamos aqui.

Tento terminar tudo às 17h30, porque convidei Alex para comermos carboidratos de conforto – ele também está sofrendo.

– Holly, você pode vir ao meu escritório antes de sair, por favor? – Richard coloca a cabeça para fora da porta. – Preciso que tome algumas notas.

Notas/tirar a calça, dá no mesmo.

Assim que sua porta se fecha, ele está me beijando.

– Martin cancelou a conferência desta noite – ele murmura, encostando o nariz no meu pescoço. – Então sou todo seu esta noite.

– Seria muito bom – murmuro de volta –, mas tenho planos. Alex vai jantar em casa.

– Ahn? – Richard se afasta, erguendo as sobrancelhas ligeiramente. – Você não pode cancelar? Saiu com ele ontem, não foi?

– Não, eu não posso cancelar. Não seria justo com o Alex – além disso, não quero cancelar. Gosto de estar com ele. – Pensei que estaria ocupado. Não é nada de mais; ele só vai jantar. Farei lasanha, e sempre faço demais – não sei por que estou me justificando. – Se quiser, pode se juntar a nós.

Espero que ele recuse.

– Tudo bem, então – ele assente.
– Ótimo – digo, escondendo a surpresa.

Vou para casa cozinhar enquanto Richard termina o trabalho. Não poderia dizer não a ele depois do tanto que tenho amolado para que ele conheça meus amigos. E por que eu iria querer que ele dissesse não? Eles se conhecerem é uma coisa boa. Enterrando minha inquietude inexplicável, estou prestes a ligar para Alex para lhe avisar da mudança de planos quando a campainha toca e Richard entra brandindo um buquê de rosas vermelhas.

– Para a anfitriã – ele diz, entregando-as com um beijo, antes de entrar no meu quarto em busca de um cabide para seu paletó.

– Ah, obrigada – digo, encantada (ele nunca me comprou flores antes), e as coloco no vaso. Ele me conta as últimas novidades da fusão, enquanto preparo a lasanha (deixando de lado os cogumelos fatiados que uso normalmente, porque Richard não acha que vão combinar) e acabo de colocá-la no forno quando a campainha toca novamente.

Se Alex ainda está passando mal, não é possível dizer ao olhar para ele, todo animado e de olhos brilhantes, depois de ter pedalado por Greenwich.

– Adivinha quem está aqui? – sussurro.

– A polícia? – ele sussurra de volta, espiando em volta. – Eles finalmente descobriram o fantasma das pichações? Se for isso, estou fora... você não vai me levar junto nessa.

– Não – dou uma risadinha, puxando-o para dentro e fechando a porta. – É...

– Você deve ser o Alex – Richard aparece na porta da sala, estendendo a mão. – É bom finalmente conhecê-lo... tenho ouvido muito sobre você.

Não é exatamente verdade – ele nunca pergunta nada sobre Alex.

– Alex, este é o Richard – apresento, caso não seja óbvio.

– É claro. Richard, oi – Alex rapidamente esconde o leve olhar de surpresa e aperta a mão de Richard.

Arrasto os dois para a sala de estar, nervosa – por que estou nervosa? –, e pergunto quem quer o quê para beber com um único bater de palmas – por que estou batendo palmas?

– Trouxe isso – Alex me dá uma garrafa de vinho tinto.

– Aqui, deixe-me abri-la – Richard pega a garrafa e pega o abridor da mesa. – Boa escolha – ele assente de modo aprovador, lendo o rótulo.

– Certo – digo para eles seguindo na direção da cozinha. – Preciso ralar o queijo para cobrir a lasanha, então vocês, meninos, fiquem aqui e, hum, falem sobre assuntos de meninos.

De volta à cozinha, acrescento o queijo e começo a preparar a salada. Por algum motivo sinto-me perturbada. O murmúrio das vozes de Alex e Richard atravessa o vapor da cozinha, e posso ouvir Richard falando sobre uma conferência de marketing da qual participou recentemente, e me surpreendo desejando em silêncio que ele se cale. Essa coisa não é interessante para ninguém que não trabalhe com marketing. Caramba, "interessante" é forçar a barra até para quem trabalha com isso. É sempre desesperador quando se apresenta duas pessoas que são importantes para você – em especial quando elas têm tão pouco em comum –, mas escuto os murmúrios educados de Alex e as perguntas que vêm na sequência, e relaxo um pouco.

Felizmente, o jantar transcorre bem. É estranho testemunhar Richard interpretar o Senhor Conversinha em uma situação social tão íntima. Eu meio que presumia que era uma técnica reservada para propósitos profissionais. Mesmo assim, no momento em que estamos limpando o resto de molho de tomate dos nossos pratos com pão de alho, Alex está nos fazendo rir com histórias sobre as crianças em suas classes, e estamos todos recordando nossos velhos tempos de escola.

– Eu não tinha ideia de que você era tão rebelde – Richard ri, depois que Alex conta sobre a vez que cabulei a aula para ir com Ellie até uma loja em Londres, porque a Take That estava lá, autografando CDs.

– Só se comparada com vocês, seus dois bundões.

Os dois dão uma gargalhada, e nenhum de nós diz coisa alguma por um tempo um pouco longo demais antes que Richard se incline para frente e apoie os cotovelos na mesa, repousando o queixo em uma mão e usando a outra para rodopiar seu vinho na taça.

– Então... – ele começa. Graças a Deus; eu estava preocupada que isso fosse se transformar em um silêncio constrangedor – tendo em vista que vocês se conhecem há tanto tempo, alguma vez já... vocês sabem... ficaram?

Uau, de onde veio isso? O sorriso no rosto de Richard e a piscadela que ele dá indicam que ele está brincando em vez de nos confrontando com um inquérito, mas ele deve ter visto o horror no meu rosto, porque acrescenta rapidamente:

– Naquela época, quero dizer. Não estava sugerindo que fosse agora. Eu só me perguntei se vocês já...

– Não – Alex sorri gentilmente, encontrando os olhos de Richard. – Holly e eu nunca ficamos.

– Não? – Richard ri. – Isso é impressionante. Nem mesmo um amasso?

– Não – Alex nega com a cabeça, enquanto desejo que essa conversa acabe. – Nem mesmo isso.

– Nem mesmo um momento em que quase aconteceu? – sério, por que ainda estamos falando sobre isso?

Como sinto falta daquele doce silêncio.

Estou consciente de que ainda não disse nada, e provavelmente corei. Preciso fazer algo que indique que esta é uma conversa tão confortável para mim quanto para eles, para que eu não mostre o que aconteceu naquela época. Ou o que nunca aconteceu, para ser mais precisa. Então dou uma gargalhada. Levemente mais dura do que pretendia ser, o que me leva a um ataque de risos histéricos. Os dois me olham de forma estranha.

– Alex e eu – suspiro, secando uma lágrima e pegando a travessa da lasanha. – Alguém quer mais?

Ambos negam com a cabeça e batem nas barrigas sinalizando que estão satisfeitos, então me enchem de elogios sobre o quão bom estava. Richard pega minha mão para beijá-la, antes de levantar para buscar outra garrafa de vinho na cozinha. Permito-me olhar para Alex, que parece pensativo até perceber que eu o observo e, então, sorri. Sorrio em resposta, e Richard retorna.

– Vocês, meninos, acomodem-se enquanto limpo a mesa – murmuro.

– Deixe-me ajudar – Alex diz, começando a empilhar os pratos.

– Não, não – Richard insiste, tirando a pilha da mão dele, gloriosamente alheio ao meu desconforto. – Você é nosso convidado.

– Vocês dois deixem isso aí – continuo o jogo de passar os pratos, tirando-os de Richard. – Só vou dar uma limpada nisso e já estarei com vocês.

– Bem, recebemos uma ordem – Richard ergue as mãos, rindo. Eles se sentam nas pontas opostas do sofá, e Harold sobe no colo de Richard.

– Oi, você – ele murmura, coçando-a sob o queixo e piscando para mim. Respondo com um sorriso e desapareço na cozinha.

Capítulo 22

ALEX

Richard expulsa Harold do colo e pega a taça de vinho do porta-copos ao lado de seus pés. Está prestes a tomar um gole, mas hesita no último segundo.

– Na verdade, *chianti* é o acompanhamento clássico da lasanha – ele diz, a taça ainda pairando perto da boca. – É o que eles servem na Itália. Você precisa de um bom vinho tinto com carne vermelha, e a massa proporciona uma tela soberba para o vinho mostrar a que veio. Então o molho de tomate e as ervas são os parceiros ideais para a acidez e o sabor defumado do *chianti* – ele por fim toma um gole. – Você escolheu bem!

Holly está na cozinha, lavando os pratos, alheia à conversa sobre vinhos.

– Tudo o que sei é que era o favorito de Hannibal Lecter. Imaginei que cairia bem com carne vermelha.

Richard ri com vontade, e vejo Holly olhar para trás, para onde estamos sentados, por um segundo, antes de voltar a se concentrar em secar o prato em suas mãos.

Essa foi a rotina da noite inteira, cada um de nós desempenhando um papel: eu, o convidado submisso; Holly, a dona de casa; e Richard, o anfitrião veterano com as mangas da camisa dobradas e dois botões abertos no peito. Dá um ar de confiança latina, dois botões. Nunca fui capaz de abrir mais do que um. Você tem poucas opções se é um nortenho pálido, embora de vez em quando eu fique diante de um espelho, a camisa abotoada até o colarinho, como um *mod**. Sempre desabotoo antes de sair de casa.

Quando Richard veio à porta e me ofereceu um robusto aperto de mão e percebi que ele se juntaria a nós, fiquei preocupado que pudesse ser um pouco estranho. Jantar com a garota pela qual fui apaixonado e com o namorado secreto dela. Mas ele me deixou à vontade. E me elogiou. Não houve um único momento esquisito até que ele perguntou se alguma vez acontecera alguma coisa entre mim e Holly. Ele sabia de alguma coisa? Seu exterior brincalhão era uma máscara para tentar me advertir? Fiz o melhor possível para não parecer na defensiva, enquanto Holly apenas gargalhou.

---

* *Mod* é uma subcultura que teve origem em Londres no final da década de 1950 e alcançou seu auge nos primeiros anos da década de 1960. Teve início em turmas de adolescentes cujas famílias eram ligadas ao comércio de tecidos em Londres. Esses primeiros *mods* eram geralmente de classe média, obcecados pelas tendências de moda e estilos musicais, como ternos italianos bem justos, jazz moderno e *rhythm and blues*. (N.T.)

Por que ela gargalhou com tanta força? Entendo que ela nunca tenha sentido o mesmo que eu, mas não sabia que ela achava a ideia *tão* ridícula.

– Eu estava lendo um artigo outro dia – Richard diz enquanto Holly limpa o jogo americano e Harold, que se refugiara sob a mesa de jantar, lava as pernas com longas lambidas – e pelo que pude entender o problema com as crianças hoje em dia é que todos conhecem os direitos humanos. Neste artigo, não consigo me lembrar onde vi agora, mas...

A dor de cabeça que me afligiu a manhã e a tarde toda volta a aparecer enquanto Richard fala. Minha ressaca torna difícil me concentrar por muito tempo. Meus olhos vão até um vaso com rosas no parapeito atrás de Richard e, por um segundo ou dois, me perco em uma lembrança distante.

– ... de qualquer jeito, acho que vocês, professores, merecem mais férias.

Sinto-me aliviado quando o exaustor que funcionou durante o jantar por fim é desligado, agindo como um ponto-final na nossa conversa. Observamos Harold na ponta dos pés sob a mesa de jantar.

– Então, o que acha das mulheres aqui em Londres? – Richard passa o braço ao redor dos ombros de Holly quando ela desliza no sofá entre nós.

É uma pergunta estranha, especialmente depois do round anterior, quando ele perguntou sobre mim e Holly, e não tenho certeza de como responder, então solto um "Ah!", na esperança de que seja suficiente, mas o silêncio que se segue me diz que não é. Por fim, Holly intervém.

– Eu devia apresentar uma das minhas amigas para você! – ela exclama, erguendo o braço para chamar Harold, que vem trotando em busca de uma coçada no pescoço.

– Na verdade – digo para eles, incomodado com a ideia de que sou um caso de caridade –, eu estava pensando em convidar alguém que vocês conhecem para sair.

Holly ergue seus os olhos da gata e olha para Richard, como se eu pudesse já ter contado para ele enquanto ela estava na cozinha. Ele nega com a cabeça. Como ele saberia sobre o que estou falando quando nem eu tenho inteira certeza?

– Quem? – Holly pergunta.

Ainda inseguro de onde vou com tudo isso, dirijo um sorriso tímido para Holly, depois para Richard, e novamente para Holly.

– Melissa.

Holly parece confusa.

– Que Melissa?

Richard franze a testa, sabendo de quem falo, mas Holly leva alguns segundos para entender.

– Nos conhecemos no pub, naquela noite do jogo de perguntas, lembra? Eu contei que ela me adicionou no Facebook.

Holly ergue o corpo levemente, para ajustar a cintura de sua saia-lápis, então se acomoda novamente, com os braços cruzados.

– Ah.

Nós três ficamos em silêncio novamente, e por fim entendo por que ambos estão preocupados.

– Não se preocupem – asseguro. – O segredo de vocês está seguro comigo.

Eu me viro e vejo dois rostos incrédulos e, de repente, me sinto um completo idiota. Não pensei muito sobre isso. Fiquei tão surpreso quanto qualquer um quando Melissa me mandou um convite de amizade, e novamente quando ela começou a "curtir" minhas postagens. Kev diz que ela está demarcando território, como um gato tomando conta da casa, mas até agora eu não tinha pensado seriamente que podia haver algo mais naquilo.

Acho que a oferta de Holly de me apresentar alguém confirmou algo que me incomodou a noite toda. Ver Richard e ela juntos pela primeira vez: isso tornou várias coisas reais na minha cabeça. Quando me mudei para Londres e nos encontramos, eu não acreditei no quanto Holly tinha mudado, mas ultimamente... não sei. Em alguns momentos nos últimos dois meses, as coisas começaram a parecer como eram antes – ou pelo menos eu pensei que sim. Mas esta noite tudo ficou claro: isso não vai acontecer. Esta é a vida de Holly agora, e ela está feliz.

Um desconforto se instalou entre nós, e isso fez Holly pegar sua bolsa.

– Eu ainda não te mostrei isso, mostrei? – ela pega uma câmera digital e a aproxima de mim, no momento em que Richard pede licença para ir ao banheiro e Harold pula nas minhas coxas, ansiosa para xeretar as fotos também. – Tirei algumas fotos da minha antiga casa com tudo encaixotado. Nunca pensei que me incomodaria, mas...

Olho as fotos, parando nas do quarto dela o máximo de tempo possível sem que eu pareça um esquisitão. Este lugar é para as minhas fantasias adolescentes o que Graceland é para Elvis, e embora eu mal o reconheça sem toda a bagunça no chão, aquela visão ainda me faz derreter por dentro.

Depois das fotos da casa começam fotos de uma festa.

– Ah, essas são do casamento que fui há algumas semanas – diz Holly, e me sinto obrigado a continuar.

Não conheço ninguém nas primeiras vinte fotos, então finalmente Holly aparece com um buquê em uma mão e Richard na outra. Ela parece extasiada por ter pegado as flores, enquanto Richard, com o queixo em ângulo com a lente, mostra uma espécie de beicinho. A pose é parecida com a da foto emoldurada no parapeito da janela que vi quando vim alimentar Harold algumas semanas atrás.

– Então acho que isso significa que você e Richard são os próximos? – arrisco, e Harold toma isso como sugestão para pular de volta ao carpete, deixando uma peruca de pelo de gato na minha calça.

– Desculpe por ela – Holly diz, ignorando minha pergunta e pegando uma escova para limpar o pelo das minhas pernas. Sem querer, começo a corar e desvio os olhos, porque as mãos de Holly Gordon estão passando pela minha coxa, e porque estou quase certo de que isso poderia se constituir em contato pré-sexual segundo a definição de Kev.

Ordeno a mim mesmo parar de ser absurdo. Holly escovaria o pelo de gato da calça de qualquer um de seus amigos, é claro.

– Prontinho – ela diz.

A porta do banheiro se abre do outro lado do apartamento. Holly pega a câmera da minha mão e teria sido isso.

Teria sido isso, mas por causa do mais fraco, minúsculo e rápido contato visual totalmente inocente, quando Richard entra na sala, batendo palmas sem nenhum motivo aparente, eu me sinto um colegial travesso, como se eu – nós – tivesse feito algo errado.

Uma sacola plástica luta com o galho de uma árvore à esquerda enquanto pedalo em volta do matagal e de volta a Greenwich. A sacola está perdendo a briga e sei como ela se sente. Uma noite de lasanha, vinho e momentos estranhos me deixaram com indigestão, e a diversão com Holly na noite anterior se recusa a ser ignorada. Foi por isso que decidi encerrar a noite.

Estou quase em casa quando meu celular vibra e tenho que parar de pedalar e descer da bicicleta para poder atender. É Kev.

Guio a bicicleta com uma mão, seguro o telefone na orelha com a outra e escuto enquanto ele revela que teve um encontro na noite passada. Com Diane, a garota que conheceu no trem. Eu me mato de rir e ele manda eu "não encher o saco". E então diz para eu "não encher o saco" novamente.

Quero dizer... é bom que uma vez na vida ele não esteja sendo superficial, mas foi ele quem pensou que a coisa dos globos de neve era psicose, e o que aconteceu com o "ninguém mais vai a encontros hoje em dia"?

– Ela praticamente me implorou, Alex. Além disso, ando meio na seca. Outro dia me peguei olhando por baixo da saia de um manequim na escada rolante da Marks and Spencer.

Ele conta como foi o encontro e como evitou silêncios constrangedores salvando uma lista de coisas sobre as quais conversar em seu celular, e revisando-a sempre que a moça ia ao banheiro.

E dizem que o romance morreu.

É claro que há um "porém". Sempre há um "porém" no que se refere a Kev, e dessa vez é que, quando ele tentou beijá-la no fim da noite, Diane lhe ofereceu o rosto. Ela passou de dormir com ele para não querer um beijo na boca.

– Acha que ela está usando você pelo seu papo? – digo, mas ele não morde a isca. O que me faz pensar que ele realmente gosta dela.

Espero que goste. Espero que encontre uma namorada fixa. Espero que ela o faça amadurecer um pouco.

– De qualquer modo, cabação, conta aí: como é o tal do Richard?

Kev pronuncia o nome de Richard com o tom de voz desdenhoso que em geral é acompanhado pelo gesto de entre aspas.

– Ele é... – tento encontrar uma opinião definitiva – ele é legal. Acho que é o tipo de cara que a maioria das garotas gosta. O príncipe encantado. Aquele que atende a lista de exigências.

– O que isso quer dizer?

– Não sei. Nada. Ele é legal. Cheio de elogios.

– Parece um mala.

Não temos muito em comum, mas ele não é um mala. Apesar da pose da foto e da conversa sobre marketing, ele não é mala. Penso mais uma vez no jeito que Holly riu quando Richard perguntou se alguma coisa já aconteceu entre nós, e então me lembro do vaso no parapeito e me pergunto se ela realmente já quis todas as coisas sobre as quais falava. Talvez esse fosse meu problema: eu sempre ouvia o que ela dizia e presumia que era o que ela queria, mas, pelo que vi nesta noite, claramente não era.

– Pode ficar para uma conversa rápida, por favor, Kenny?

O restante das crianças sai da sala. Stacey Bamber diz a Kenny que ele tem o direito de ficar calado quando passa por ele.

Eu me recosto na carteira ao lado da de Kenny.

– Não vai demorar – começo. – Só quero dizer que se precisar de alguém com quem conversar... alguém para lhe dar um conselho ou apenas para desabafar... estou aqui.

Kenny grunhe e então, sem olhar para mim, diz:

– Se eu quisesse conversar, por que diabos seria com você?

– Modere a linguagem – eu digo. Ele estala a língua e revira os olhos. – Olhe, não estou fingindo que sei tudo sobre você ou sobre o quão difícil sua vida tem sido, porque não sei. Mas eu sei como é perder a mãe.

É a primeira vez que falo para um aluno sobre minha mãe, e parece que tenho um pedaço de mármore entalado na garganta.

– A minha morreu quando eu tinha quinze anos. Não é uma coisa que conseguimos superar, não é? Sempre fica esse vazio.

Kenny tira as mãos dos bolsos e cruza os braços sobre o peito, e começo a me perguntar se agi certo ao aceitar o conselho de Holly.

– Como eu disse, não estou tentando fingir que sei como é sua vida.

– Posso ir agora? – Kenny diz abruptamente, estendendo a mão para pegar a mochila, mas esperando por uma resposta para pegá-la.

– Ok – digo, tentando esconder a decepção da minha voz. – Vejo você na próxima aula.

No fim das contas, não tive que convidar Melissa para um encontro.

Ela me convidou, alguns dias depois da minha noite com Richard e Holly. Perguntou se eu queria tomar um café perto da casa dela, em Chiswick. Ela não brinca em serviço.

Obras de engenharia planejada no metrô me obrigam a caminhar em ritmo acelerado, com calor, agitado e atrasado, o sol do meio-dia deixando minha sombra minúscula contra o pavimento.

Ela espera por mim do lado de fora da cafeteria, logo na saída da estação Chiswick Park. Eu a vejo primeiro, vestido marrom-escuro envolto em sua silhueta como molho em purê de batata. Verifico a mim mesmo e percebo que estou mal vestido em jeans e mocassim.

Mesmo assim, me sinto à vontade. Sei, pelas nossas mensagens, que vamos chegar lá. Ela gosta de Radiohead. E, sim, ela usa muitos pontos de exclamação, mas isso demonstra que é uma mulher apaixonada. Mostra que está interessada no que digo.

Sei o que Kev diria se a conhecesse. Ele decretaria que ela é "muita areia para o meu caminhãozinho". Seguindo sua analogia, sou uma caminhonete, o que presumo que não seja um elogio. Imagino que ele consideraria Melissa uma carga de luxo. Mas como Kev diz (e essa é a coisa mais profunda que já saiu de sua boca), todo mundo é o caminhãozinho de alguém.

Melissa brinca olhando para um relógio imaginário quando me vê, então se encarrega dos cumprimentos: dois beijos no rosto, como quando foi embora do pub, mas desta vez suas mãos ficam em meus cotovelos por alguns segundos antes que ela recue.

– Vamos, então? – ela diz, colocando a mão novamente no meu cotovelo para me guiar levemente para dentro da cafeteria.

Capítulo 23

HOLLY

– Eu sinto tanto, mas *tanto*, *baby* – Richard repete. – Ninguém está mais chateado com isso do que eu.

– Ah, posso imaginar – suspiro no telefone, caindo de costas na cama para impedir que meu coração suje meus sapatos novos de sangue quando se espatifar no chão. – Assistir a um show do Kasabian em um camarote de luxo no O2, enquanto se serve de champanhe e canapés finos. Não queria estar na sua pele.

– Não faça isso, Hols – ele ri. – Você sabe que eu preferia sair para jantar com você. O chefão não me deu muita escolha. Quando um cliente com um orçamento de marketing grande convida você para sair no último minuto, você deixa tudo de lado.

Faz sentido que Martin queira Richard nisso. Vamos encarar, a Hexagon não consegue muita coisa com seu charme, então é preciso apelar para o Senhor Conversinha, da Conversolândia. Não é culpa de Richard se ele é melhor nessas coisas, aquele bastardo cativante.

– Eu sei – choramingo –, mas se você fizesse um esforcinho para não ser tão charmoso, ele não pediria essas coisas para você.

– Tentarei – ele diz, com sinceridade zombeteira. – Prometo. E prometo que vou compensá-la.

COMO? Quero perguntar quando ele não dá mais detalhes, mas, em vez disso, digo para ele se divertir e desligo o telefone. Então tiro o vestido e o penduro no guarda-roupa, chutando gentilmente os sapatos de salto azul que comprei especialmente para esta noite, já que é tão raro ter um encontro de verdade com meu namorado.

E agora?

Meu primeiro instinto é ligar para Alex e ver se ele quer comer alguma coisa, mas então lembro que ele tem um segundo encontro com Melissa. Droga, ela arruína minha vida em tantos níveis.

Estou prestes a vestir o pijama quando me vejo de calcinha e sutiã no espelho. Sem me pesar, sei que estou com menos de sessenta quilos. Oscilei entre cinquenta e sessenta quilos nos últimos dez anos, e posso dizer só de olhar que estou novamente perto dos sessenta agora. Não é surpresa – comecei a beber um pouco mais desde que Alex se mudou para Londres. Não quero cruzar a barreira dos sessenta quilos, então troco os pijamas pela roupa de corrida, pego meu iPod e saio noite afora, feliz por ter um propósito.

Nunca corri até mudar para Londres para cursar a universidade. A menos que você considere educação física na escola – sempre temi as aulas de atletismo porque a corrida fazia meus peitos doerem. Mas depois que me mudei de Mothston, comecei a monitorar mais meu peso. Não porque achasse que era gorda, mas porque gosto da sensação de controle que tenho por ser capaz de manter o peso que escolhi.

Minha playlist de corrida consiste inteiramente em músicas cantadas por protagonistas de musicais. Mantenho-me entretida durante a corrida – que de outro modo seria espetacularmente entediante – imaginando a mim mesma no musical, interpretando a protagonista.

Enquanto corro por Blackheath, sou Eva Perón dizendo à Argentina que não chore por mim. Quando passo pelos portões de Greenwich Park, sou Fantine de *Les Mis*, sonhando no tempo passado, e enquanto corro diante do Observatório Real e desço a colina, asseguro a Joseph que ele está se saindo bem, e que ele e seu manto colorido estão à frente de seu tempo.

É uma montanha-russa emocional, mas o tempo voa.

Está ficando escuro quando chego aos portões do outro lado do parque, então saio para o centro de Greenwich. O caminho de Greenwich para Blackheath me leva até a frente do apartamento de Alex. Diminuo o passo levemente enquanto passo e olho para a janela de seu quarto. A luz está apagada. Ele ainda está com Melissa? Ou, pior, muito, muito pior... estão ambos no quarto dele e é por ISSO que a luz está apagada? Espero que não.

É difícil dizer que uma pessoa merece alguém melhor sem insultar tanto seu gosto quanto suas habilidades de atração. Mas Alex definitivamente merece alguém melhor. Essa é minha justificativa menos egoísta para desejar secretamente que as coisas entre eles não deem certo.

A outra é que Alex é MEU amigo e não quero que ela o leve embora.

Corri pelas ruas laterais e estou perto da Blackheath Road quando tropeço em um dos meus cadarços, que desamarrou. Então paro, dou uma pausa na música para não desperdiçar o crescendo de "Gravity", de *Wicked*, e me agacho para amarrá-lo.

O que foi aquele barulho?

Tiro um fone de ouvido e escuto. Lá está ele novamente – um som baixo de estalos, como passos cuidadosos nos cascalhos. Dou meia-volta.

– Olá – chamo. O barulho para. – Tem alguém aí? – Deve ter sido uma raposa. Recomponha-se, moça. Levanto-me e estou prestes a apertar "play" novamente quando uma silhueta aparece de trás de um arbusto algumas casas abaixo e começa a andar na minha direção. Tudo o que registro é a forma de um homem com roupas escuras e o capuz erguido. Por que ele não me respondeu? Viro-me e começo a correr devagar.

Os passos dele aceleram, então corro mais rápido. Ele também.

Corro para o outro lado da rua, como sempre nos disseram para fazer na escola primária se suspeitássemos que estávamos sendo seguidos.

O estranho cruza a rua também. Ah, meu Deus – estou em perigo. Meu coração acelera e, ainda que toda minha energia já tenha sido gasta, saio em disparada. Quero me virar e ver o quão perto ele está, mas não quero dar a chance de ele diminuir a distância entre nós, então resisto à vontade. Meu peito dói e minha respiração está descontrolada, mas me obrigo a manter o ritmo. O que ele vai fazer comigo se me pegar? Melhor não especular. Esvazio a mente de todos os pensamentos e me concentro no ritmo dos meus pés, até que chego à esquina do matagal. Posso cruzá-lo diagonalmente – caminho muito mais curto, mas muito mais isolado para minha casa – ou seguir na estrada que a circunda, o que vai demorar mais, mas pelo menos há iluminação na rua, carros passando, casas e uma chance muito maior de alguém me ouvir gritar.

Posso ouvir seus passos se aproximando, então escolho a estrada.

Dou toda a volta antes de precisar parar e recuperar o fôlego para não cair morta, e olho por sobre o ombro. Ah, graças a Deus – eu o despistei. Ele deve ter...

AAAARRGHH. Ele sai em disparada da escuridão do matagal, fazendo-me gritar... e passa correndo por mim.

De perfil, é possível ver um fio que sai da gola de sua blusa de corrida até seu capuz. Fones de ouvidos. Não é de estranhar que ele não tenha me ouvido. Ele está apenas correndo. Este deve ser seu caminho habitual.

Sou uma completa idiota. Não sei se quero rir ou chorar, mas sei que preciso ouvir uma voz familiar antes de voltar para a porta da minha casa.

Capítulo 24

ALEX

– O que quer dizer com "fui seguida"?

Holly está sem fôlego, ofegante e quase não faz sentido algum.

– Eu achei que estava... – ela faz uma pausa para tomar um pouco de ar. Sento no sofá e tiro o som da TV, esfregando o cansaço dos olhos com a mão livre. Estava prestes a ir para a cama quando meu celular começou a tocar. – Estou bem agora.

– Onde você está? Precisa que eu vá buscá-la?

Levanto-me e espio lá fora. Já passou da hora do rush faz tempo, mas pessoas e carros ainda lotam as ruas. Londres é implacável, e arrasta você junto, sem dar tempo de parar e pensar.

– Estou quase em casa agora. Estou bem. Pensei que estava sendo seguida e isso me assustou um pouco.

– Onde você estava?

– Saí para correr – Holly inspira profundamente algumas vezes, recompondo-se. – Ouvi um barulho e vi um homem saindo de um beco. Ele começou a me seguir. Então olhei ao redor e um homem estava correndo atrás de mim, então corri ainda mais rápido, e então...

– Me diga onde você está que vou buscar você.

– Estou bem, de verdade – a luz da rua do outro lado do apartamento está tremeluzindo, aumentando a sensação de correria lá fora. – Estou no matagal agora. Não tem ninguém por aqui.

Relaxo e volto a me sentar.

– Você não devia correr sozinha quando está escuro.

Holly não diz nada por alguns segundos, e me pergunto se a ligação caiu, mas então ela comenta:

– Você é muito fofo, sabia disso, Al?

– Tenho certeza de que Richard diria a mesma coisa: Londres é uma cidade perigosa.

Há outra pausa na conversa, e pergunto a Holly se ela está me ouvindo bem, mas ela não responde.

– Gosto de correr sozinha – ela diz, em vez disso.

– Não acha um pouco entediante?

– Não – ela ri, a respiração finalmente voltando ao normal. – Faço isso ouvindo musicais, então corro e finjo que estou neles.

Imagino Holly saltando por Blackheath Hill cantando "Dó é pena de alguém" e caindo na gargalhada.

– Não sei por que contei isso para você. Acabo de perceber que nunca contei para ninguém.

– Talvez seja melhor continuar sem contar para ninguém, ok?

Holly estala a língua, fingindo estar magoada, e quero perguntar por que ela ligou para mim e não para Richard. Ela tentou falar com ele antes? Ele estava ocupado ou simplesmente não atendeu? Ou nem lhe ocorreu ligar para Richard? Fui a primeira pessoa em quem ela pensou? Não que me incomode em ser, é claro, mas o que isso diz sobre o homem por quem ela está tão claramente apaixonada?

Caramba, Holly está certa – eu analiso demais as coisas.

– Ainda está aí, Al?

– Sim, desculpe, eu... – levanto e vou até a janela mais uma vez. Vejo um casal sair do pub do outro lado da rua. A mulher usa um vestido justo, branco, com sapatos de salto púrpura, e seu companheiro a segura pelo braço para que ela não caia. – Onde o Richard está?

– Está em um compromisso de trabalho.

– Tão tarde? Pobre Richard.

– Sim, ele é quase um mártir.

Não posso dizer se ela está sendo sarcástica ou não, então espero que ela prossiga, mas ela não fala mais nada, e não me sinto confortável em pressioná-la mais quando o assunto é Richard. Com frequência, conversamos por horas sobre qualquer outra parte de nossas vidas – e não é como se ela alguma vez tivesse se contido quando me falava sobre garotos. Não tenho certeza do que é diferente agora, por que algumas vezes parece que ela se torna reservada quando o assunto é ele.

– De qualquer modo – Holly continua, interrompendo o silêncio, antes que se torne constrangedor –, como foi essa noite?

Levo um segundo para perceber que ela quer saber do meu segundo encontro com Melissa. Acho que é outra coisa sobre a qual não tive tempo para pensar. Ou talvez só não tenha pensado. Melissa me apresentou ao cappuccino de canela no nosso encontro na cafeteria e, depois de uma hora ou duas, perguntou se eu gostaria de jantar um dia desses. Combinamos essa noite então. Nada de quebrar a cabeça para saber quanto tempo esperar antes de ligar para ela; nada da ansiedade de esperar que a outra pessoa mande uma mensagem.

– Nós dois pedimos filé. Melissa quis o dela malpassado.

– Quem teria pensado isso? – Holly bufa para si mesma, e não sei o que ela quer dizer. – Então, você vai sair com ela de novo?

Amanhã à noite. Melissa tinha ingressos de cortesia para o novo filme de Leonardo DiCaprio.

– Acho que sim.

De repente, eu que estou sendo reservado, e não sei exatamente o motivo. O fato de Holly conhecer Melissa faz com que tudo isso pareça um pouco como um triângulo amoroso, embora eu não ame Holly e Holly definitivamente não ame Melissa ou a mim, sem contar que Holly está saindo com Richard, então tecnicamente seria um quadrado amoroso se tivesse algum amor nisso, o que não há. Só parece isso.

– Então está indo bem, hein?

Suponho que sim. Estamos no começo, mas gosto de Melissa. Ela é independente e sabe o que quer da vida. E, como alguém disse naquele dia no pub, ela é convencionalmente muito atraente.

– Muito bem.

– Que bom – Holly diz, e sei que está sendo sincera, apesar de seus sentimentos em relação à Melissa, e apesar de suas preocupações de que eu possa deixar escapar algo...

– Eu nunca diria nada, você sabe.

– Eu sei – ela responde. – Você merece ser feliz, Al.

As palavras de Holly pairam por alguns segundos antes que eu veja algo no céu.

– Você ainda está na rua?

– Sim, por quê?

– Consegue ver aquela estrela cadente?

A linha fica em silêncio.

– Não. Onde está?

Procuro um ponto de localização no céu. A lua está atrás de uma nuvem e ainda não estamos na época do ano em que dá para ver Orion.

– Lembra que, em Camber Sands, mostrei para você como encontrar a Estrela Polar?

Holly parece insegura, e lembro o que ela me disse no parque na outra semana, sobre seu primeiro beijo. Quanto do tempo que costumávamos passar juntos foi assim: eu falando de estrelas, música e livros enquanto ela pensava em outra coisa? Quanto de nossa amizade foi passada com linhas cruzadas?

– Não consigo ver, Al. Mas se você consegue, faça um pedido.

Incentivado por Holly, penso na coisa que quero mais do que qualquer outra no mundo. Que o Radiohead grave um novo álbum? Que Kenny Sonola declare seu amor pelo Bardo inspirado pelo senhor Tyler?

– Já fez?

– Sim.

– Bem, não conte para ninguém... jamais. Caso contrário, não se tornará realidade.

Prometo a Holly que manterei meu pedido em segredo pela eternidade.

– Espere um segundo – ela diz. – A Estrela Polar é a brilhante perto da Lua?

– Então você lembra?

– É um avião, Al.

Inspeciono o céu. Com certeza há um avião bem onde eu estava olhando. Gatwick, Heathrow, Luton – vivo na rota de vários voos. Mas tenho certeza de que o que vi era uma estrela.

– Não, tenho certeza – afirmo para ela, fingindo segurança. – Definitivamente era uma estrela.

Preciso conter um bocejo quando meus alunos entram na sala. Holly e eu ficamos no telefone até que Richard chegou ao apartamento dela. Já passava da meia-noite.

– Pode guardar o celular, Gareth?

Gareth Stones amarrara a gravata do uniforme ao redor da cabeça como uma faixa.

– Um segundo – ele me diz. – Estou só mandando uma mensagem.

Minha mente vagueia de volta para quando éramos adolescentes, quando os telefones tinham fios e havia a excitação de não saber quem estaria no outro lado da linha quando você atendia. Não havia coisas como minutos grátis, e se você ficasse no telefone mais do que dez minutos, podia esperar levar uma bronca de seus pais. Se fosse Holly no telefone, eu não me importava.

– Acha justo que o resto da classe espere enquanto você manda uma mensagem?

Gareth não vacila. Senta-se ali com as pernas estendidas, compondo sua mensagem. Assim que termina, guarda o iPhone no bolso e diz:

– Da próxima vez, não precisa esperar por minha causa.

Digo a ele que não tem tanto problema agir assim agora, mas que um dia, em um futuro não muito distante, vai arrumar um emprego e não poderá ficar pendurado no telefone e fazer o que quiser sempre que tiver vontade.

– Sim, mas estarei sendo pago, não é? Então não vou me importar, vou?

Houve um tempo em que eu teria ficado remoendo um diálogo desses, mas estou realmente positivo com relação à escola neste momento. As coisas estão se ajeitando com meus alunos – e devo a Holly um agradecimento por isso. Foi ela quem me mandou por e-mail uma nova versão de *Hamlet*, uma que conta a história em uma série de posts do Facebook.

Horácio acha que viu um fantasma; Hamlet acha irritante quando seu tio se casa com sua mãe logo após a morte do pai; o rei acha Hamlet irritante; Laerte acha que Ofélia merece algo melhor; o pai de Hamlet agora é um zumbi.

As crianças ficaram repentinamente entusiasmadas com a peça. Stacey Bamber não passa mais as aulas desenhando um carrasco com minha cabeça na corda, e até Kenny Sonola participa das discussões da classe desde nossa conversa há algumas semanas. Ele não aceitou minha oferta de conversarmos, mas pelo menos agora faz a lição. Eu podia tê-lo abraçado quando seu último trabalho lhe garantiu um D, mas não quis que ele me ameaçasse com um "vai se foder" novamente, então me contentei com um simples "muito bem". Pode não ter parecido muito, mas sei que é uma nota melhor do que as que ele tira em todas as outras matérias. Eu chequei.

É por isso que vim para Londres, e não quero que o período escolar termine agora, embora esteja ansioso para ver Kenny e o restante da turma receberem os diplomas do ensino fundamental em setembro. Sei que ele tem um C nele – tenho certeza disso.

– Ok, alguma pergunta? – questiono no fim de outra aula produtiva.

Ninguém levanta a mão, mas uma voz familiar se faz ser ouvida.

– Quem soltou os cachorros?* – solta Gareth.

Esse é seu novo passatempo favorito. Neste ponto da aula, na semana passada, ele me perguntou quantos anos um homem precisava ter para parar de achar as mulheres de sua idade atraentes. Na aula anterior, ele indagou se eu lhe daria dez libras. A única coisa que notei é que, a cada vez, as risadas que ele consegue provocar são mais escassas, e desta vez há apenas um risinho em sua direção.

– Obrigado, Gareth – digo. – O restante de vocês, bom trabalho hoje. Faltam apenas mais algumas aulas até as férias de verão. Vejo vocês na próxima aula.

Mensagem de Holly para Alex

Definitivamente era um avião xx.

---

* Referência à música *Who Let the Dogs Out*, da banda Baha Men. (N.T.)

Capítulo 25

HOLLY

Setembro. Como isso aconteceu? O verão passou como a cena de um filme quando tentam ilustrar quanto tempo passou, então eles aceleram e você pode ver a mudança das estações diante dos olhos. A neve desaparece, e as folhas caem no chão e os personagens começam a cena de shorts e terminam com blusões de lã, e tudo aconteceu em menos de um minuto e meio.

Minha mãe e meu pai já se mudaram para York. A Hexagon Marketing é agora uma companhia global. Alex e Melissa estão no que pode ser descrito como um relacionamento sério.

Nem tudo mudou, é claro. A dieta de Jemma começa amanhã e ninguém sabe sobre Richard e eu.

Pensei que a fusão pudesse acelerar o processo que acabaria com nosso segredo. Infelizmente, não. Pelo jeito, eu estava sendo otimista ao achar que a promoção de Richard sairia com tanta facilidade. Ele ainda é meu chefe. Eu ainda sou sua secretária. E hoje ele precisa, principalmente, de algumas canetas novas e meia dúzia de pastas suspensas.

– Já terminou de ver o catálogo de artigos de papelaria, Jem?

– Espere um pouco... estou concentrada.

Caramba, até ela mudou. É como se tivéssemos trocado de papéis – ela adora artigos de papelaria e eu estou começando a NÃO ME IMPORTAR. Não sei por quê. Eu costumava amar meu trabalho, mas meu entusiasmo deve ter diminuído, porque hoje percebi que ele praticamente já não existe mais. Talvez seja por sair com Alex e ouvir sobre as coisas que ele faz na escola e que realmente importam. Quanta diferença eu faço? A quantidade de vezes que vim trabalhar entupida até as orelhas de antigripal porque me sentia mal por ligar e dizer que estava doente, mas me lisonjeava pensar no quanto todos se incomodariam se eu faltasse. Richard precisaria atender o próprio telefone e todos os demais precisariam combinar suas reuniões diretamente uns com os outros. Uau.

Leah me liga na hora do almoço, o que me anima por trinta segundos. Então ela pergunta quando estou livre para sair com ela, pois tem "novidades".

– Ah... você não está grávida, está?

Silêncio. Santo Deus, não...

– Leah?

Espero que ela ria, mas tudo o que ouço é o som dos teclados ao meu redor.

– Ah, meu Deus, eu estava brincando, mas é verdade! Você está grávida!

– Eu queria contar pessoalmente... mas, sim, acertou em cheio. Loucura, hein?

Loucura é eufemismo. Como nossas vidas tomaram caminhos tão opostos? Estivemos na mesma fase por anos. Agora, ela está prestes a ter uma família de verdade. E eu? Uma gata depressiva e um romance secreto não fazem uma família. Por que a vida de todo mundo segue em frente, menos a minha? Eu devia ter adivinhado quando ela não quis beber no casamento de Chloe.

– Hols? – Leah dá uma risada nervosa. – Você está bem? Não disse nada por quase um minuto e meio.

– Sim, desculpe... só estou surpresa – recomponha-se Holly, essa é uma ótima notícia. – Parabéns! Estou TÃO feliz por você.

Eu ESTOU feliz por ela. Tão inteira, completa, super, cem por cento... ok, 99 por cento em êxtase por ela.

É o outro um por cento que me torna uma pessoa horrível. Quando desligo, encosto a testa na mesa até que um par de saltos altos pretos e pontudos me alertam da chegada de alguém ao meu lado. Reconheço aqueles sapatos. Droga.

– Você está bem, Holly?

– Sim, só com um pouco de dor de cabeça, Melissa – sento-me novamente e começo a digitar, esperando que ela entenda a dica. Ela não entende.

– Ah, pobrezinha. Espero que melhore para sair conosco esta noite.

Hum, estritamente falando, ELA vai sair CONOSCO – Kev vem visitar Alex, então vamos todos nos encontrar, mas tanto faz.

– Sim, estarei bem.

– Ótimo. Pegamos o metrô juntas?

– Boa ideia – minto. Não sei por que Alex a convidou. Não vejo Kev há anos, então provavelmente passaremos a noite falando sobre os tempos de escola, e ela se sentirá deslocada. E não é como se Alex e ela não passassem tempo suficiente juntos.

Ele e eu saímos muito menos desde que os dois estão juntos. Ainda fazemos planos para encontros regulares, mas já foi o tempo dos almoços espontâneos em pubs e das noites de filme na minha casa, quando Carl está com uma garota e Alex quer sair.

Não sei por que fiquei surpresa – não é a primeira vez que isso acontece. Ele tem sido um amigo tão bom desde que mudou para Londres, que comecei a pensar que foi minha culpa termos perdido contato antes, por conta daquele bilhete que encontrei embaixo da minha cama em Mothston. Que talvez eu tivesse exagerado a estranheza dele naquele dia que nos vimos pela última vez, e que devia ter entrado em contato com ele quando visitava meus pais, ou que devia tê-lo convidado para me visitar na universidade. Se deitada na cama à noite, fiquei me perguntando se minha vida seria diferente agora se eu TIVESSE encontrado o bilhete naquela época? Sim, certamente. Mais de uma vez. Mas a verdade é que provavelmente não seria diferente, porque Alex é assim: prioriza os amigos quando está solteiro, mas muda a estratégia quando uma garota que ele gosta aparece em cena. Não o culpo, na verdade. Caras são assim. Só sinto falta dele.

– Danny, vem aqui – Jemma acena, por fim, deixando de lado o catálogo da papelaria. – Certo, vocês dois, vocês prefeririam... ser agarrados por Edward Mãos de Tesoura *ou* ter um homem com um grampeador no lugar da boca beijando vocês?

– Mãos de Tesoura – diz Kev, depois de pensar por cinco minutos. – Na verdade, não... grampeador. Argh, não sei... não me importa se é contra as regras... vou responder "nenhum dos dois". Os dois são homens.

– Os dois são homens? Esse é o seu problema? – Alex sorri enquanto bebe seu vinho.

– Bem, obviamente não é o seu, gayzão. Caramba, Holly, essa Jemma parece uma completa doida.

– Ela é. Vocês dois deviam se conhecer.

Kev não mudou nada. Não tinha certeza de como seria reencontrá-lo. Nunca fomos amigos do mesmo jeito que Alex e eu éramos. Exceto naquela única vez – sobre a qual prefiro não pensar –, nunca tivemos uma conversa profunda ou significativa, e nunca saímos juntos sem o Alex. Mas sempre demos boas risadas quando nos encontrávamos. Ele me contrariava intencionalmente com algum comentário sexista, então me dizia para parar de ser uma lésbica peluda quando eu o contra-atacava com meu feminismo. Ou então eu levava a conversa casualmente para como eu era a melhor amiga de Alex, o que disparava algo crônico nele. Então tínhamos uma discussão sobre por que cada um de nós podia ser qualificado como melhor amigo de Alex, o que inevitavelmente terminaria com Kev choramingando "Alex, *fale* para ela", como um garoto de cinco anos. Estou tentada a fazer isso essa noite, pelos bons tempos, mas ele tem onze anos de vantagem sobre mim agora, e não tenho certeza se posso argumentar contra isso.

Além do mais, uma trégua tácita foi erguida entre mim e Kev durante a última conversa que tivemos em Mothston. É quase uma vergonha que Alex nunca poderá saber sobre ela.

– Qual o objetivo de conhecê-la? Tenho namorada agora. Alguém para cuidar da comida, da limpeza e do sexo. Além disso, ela ficaria chateada por eu não liberar para ela.

– Você não vai liberar? – engasgo. – Credo, Kev, que jeito de contar para uma garota... queria ter sabido isso antes de me incomodar em vir esta noite.

– Então, me conte tudo sobre essa sua namorada – Melissa se intromete, inclinando-se sobre a mesa para dar um tapinha na mão de Kev e interrompendo qualquer réplica que ele estivesse prestes a me dar. – Alex não me conta nada e quero ouvir tudo sobre ela.

Então Kev nos conta tudo sobre Diane, e Melissa fica segurando o peito vazio no lugar onde o coração das outras pessoas fica localizado e dizendo "isso é *tão* lindo", sempre que ele diz alguma coisa romântica.

Alex escuta com o tédio silencioso e educado de alguém que já ouviu tudo aquilo antes. Eu escuto com o tédio silencioso e educado de alguém que não precisa ouvir TUDO sobre alguém que não conheço.

– Bem, ela parece simplesmente adorável – Melissa conclui, quando Kev termina.

– Espere, é só isso? – questiono. – Mas ainda há tanta coisa que não sabemos. Como, sei lá... – paro para tomar meu vinho. – Ela coleciona alguma coisa em especial?

Quando Alex cai na gargalhada, Kev tosse na mão e a agita perto do rosto de Alex, o que tem o efeito desejado de acabar com qualquer sorriso.

– Você contou para ela sobre os globos de neve, não foi? Babaca.

– Globos de neve? – os olhos de Melissa estreitam levemente enquanto vão de Alex para mim e de volta para Alex. Então Alex explica e ri novamente, enquanto Kev faz cara de ofendido. Eu tenho um ataque de riso até que Melissa me dá um sorrisinho condescendente, tipo "ah, deixe-o em paz", e balança a cabeça. Ela está brincando comigo, certo? Ela não está tentando ditar como devo agir com alguém que conheço há dezoito anos, está? Alguém que me conhece bem o bastante para saber que é uma brincadeira inofensiva, e que sei que aguenta uma zoeira?

– Sim, vamos lá, Holly – Alex se recompõe e força um franzir de cenho. – Essa piada é uma fria.

– Isso foi terrível – digo no mesmo momento em que Melissa vem com um "você é hilário", com uma expressão que parece sarcástica, mas que, como vem de Melissa, não é.

Estamos em um boteco e é uma quinta-feira, então a atmosfera é discreta, mas o "modo férias" de Kev é contagiante, e Alex só volta para a escola em algumas semanas, então bebemos sem parar.

– Minha vez – diz Melissa, pegando uma carteira comprida, cor de creme, da bolsa e saindo da mesa com um carinho desnecessário no bíceps de Alex.

Alex sorri para ela enquanto ela se afasta, depois volta o olhar para a mesa e me pega observando-o. Nossos olhares ficam presos um ao outro. De repente, meus lábios estão secos, mas quando passo a língua neles sinto uma onda de constrangimento pelo gesto, e fico quase aliviada quando Melissa chama:

– Me dê uma mãozinha aqui, por favor, querido.

Alex pestaneja e parte para o bar, e Kev coloca o pé sobre a cadeira dele assim que ele sai, reclinando-se em seu próprio assento.

– Então vou neste tal tributo a Elvis semana que vem – ele diz.

O barman está esperando para entregar o pedido de Melissa, mas ela não notou a aproximação dele – está ocupada demais sugando o rosto de Alex. Não consigo aceitar como ela é rude de vez em quando – por exemplo com o pobre rapaz que tem outras pessoas esperando para serem servidas.

– Quando liguei para reservar os ingressos, tive que pressionar um para dinheiro, ou dois para o show.*

Foi mesmo? por que ela precisava de ajuda? Quão difícil é carregar quatro bebidas? Além disso, há uma pilha de bandejas BEM AQUI.

– Ah, não, foi uma piada, Holly. Elvis... um para...

– Melissa! – chamo. Ela se separa de Alex e se vira. Aceno com a cabeça na direção do barman.

– Ah, Deus, sinto muito... não vi você aqui – ouço-a falar.

– Então, como eu disse – Kev ainda está falando –, se você puder manter isso em segredo, entre mim e você, sobre eu ser um vingador mascarado, eu ficaria feliz.

– Sim, é claro, eu... espere aí, o que você acabou de...

– Você não escutou uma palavra do que eu disse, escutou?

Volto minha atenção para Kev um segundo tarde demais, pois ele já voltou o olhar para onde o meu estava até agora.

– Ah – ele ri, então inclina a cabeça na direção da minha, os olhos acusadores. – Você sabe, Holly, Alex está mais feliz agora do que tenho visto em décadas.

– Está? – controle-se, Holly. – Quero dizer, sim, ele está. Que bom, não é?

– É? – o rosto de Kev se contorce, como se ele estivesse tentando erguer uma sobrancelha, mas não consegue tirá-la do lugar. – Não estou sendo irônico, mas você poderia parecer mais ciumenta?

* Referência à música de Elvis Presley *Blue Suede Shoes*, que diz: "It's one for the money, two for the show". (N.T.)

– Ciumenta? *Eu*?

– Ah, vamos lá, ficou óbvio a noite toda. Felizmente, Alex não é tão esperto, então você se safou dessa, mas você não consegue me enganar.

– É assim tão óbvio? Merda, estão voltando. Não diga nada para Alex, ok?

– Claro – ele garante, parecendo satisfeito consigo mesmo.

Caramba, estou com ciúmes. Como isso aconteceu? O que não está ajudando é o fato de que Melissa fez mais progresso em seu relacionamento em alguns meses do que eu em um ano – e está fazendo isso tirando Alex de mim. Antes que ele voltasse à minha vida, não me incomodava por não ter ninguém com quem ir ao mercado comigo em uma manhã de sábado, ou alguém que pudesse arrastar para o cinema em uma quarta-feira para ver algum filme de quinta categoria, antes de falar mal sobre ele comendo uma pizza. Mas então ele chegou, e fizemos todas essas coisas juntos, e agora não fazemos mais, e me incomoda não poder fazer com Richard.

– Comprei uma garrafa para nós, já que estamos todos tomando vinho branco – Melissa diz. – Sauvignon Blanc; era o que vocês estavam bebendo, certo?

Fico tentada a fingir que era Chardonnay, embora ela esteja certa. Mas qual o objetivo de ser vingativa?

– Obrigada. Aqui, deixe-me pagar – estendo a mão para pegar a bolsa, mas ela nega com a cabeça.

– Ah, não seja boba... eu definitivamente devo uma garrava de vinho para você, por manter tudo no escritório funcionando perfeitamente. É sério, rapazes, não sei o que faríamos sem ela.

Posso ver pelo sorriso caloroso que Alex dá para ela que ele não vê o fato de sua namorada ser uma vaca condescendente.

Apesar da presença de Melissa, o resto da noite é só alegria. Até damos risada com algumas lembranças felizes de Mothston, antes de Melissa encontrar um jeito de mudar de assunto para algo em que ela possa ser incluída.

Exatamente como na primeira vez em que Alex e eu saímos quando ele se mudou para Londres, conversar com Kev me lembrou quantos momentos bons tivemos. Eu me pergunto se tivesse sido menos depressiva quando fui a Mothston nos últimos onze anos, se eu teria mantido contado com alguém da escola e lembraria coisas assim. Mas acontece que sempre que eu pensava em Mothston, pensava em como meu tempo ali acabara, e nunca falei muito com ninguém sobre minha época de escola. Mesmo Max, Leah e Susie – que sabem mais coisas sobre mim – provavelmente resumiriam minha adolescência como crescer em uma cidade chata de onde não podia esperar para escapar. Começo a me sentir desleal com a Holly adolescente por dar uma impressão tão negativa do que foi minha vida naquela época.

– Para onde vamos agora? – Kev pergunta.

– Eu vou para casa – soluço. – Tem gente que precisa trabalhar amanhã.

– Você mudou, Holly Gordon.

Alex dá um olhar para Kev que não consigo decifrar, enquanto Kev prossegue:

– A Holly que eu conhecia estaria naquele balcão querendo virar a noite.

– Estamos em um pub que fica em frente a uma delegacia de polícia... o dono não é estúpido.

– Bem, então a Holly que eu conhecia estaria listando nossas opções de clubes para ir.

– É quinta à noite. Em Greenwich. Nossas opções são nenhum lugar, nenhum lugar ou nenhum lugar.

– Então a Holly que eu conhecia estaria decidindo na casa de quem iríamos para uma bebida. Você mora sozinha, certo?

– Ah, mas você tem um gato, não tem? – Melissa intervém. – Tenho uma alergia horrível a pelo de animal e não tomei nenhum antialérgico... desculpe, Holly.

– Acho que vamos todos para a casa do Alex, então. – Kev se levanta e termina de tomar sua bebida de qualquer jeito. – Vamos lá, pessoal.

Estou prestes a argumentar mais um pouco, mas de repente percebo que estou fazendo isso por força do hábito em vez de por consciência, e que na verdade não estou particularmente preocupada com as consequências de uma ressaca pela manhã.

– Tudo bem, então – faço um brinde a Kev. – Estou dentro.

Capítulo 26

ALEX

– Vou conhecer o cara babaca machista com quem você divide apartamento? – Kev grunhe, saindo do pub com as mãos nos bolsos, uma ilha de cerveja que ele derramou encharcou sua blusa.

– Ele provavelmente estará no meio de uma orgia – brinco.

Kev funga e mexe os ombros. Ele vai fazer uma piada – provavelmente sobre como as garotas da orgia dariam uma olhada para ele e ameaçariam parar com a brincadeira a menos que ele participasse –, mas algo o faz recuar. Talvez ter uma namorada esteja surtindo efeito. Tenho quase certeza de que três meses é um recorde pessoal para ele. Por cerca de dois meses.

– Na verdade, ele está em Barcelona com uma de suas namoradas – digo, mas apenas Kev me escuta. Melissa espera por Holly enquanto ela procura algo na bolsa, e estamos andando um pouco na frente agora.

– Sabe o quê? – a última cerveja parece ter derrubado Kev, porque ele começa a enrolar as palavras. – Talvez ele tenha razão em algo... – ele se volta para olhar as garotas por um segundo: – talvez as mulheres *sejam* como bactérias.

Ele olha para mim e eu finjo concordar com um aceno de cabeça, e por um momento é como se tivéssemos voltado a Mothston – eu ouvindo suas bobagens enquanto cambaleamos de volta para casa após uma noite no The Lion. Como pode tanta coisa ter mudado, e mesmo assim aqui estamos nós e tudo parece como sempre foi?

– Ainda acho estranho socializar com Holly fora do trabalho – Melissa tira a lingerie de renda cara. – Acho que ela podia ter feito um pouco mais de esforço comigo essa noite – *poderia*, corrijo mentalmente, mas não digo. – Ela estava um pouco... doida.

Holly acabara de partir. Kev está fora de batalha, esparramado no sofá. São quase duas da manhã.

– No trabalho sempre tive a sensação de que ela não gosta de mim.

– Bobagem – minto. – Holly gosta muito de você. Sei que sim.

Isso parece acalmar Melissa, que deita na cama ao meu lado, coloca uma mão fria na minha barriga e aconchega o rosto no meu ombro.

Estou plenamente ciente do que Holly pensa sobre Melissa. Holly acha que ela é falsa e condescendente, mas talvez essa sensação tenha mais a ver com o que a própria *Holly* sente sobre ser uma secretária. E talvez se ela tivesse um pouco do ímpeto de Melissa, ela jamais teria sido uma secretária; teria feito as coisas sobre as quais sempre falou.

– É como se ela me visse como rival – as palavras de Melissa estão embebidas em muito álcool. – Mas não é minha culpa se sou ótima no meu trabalho, é?

E, de qualquer modo, Holly devia estar grata. Essa coisa com Melissa tem sido boa para minha amizade com ela. Eu estava me tornando um fardo, ligando e mandando mensagens para ela o tempo todo, quando ela tem a própria vida, com Richard e Harold. Comecei a esperar que as coisas fossem exatamente como costumavam ser, e acabei confundindo o que poderia acontecer. Eu precisava me afastar um pouco, colocar um pouco de distância entre nós, e foi o que fiz. É mais fácil para todo mundo.

– Richard diz que o lugar desabaria se não fosse por mim. Sabia que ele me elogia até para a alta chefia?

Por fim, dou toda a minha atenção para Melissa.

– O quê?

– Ele me elogia... diz que o lugar desabaria se eu não estivesse lá.

Eu sabia que as palavras dela pareciam familiares, e agora lembro por quê: Holly mencionou que Richard disse quase exatamente a mesma coisa para ela. Ele jogava o mesmo papo para cada garota do maldito escritório?

– Não se preocupe – Melissa diz, interpretando errado meu olhar de descrença. – Não há nada entre mim e Richard.

Ela me olha direto nos olhos, mas, frustrado por não poder compartilhar meus pensamentos com minha própria namorada, eu me concentro na pequena fresta de luz da Lua entre as cortinas. Achei bem fácil nesses poucos meses omitir o que eu sei sobre Holly e Richard de Melissa – mas neste momento estou prestes a explodir.

– Eu sei que não há nada entre você e Richard – digo, mordendo a língua. – É a última coisa com a qual me preocuparia.

Melissa se afasta de mim, insultada.

– Eu poderia ter ficado com ele se eu quisesse– ela diz com naturalidade.

– O que isso quer dizer?

– Não quer dizer nada. Só não gostei do jeito que você falou sobre isso, como se Richard nunca pudesse ter interesse em mim.

– Não foi o que eu quis dizer.

– Acontece que nós já nos beijamos. Algumas vezes, há pouco mais de um ano.

Olho para ela, incapaz de dizer qualquer palavra.

– Uma vez, quando ele tinha uma namorada, e então de novo dois dias depois que eles terminaram. No dia seguinte, ele agiu como se nada tivesse acontecido, então eu o confrontei e ele disse que não queria nada sério. Por mim, tudo bem, pensei. Não ia esperar por ele.

Faço as contas. Holly me contou que ela e Richard ficaram juntos uma semana depois que ele terminou. O que quer dizer que não houve linha cruzada, mas mesmo assim posso imaginar a reação dela a isso.

– Desculpe – Melissa diz. – Está bravo comigo, não está?

Preciso pensar por um minuto, mas Melissa não deixa. Sua mão agora quente está de volta à minha barriga – e dessa vez não está parada.

Despenco sobre Melissa, nossos peitos úmidos unidos, todas as palavras que podiam ter estragado a noite agora estão perdidas em euforia.

Tudo parece ter entrado nos eixos desde o dia no The Lion quando meu pai anunciou que tinha comprado um barco. A escola, minha amizade com Holly, Melissa. Foi depois do nosso terceiro encontro que ela veio ao meu apartamento. Transamos e transamos novamente, e em algum momento ao longo do caminho ela se apropriou de uma gaveta no meu quarto. Acho que Kev estava certo no final das contas.

Melissa sabe o que quer e consegue aquilo. Um planejamento de cinco anos a levou de um apartamento em Chiswick a um sobrado em Kensington. E é um dos traços que mais gosto nela. É revigorante.

Mudo de posição para que ambos fiquemos de costas.

– Você é feliz, Alex?

Viro a cabeça para olhar para ela. Ela faz o mesmo. Nossos olhos já estão habituados à escuridão, ela vê meu sorriso e o devolve.

– Que tipo de pergunta é essa?

– É uma pergunta para a qual quero saber a resposta.

Ela me deixou levá-la ao Museu Britânico no nosso quarto encontro, e estava interessada nas mesmas exposições que eu, embora tentasse me emboscar pelas costas quando passamos por uma tumba de Xanto.

– Sabe que horas são, Mel? Você precisa trabalhar de manhã.

– Sei que preciso levantar para trabalhar de manhã, mas antes quero que responda à pergunta: você é feliz?

– Sim, é claro que sou.

É engraçado como as coisas são. Se você me pedisse, aos quinze anos, que imaginasse meu trigésimo aniversário, eu teria me imaginado voltando do trabalho para uma casa não iluminada em Derbyshire, em algum lugar depois de Snake Pass. Quando eu entrasse pela porta, minha esposa, amigos e família pulariam de trás do sofá e gritariam "SURPRESA!". E, sendo totalmente franco, nesta visão Holly muito provavelmente seria minha esposa. Eu me pego sorrindo com o pensamento.

– Quão feliz? – prossegue Melissa.

– Muito feliz – digo, deixando de lado as coisas que estava imaginando.

Olho pela cama para nossos quatro pés em posição de sentido sob o edredom. Fecho os olhos e começo a vagar em direção ao sono. Mas Melissa ainda não terminou.

– Alex? – ela diz, em um tom de voz novo, mais sério. Um tom de voz sóbrio.

Em poucas horas o Sol vai nascer, mas agora estamos presos no purgatório entre a noite e a manhã.

– O que foi? – murmuro, sonolento.

Melissa vira a cabeça e, pela sua expressão, sinto o que está por vir alguns segundos antes que realmente chegue.

Capítulo 27

HOLLY

Na segunda-feira, começo a me sentir um ser humano novamente. Sexta foi uma destruição. Caí no sono no sofá quando voltei da casa de Alex, e acordei as 5h30, descolando a língua do céu da boca e indo para a cama, só para dormir e não escutar o despertador. Pensei momentaneamente em ligar e dizer que estava doente, mas lembrei que saí com Melissa na noite passada. Ela sem dúvida sabia que eu estaria de ressaca.

Para deixar as coisas um milhão de vezes pior, quando cheguei meia hora atrasada, parecendo e me sentindo morta, a primeira pessoa que vi foi uma produzida e perfeitamente funcional Melissa. Como é possível que tenhamos consumido a mesma quantidade de bebida?

– Que bom que se juntou a nós, Holly – ela falou pausada e sarcasticamente sem encontrar meus olhos, antes de seguir para a sala de reuniões e deixar a porta bater atrás de si.

Não inteiramente não afetada pela noite anterior, então.

– Sinto muito pelo atraso – busquei refúgio no escritório de Richard. – A noite passada acabou um pouco tarde.

– Está virando hábito ultimamente, não é? – Richard murmurou, sem levantar a cabeça do relatório que estava lendo.

Não tão habitual quanto os dias que entro mais cedo e as horas extras não pagas, mas não tinha energia para debater, então me contentei com um revirar de olhos e deixei para lá.

E aquele dia foi de ruim para pior. As tentativas de Richard para guiar Martin na direção de confirmar sua promoção falharam, então ele passou o dia todo impaciente, rabugento e, se não me engano, um pouco chateado comigo. Fez dois comentários de passagem sobre eu estar bebendo até altas horas enquanto ele trabalhava em uma apresentação. Eu não sabia se as cutucadas vinham do meu namorado ou do meu chefe.

Mesmo assim, é uma semana totalmente nova agora, e estou canalizando minha energia – restaurada por um final de semana sem intercorrências – para torná-la boa.

– Algo interessante para relatar? – pergunto para Jemma, quando ela sai de uma reunião no meio da manhã com Martin.

– Sobre trabalho ou vida pessoal?

– Ambos.

– Bem, sobre trabalho: Martin vai reunir todo mundo depois do almoço para o anúncio "re" do novo Diretor de Empreendimentos Internacionais.

A-LE-LU-IA. A promoção de Richard. Eu sabia que hoje seria um bom dia.

– "Re" é abreviação de Martin, diga-se de passagem, não minha. É o jeito muito ocupado e importante dele dizer todas as sílabas de "a res-pei-to". E quão inútil é o nome deste cargo?

É isso. É onde as bolas começam a rolar. É onde Richard e eu começamos a seguir em frente. Posso realmente sentir uma nuvem metafórica partindo e toda a negatividade dos pensamentos "para onde minha vida está indo" da quinta-feira de repente parecer distante e melodramática.

– Ele ligou esta manhã para aceitar a oferta – Jemma prossegue. – Que pena, ele não é tão bonito, infelizmente... eu o busquei na recepção e o levei até a sala de reuniões para a entrevista.

Espere aí... quem?

– Eu não dormiria com ele e, como você sabe, não sou tão exigente. Mas coitado do Richard, hein? Acho que ele pensava que estaria bem ali. Martin vai sair para almoçar com ele hoje para acabar com os sonhos dele. Bom, essas são as novidades na área do trabalho. A outra notícia é que não acho que Robbie queira me ver novamente. Já mandei duas mensagens para ele e ele não me respondeu.

Enquanto as implicações das palavras dela afundam em mim, eu fico gelada. Richard não conseguiu o trabalho. Jamais sequer considerei essa possibilidade. Acho que Richard tampouco. Ele vai ficar destruído.

– Ah, meu Deus, não posso acreditar nisso... é horrível – enterro o rosto nas mãos.

– Eu sei, não é? Achei que era só eu sendo melodramática, mas você acha a mesma coisa. Definitivamente tem algo errado comigo. Talvez eu devesse ver um terapeuta.

– Não, estou falando sobre Richard não conseguir o trabalho. É melhor eu ir vê-lo.

– Ah – Jemma faz uma cara de mágoa, mas então outra coisa lhe ocorre e sua expressão é tomada pelo horror. – Você não pode dizer nada. É informação estritamente confidencial até que Martin faça o anúncio esta tarde.

– Mas preciso prepará-lo – penso em voz alta. – Ele será humilhado se esperar para ouvir isso de Martin.

– Não, é sério, Hols. Martin me demitiria. Ele sublinhou que eu não podia contar para ninguém. Suas últimas palavras antes de eu sair do escritório foram "estou confiando que não vai voltar para sua mesa e fofocar com Holly".

– Bem, eu não posso simplesmente não fazer nada!

– Por que não?

Mas, é claro, não posso contar para ela o motivo. E, é claro, não posso contar para Richard. Ela está certa: tenho a impressão, pelo que Richard me conta, de que ela está andando em gelo fino com Martin e, de qualquer modo, vazar informação confidencial pode dar a ele motivo para se livrar dela. Gostaria de poder acreditar que se eu explicasse isso para Richard ele deixaria a coisa rolar no almoço e fingiria não saber nada quando Martin lhe desse a notícia, mas a verdade é que acho que ele iria direto para o escritório dele tirar isso a limpo.

Preciso fazer alguma coisa, no entanto. Talvez impedir que ele fique com esperanças demais, sem deixar que ele perceba que sei alguma coisa.

Depois que Jemma me faz jurar pela vida de Harold que não direi nada a ele, vou até o escritório de Richard e fecho a porta, no momento em que ele praticamente me dá uma trombada (de um jeito sexy) até sua mesa para um amasso apaixonado.

Por um momento, deixo-me esquecer que estou ali em uma missão de controle de danos e me perco em seu beijo, aumentando a intimidade. Faz décadas desde que fizemos isso. Houve um tempo em que eu sempre recebia uma acolhida quente dele, mas elas diminuíram ultimamente, substituídas por conversas sobre fusão e pedidos de café.

– Uau, para que tudo isso? – pergunto, tentando recuperar o fôlego enquanto meio que nos sentamos, meio nos inclinamos na ponta da mesa.

– Para pedir desculpas por ter sido um imbecil recentemente. Eu não quis ser rabugento com você, só estive trabalhando horas demais e não dormindo bem, e sentindo sua falta – ele me beija no rosto quando diz isso. – Mas eu não devia ter descontado em você. Desculpe, *baby*.

Observo seus olhos, ligeiramente apertados com sinceridade, e seus lábios, que formavam um beicinho de culpa.

– Está tudo bem – quero dizer isso; e de algum modo sei que tudo FICARÁ bem. Estava preocupada que conseguir este novo trabalho seria tudo e o fim de tudo em sua vida, mas claramente sou importante para ele também. E daí se ele não conseguiu? Grande coisa. Precisamos engolir o fato de que as pessoas podem ter opiniões sobre nós. Tenho quase certeza de que transar com o chefe não é ilegal. É só um pouco desaprovado. Isso passará quando todo mundo perceber que temos algo sério um com o outro.

– E, de qualquer modo, tudo está prestes a mudar – Richard prossegue. – Martin vai me levar para almoçar hoje para uma conversa. Vai confirmar minha promoção, tenho certeza disso.

Arrghhh.

– Bem, o que quer que aconteça – digo, pegando sua mão –, boas notícias ou más notícias, você sempre terá a mim.

– Obrigado, *baby*, embora não possa ver como podem ser más notícias. Pode significar que eu vá para os Estados Unidos uma vez por mês, mas estou tranquilo com isso. Talvez você possa se encontrar comigo em Nova York para um final de semana? Além disso, terei um escritório maior aqui... estão dedicando todo o terceiro andar para o novo departamento internacional.

– Não há nada de errado com este escritório. Quero dizer, se você precisar ficar aqui não é o fim do mundo. E gosto de ter você a doze segundos da minha mesa.

Ele corresponde ao beijo que me inclino para dar e então me diz jovialmente para parar de ser tão pessimista e buscar um café para ele.

Bem. Isso foi bem.

Jemma reservou para eles uma mesa em alguma churrascaria da moda, de alguma celebridade, no West End. Martin parece pensar que o desapontamento vai atingir menos se Richard estiver ocupado com um bife caro perfeitamente preparado quando ouvir a notícia, mas a escolha do lugar só confirma a Richard o que ele pensa que já sabe: eles vão comemorar alguma coisa.

Parece que se foram para sempre. Passei grande parte da minha hora de almoço me arrastando pelas lojas. O escritório não parece ter nenhuma distração deste sentimento de desgraça iminente. Cinco minutos antes de voltar, percebo que não comprei nada, então compro um par de botas de couro preto, na altura do joelho, só para desencargo de consciência e me dirijo para o escritório.

– Elas são lindas – Jemma exclama, acariciando o couro como o torso de um homem nu.

– Botas ma-ra-vi-lho-sas – Melissa dispara ao passar pela minha mesa. – Tenho um par praticamente idêntico... elas combinam com tudo.

Jemma espera que Melissa esteja fora do alcance de sua voz.

– Você guardou a nota fiscal, certo? – ela diz, guardando-as de volta na caixa.

– Sim.

– Que bom.

Neste momento, nossos dois chefes entram solenemente no escritório, seguindo em silêncio para as respectivas salas e fechando as portas atrás de si.

Richard está sentado em sua cadeira, cotovelos na mesa e cabeça entre as mãos. O tique-taque do relógio atrás dele parece lento de um modo não natural e ridiculamente alto.

– Como foi? – pergunto suavemente para manter a aparência de que não sei que tudo foi muito, muito mal.

– Vão trazer alguém novo – ele diz, os olhos fixos na caneca de café em sua mesa. – Alguém com mais experiência em marketing internacional ou alguma bobagem assim. Zero experiência na Hexagon, é claro, então ele não vai conseguir separar a bunda do cotovelo, mas oba!

– Sinto muito.

Ele dá de ombros e arranca a página de cima de seu bloco de notas – notas que ficou fazendo até tarde da noite –, amassa e arremessa a bola do outro lado da sala, errando o lixo por um quilômetro.

– Existirão outras oportunidades, Rich.

– Ah, é mesmo, existirão? – sua voz está cheia de sarcasmo. – Então me fale sobre elas, porque esta é a primeira chance de promoção que tenho desde que entrei na empresa há quatro anos, e não vão criar outros departamentos novos, pelo que sei. E Martin não parece que vai se aposentar tão cedo. É uma pena. Mas me esclareça sobre essas outras oportunidades.

Tento não me ofender com seu tom de voz – não é comigo que ele está zangado. É normal descontar na pessoa mais próxima quando se está chateado.

– Bem, se não aqui, que tal em outro lugar? Você não deve ter problemas em arrumar alguma coisa com sua experiência, e você se sai muito bem em entrevistas.

– Engraçado, mas não há muitos empregos disponíveis lá fora. Caso não tenha visto as notícias, a economia está uma droga no momento. É por isso que era tão importante conseguir essa fusão... uma companhia do tamanho da nossa talvez não sobrevivesse por conta própria. É a razão pela qual esse cara novo entrou em contato com Martin... ele vem de um concorrente prestes a cortar metade da equipe. Eu era a primeira escolha até este ponto, mas aparentemente este rapaz é bom demais para não ser contratado.

Ele praticamente cospe as últimas palavras. Cruzo a sala até o lado dele da mesa e coloco meus braços ao seu redor.

– Então o que vai ser de nós? – pergunto com suavidade depois de um minuto ou dois.

– O que tem nós, Holly? – ele vira agressivamente em sua cadeira. – Por favor, não me diga que, de verdade, vai fazer isso ser sobre você?

– Não sobre mim, Richard. Sobre nós – dou um passo para trás. – Isso afeta nós dois. Isso seria um ponto de virada para nós, para que finalmente pudéssemos ser um casal de verdade.

– Quem disse?

– Bem, por que não seríamos? Não podemos deixar ninguém saber sobre nós porque podem achar inapropriado já que você é meu chefe... é o que você sempre me disse. Se você não fosse mais meu chefe, então o que nos impediria de fazer todas as coisas normais que os casais fazem? Você sabe: sair para jantar, viajar nas férias. Ou morar juntos.

– Caramba, Holly... já planejou todo nosso futuro, não foi? Não me lembro de ter prometido nada disso.

Sinto como se tivesse recebido uma bofetada no rosto. E, mesmo se tivesse, acho que não teria doído tanto quanto as palavras de Richard.

– Bem, então o que estamos fazendo, Richard? O que estivemos fazendo no último ano? Qual o sentido de tudo isso se não leva a lugar algum?

– Para dizer a verdade, querida, esta é a última das minhas preocupações agora.

Saio sem dizer mais nada e encontro Melissa perto da minha mesa.

– Holly, hum, não tem papel na impressora.

– Está em uma caixa, perto da impressora – murmuro.

– Que bom. Preciso imprimir um relatório de encerramento de conta hoje, então enquanto você coloca papel...

– Ah, coloque o maldito papel na impressora você mesma, Melissa. Não é tão difícil quanto construir um foguete – não espero a reação dela antes de disparar para o banheiro.

– Você está bem, Holly? – Jemma pergunta. – Não pergunto por você perder as estribeiras com Melissa (aquilo foi brilhante), mas seu rosto está inchado e seus olhos estão vermelhos. Eu realmente espero que tenha chorado, porque caso contrário, você parece um lixo.

– Estou bem – digo para Jemma, ensaiando um sorriso.

– Sério? Você parece ainda pior do que na sexta-feira da ressaca. E você estava horrível naquele dia.

Estive chorando feito louca em silêncio em um banheiro trancado. Chorar em silêncio parece ser bem difícil, mas é surpreendentemente fácil. Se alguém tivesse escutado do lado de fora da porta, teria pensado que eu estava só um pouco sem fôlego. Eu só me acalmei quando lembrei que era o mesmo banheiro no qual quase fiz um teste de gravidez há alguns meses. E pensar que achei que Richard pudesse ficar feliz com aquilo. No que eu estava pensando?

Gostaria de poder ligar para Alex, mas ele está em treinamento. Eu me sentiria melhor depois de conversar com ele. Ele me ajudaria a colocar as coisas em perspectiva, e a descobrir como lidar com tudo isso. O que eu faria sem o Alex?

Dói pensar que se isso tivesse acontecido há alguns meses eu não o teria para me apoiar. Me pergunto se ele percebe quanta diferença faz na minha vida.

Tento pensar em como Richard deve estar se sentindo. Entre o trabalho e nossa discussão, é justo dizer que ele já teve dias melhores, e meio que espero que ele se esconda em sua sala quando Martin reunir todo mundo as 15h para o grande anúncio. Mas ele sai da sala e fica parado perto de seu chefe, sorrindo agradavelmente à notícia de que Shawn Walker se juntará à equipe como novo Diretor de Empreendimentos Internacionais, e que outras mudanças na equipe serão comunicadas oportunamente. Praticamente todo mundo olha para Richard para ver sua reação às notícias – não é segredo que ele era o candidato óbvio para o cargo –, mas seu rosto permanece impassível. Parece que ele leva a notícia numa boa, mas sei que isso o está matando. Por um momento, tudo o que quero é abraçá-lo, mas a lembrança da nossa discussão me mantém distante.

Quando o anúncio termina, todos voltam para suas mesas, murmurando especulações sobre quem no nosso andar trabalhará com a nova equipe – e se irão para Nova York quando isso acontecer, e se iPods são muito mais baratos lá, ou se é melhor comprá-los na Amazon.

Melissa dá um tapinha no ombro de Richard, a caminho de sua mesa, em um gesto de comiseração, e Richard responde com um pequeno aceno silencioso de gratidão. Ah, então ela pode confortá-lo sem ser atingida com farpas sarcásticas, não é? Uma nova onda de lágrimas faz o fundo dos meus olhos arder, mas eu as controlo.

Ele captura meu olhar ao passar por mim.

– Posso vê-la em meu escritório, Holly?

– Claro – minha voz treme. É isso. Ele vai terminar comigo. Chegou à conclusão de que o que quer que isso seja, não vale a pena. Talvez ele me culpe. Talvez ache que se eu tivesse passado mais uma ou duas noites ajudando-o com o trabalho, em vez de sair com Alex, ele não teria perdido o posto para Shawn Walker.

– Saio às 17h30 hoje, *baby* – ele apoia a parte de trás da cabeça na porta que acabou de fechar. Parece cansado. – Não vejo a hora de sair daqui. Quer ficar em casa esta noite?

Ele vê minha confusão e acrescenta:

– Eu realmente gostaria de um abraço.

– Mas antes...

– Eu estava chateado antes. Foi a surpresa. Tinha tanta certeza de que Martin ia me levar para almoçar para dizer que o emprego era meu. Desculpe se chateei você.

Caio em seus braços abertos e deixo o alívio me percorrer, respirando seu cheiro familiar de pós-barba Jean Paul Gaultier e esperando que isso me intoxique como faz normalmente, fazendo-me esquecer tudo. Mas não funciona. Não consigo esquecer tudo o que foi dito entre nós mais cedo. Embora eu realmente, realmente queira fazer isso.

Capítulo 28

ALEX

– Só mais um item que precisamos tratar – diz o novo diretor substituto de Whitford High, observando a sala para garantir que todos estão prestando atenção.

A versão oficial é de que o senhor Stretford, o diretor permanente, sofreu uma parada cardíaca enquanto trocava o filtro de óleo, na garagem de sua casa, no início das férias de verão, mas um boato contrário, originado bem aqui na sala dos professores, é de que ele foi sequestrado pelo senhor Cotton, que o enterrou vivo na marca do pênalti no campo da escola antes de assumir o controle. O senhor Cotton escapou da justiça porque nenhum e-mail foi enviado sobre o incidente. Por isso, nunca aconteceu.

– Sei que estão todos desesperados para sair e descansar antes que o novo ano letivo comece oficialmente amanhã, então serei breve.

É segunda-feira à tarde e os funcionários do Whitford High estão desfrutando de um dia de treinamento que consiste em atualizar murais, saber as fofocas e ouvir os funcionários mais antigos "nos lembrarem" de coisas que nunca disseram em momento algum, caso a inspeção escolar do governo apareça.

– Alguns de vocês já devem saber disso...

Deixo a mente vagar, de volta à última quinta-feira à noite, na cama com Melissa.

– Amo você, Alex Tyler – suas palavras flutuaram no ar como aqueles pontinhos esperando para serem devorados pelo pac-man. Parei por um tempo, mas o aviso de "game over" apareceu – a janela que eu tinha para retribuir as palavras dela estava fechada.

Melissa acordou na manhã seguinte e agiu como se nada tivesse acontecido. Beijou meu rosto e saiu para o trabalho, e sempre que abordei o assunto desde então ela falou sobre algo insignificante, como o que almoçou ou o que eu quero para meu aniversário.

Tenho certeza de que poderia me apaixonar por Melissa, mas são apenas nove semanas. É como escutar um ótimo álbum – ninguém acha ótimo na primeira vez que ouve. É necessário absorvê-lo, ouvi-lo algumas vezes, e só então a genialidade fica clara. É preciso ter paciência.

Eu só não esperava por isso. Tinha outras coisas na mente: meu primeiro ano em Whitford High, planos de aulas, estratégias para construir as fundações que levarão meus alunos ao diploma.

– ... mas Kenny Sonola não retornará em um futuro próximo.

Ergo os olhos do chão, voltando-os para o senhor Cotton, sua expressão denota uma mistura de presunção e indiferença, como se tivesse previsto o que quer que tenha acontecido desde o início.

– Não está claro neste ponto que papel Kenny desempenhou no esfaqueamento, mas o caso irá para o tribunal e, enquanto isso, ele está morando em um alojamento de segurança das autoridades locais.

– Ele se envolveu em um esfaqueamento – relato, ainda tentando processar tudo.

– Uau! – a voz de Melissa ressoa como se ela estivesse falando por um megafone.

Mudo o celular para a outra orelha.

– O outro garoto está sob cuidados intensivos. Não acho que era Kenny quem tinha a faca, mas ele estava na cena do crime.

Ouço armários sendo abertos e fechados na outra ponta da linha.

– Kenny está sob cuidados intensivos?

– Não, o garoto que foi esfaqueado está. Kenny está sob custódia. Você está me escutando?

Kenny estava fazendo um progresso real antes do verão, mas agora... relembro as horas que passei com ele, tentando pensar em algo que eu possa ter esquecido. Eu devia ter me preocupado mais que ele estivesse em más companhias quando o vi com aqueles rapazes mais velhos depois que saiu correndo da classe. Eu devia tê-lo aconselhado novamente, tentado alterar o curso que ele estava tomando. Eu devia ter previsto isso. Mas não previ, então tudo isso – Kenny preso e o outro garoto criticamente ferido – parece parcialmente minha culpa.

A ligação faz um barulho e se torna mais clara.

– Desculpe, você está fora do viva-voz agora. Estou fazendo espaguete à bolonhesa.

– Só sinto que falhei com ele, sabe?

– Ah, querido.

– Eu realmente pensei que ele tinha virado a página.

– Não há muita coisa que um professor possa fazer. Quando me lembro dos meus antigos professores de inglês, eu costumava tornar a vida deles um inferno. Eu odiava inglês.

Minha mente recorda a noite em que conheci Melissa no pub.

– Pensei que tivesse dito que amava Shakespeare na escola.

– Argh! – Melissa desaparece atrás do som de panelas batendo. – O espaguete está fervendo, preciso desligar.

– Estava mentindo sobre gostar de Radiohead também?

– O quê? Olhe, Alex, preciso desligar. Tente não ficar triste. Vou animá-lo amanhã à noite.

– Amanhã à noite?

– É aniversário do meu amigo Rhian, lembra? Vamos todos sair para jantar.

Droga.

– Eu tinha esquecido – digo mais para mim do que para Melissa. – Acabo de combinar de me encontrar com Holly. Vamos nos encontrar na minha casa.

– Não me fale sobre Holly Gordon. Ela foi tão mal-educada comigo hoje. Tive vontade de dizer "pare com essa atitude, querida... você é só uma secretária". Mas ela é sua amiga, então não falei nada – não consigo esconder o suspiro, mas ela não percebe. – De qualquer modo, você precisará remarcar.

A linha falha. Acho que fui colocado no viva-voz novamente.

– Olhe, meu fogão está começando a parecer um lago. Vejo você amanhã à noite, ok?

Começo a responder, mas no momento em que as palavras se formaram em minha boca, Melissa desliga.

Holly toca a campainha do apartamento um pouco antes das 20h. Eu a levo até a sala, onde ela se acomoda no sofá. Carl está fazendo caricaturas em uma festa em Chelsea, então somos apenas nós dois.

Começo a servir o vinho.

– Então está tudo bem com você, Hols?

Um dos motivos pelos quais não quis cancelar esta noite foi o tom das mensagens dela ontem à tarde. Era como se ela tivesse algo em mente, mas agora ela ignora minha pergunta.

– Alguém já disse que você tem dedos muito finos?

Examino minha mão e permito que meu lábio inferior trema em falso desapontamento. Holly responde oferecendo uma de suas minúsculas mãos para comparar.

– Vamos lá – ela me convence, e quando nossas peles se encontram, tento não deixar que isso se torne nenhum tipo de momento especial em minha mente, mesmo assim evito contato visual.

– Os dedos de qualquer um parecem compridos perto dos seus – protesto, assim que a afirmação dela é provada. Ela semicerra os olhos com desdém, então tira os sapatos e sobe no sofá, no canto oposto a mim, com os joelhos apertados contra o peito.

– Quais as novidades, Alex Patrick Tyler?

Já sem sapatos, copio a postura dela e respondo à pergunta, contando-lhe sobre Kenny.

– Sinto como se Kenny fosse meu primeiro teste real como professor e falhei – digo, tentando não notar que o pé de Holly começa a escorregar pelo sofá. – E se falho quando o assunto importa, talvez eu não seja feito para isso.

– Quantos alunos passam ao longo da carreira de um professor? – ela não espera minha resposta. – Milhares. Você não pode salvar todos eles, Alex. Você seria um tolo se quisesse uma missão dessas. Você deu seu tempo para Kenny. Como disse, vocês estavam fazendo progressos. Mas ele chegou até você quando já estava com quanto? Treze, quatorze anos? A maioria das crianças está na escola, digamos, seis horas por dia durante quantos dias no ano?

– Cento e noventa e cinco.

Ela reage à minha resposta incrivelmente precisa de modo irônico.

– Então, seis horas por dia, cento e noventa e cinco dias em um ano. O ponto é que vocês não ficam tanto na escola quando se pensa sobre isso.

Finalmente seu pé toca o meu, mas ela imediatamente o retira.

– Não ajuda muito quando metade dos alunos está entediada em todas as aulas.

Holly enche nossas taças sem perguntar.

– Você está concentrado na metade errada. Não pode resolver todos os problemas do mundo. Sei o que vai dizer: que veio a Londres para fazer a diferença, mas se me perguntar, se você conseguir salvar apenas alguns, se colocar apenas alguns poucos no bom caminho, isso já é fazer a diferença. Não são muitas pessoas que chegam perto disso em suas carreiras.

Ela faz uma pausa, abaixa o vinho e se inclina para frente, colocando uma mão no meu ombro e fixando os olhos nos meus.

– E, de todo modo, você faz a diferença. E não só na escola. Ter você em Londres... – ela hesita. Meus olhos vão para os lábios dela por meio segundo e imagino-me beijando-a. – O que quero dizer é que você me ajudou a me lembrar de quem eu costumava ser antes...

Sua frase fica pela metade, e fico me perguntando o que ela quis dizer com "antes". Ela ainda está me olhando e seu olhar é como um quebra-cabeça, mas antes que eu possa resolvê-lo, e antes que possa perguntar quando ela se esqueceu do que era e por que, é como se ela lembrasse quem ela é e quem sou eu, e tira a mão do meu ombro.

– Sabe o que eu fiz hoje? – ela diz, recolhendo-se completamente e falando despreocupada, como se nada tivesse acontecido. – Digitei um relatório sobre saúde e segurança sobre alguém que fechou o polegar na gaveta. No assunto "natureza do ferimento", tive que escrever "nenhum ferimento".

Um mar de culpa passa sobre mim por reclamar sobre o trabalho que sempre quis. Ok, Holly nunca me disse que era infeliz, mas ela não cresceu querendo ser secretária, cresceu?

– Cansei de falar sobre mim – digo. – E você? Como está Richard?

Ela olha fixo para a tela de plasma. A TV não está ligada, então tudo o que há para ver lá é a silhueta de nós dois posicionados no sofá. O jeito distante com que ela encara... é como se estivesse em outra dimensão.

– Aconteceu alguma coisa? – pergunto, e ela volta à órbita.

Ela segura o cabelo em um rabo de cavalo com a mão antes de continuar.

– Não, não. Só sinto...

Contenho minha língua e espero que ela prossiga.

– Eu estava no ônibus outro dia e ouvi uma garota falando com o namorado e dizia poucas e boas para ele. Ele colocava o PlayStation na frente, como sempre fazia. Dava para ver que era uma briga que tinham várias vezes e, mesmo assim, fiquei com inveja. Inveja porque pelo menos o relacionamento deles é real; pelo menos suas discussões são de verdade.

Holly vai encher as taças novamente, mas não há vinho suficiente na garrafa para nós dois, então ela vai para a cozinha buscar outra. É noite de semana, e estou apenas a alguns goles da embriaguez, mas passei metade da vida sonhando com noites no sofá com Holly, então seguro a taça e agradeço-a com um sorriso.

– No começo era excitante, esgueirar-se por aí – ela diz, voltando à posição anterior. – Mas isso já era. Quero um relacionamento normal. Todo mundo parece seguir com suas vidas, menos eu – ela inspeciona uma mecha de cabelo, em busca de pontas duplas. – São as lesmas que podem dormir por três anos, ou são os caracóis?

Dou uma risada.

– Não tenho certeza.

– É como estou começando a me sentir: uma lesma ou um caracol. Eu me sinto egoísta, e quando estou falando com ele, posso ver em seu rosto que ele me acha irritante, mas estou sendo tão pouco razoável assim?

O pé de Holly está a centímetros de distância do meu novamente.

– Você está sendo bem razoável. Ele é claramente...

Nossos olhos se fundem fugazmente. Suprimo a palavra "detestável" porque esta estrada está destinada a me levar a Richard e Melissa. *Sim, seu namorado é detestável, e ele não quer nada sério agora. Pergunte à Melissa.*

Decido guardar meu conselho comigo. Esta é a primeira vez que Holly expressa dúvidas reais para mim sobre Richard, e sei que provavelmente é apenas frustração. Se eu falar o que se passa na minha cabeça agora, ela nunca mais se abrirá comigo novamente.

– Ele é apenas um cara, Hols.

Holly dá outro gole determinado em sua bebida, mas suas bochechas coradas revelam que ela também está embriagada. Seus pés estão tocando os meus agora, e desta vez ela não recua. Sentindo uma contração na minha cueca, mudo de posição levemente para disfarçar todos os sinais visíveis, com todo cuidado para não atrapalhar nossos pés.

– Eu tinha combinado de sair com a Melissa hoje.

Holly me observa em silêncio. Depois de tanto mexer no cabelo, seus cachos estão como costumavam ser: selvagens. Não pela primeira vez desde que nos encontramos novamente na primavera, tenho o ímpeto intenso de abraçá-la, de segurar minha melhor amiga entre os braços e pressionar seu rosto contra o meu e sentir sua respiração quente na curva do meu pescoço.

– As coisas andam bem entre nós – digo.

Holly ensaia um sorriso, mas não coloca em prática.

– Ela fica falando sobre querer conhecer meu pai. Sabia que o pai dela a abandonou quando ela era pequena?

– Isso explica muita coisa – Holly diz para sua taça.

Encaro nossas silhuetas mais uma vez.

– Não sei se ela e eu queremos as mesmas coisas. Eu achava que sim, mas ultimamente...

Eu me detenho. Não quero falar sobre Melissa, não até descobrir o que preciso fazer. Nossos olhos se encontram novamente, mas agora nenhum de nós está disposto a se submeter. Encaro os olhos castanhos de Holly e me lembro – como esqueci? – do peculiar anel cor de avelã que separa sua pupila da íris. Nunca vi isso em mais ninguém.

Quero perguntar por que ela não respondeu ao bilhete que escrevi antes que ela partisse de Mothston, por que não entrou em contato por tanto tempo, e quero contar para ela o que desejei naquela noite que vi a estrela cadente/Boeing 737, mas se eu fizer isso pode não se concretizar.

– Não entendo por que alguém iria querer manter você em segredo – digo, e percebo que a atmosfera mudou, ficou carregada. – A maior parte dos homens gritaria em cima dos telhados se pudesse voltar para casa para você à noite.

Holly não diz nada. Ainda está mantendo meu olhar, sua taça apoiada no queixo, mas não consigo decifrar sua expressão. Então a fachada se rompe. Uma lágrima emerge do canto de um olho e começa uma solene jornada pelo seu rosto. Vou até ela para abraçá-la, para confortá-la e perguntar o que está errado, mas no último momento ela vira a cabeça, então a taça de vinho, ainda apoiada em seu queixo, é tudo o que separa nossos lábios.

E então está acontecendo, e seguro seu rosto em minhas mãos, seguro seu rosto como se fosse a coisa mais preciosa do mundo. Ainda segurando o vinho, ela busca cegamente a mesa de centro, mas seus lábios não deixam os meus, mesmo quando a taça se espatifa no chão.

Inalamos um ao outro, nossas mãos agora explorando, e penso em como ninguém jamais foi capaz de se comparar a Holly, não em onze anos. Penso em todas as vezes que sonhei com *isso*, e sobre o dia, há tantos anos, quando tentei fazer isso – nós – acontecer.

O dia que podia ter mudado tudo.

Capítulo 29

ALEX
Março de 1999

Toco a campainha e dou um passo para trás, sem querer assustar quem quer que abra a porta. Coloco as mãos nos bolsos, mas tiro-as imediatamente, cruzando os braços antes de deixá-los cair ao lado do corpo.

Uma cólica começa a se formar em meu estômago enquanto me pergunto por que ninguém atende a porta se a TV está ligada e é claro que tem alguém em casa.

Cruzo os braços novamente e percebo que não tenho ideia do que vou dizer se o senhor ou a senhora Gordon não atenderem a porta, mas sim Holly.

Vou direto ao assunto? Ou será necessário um prólogo, alguns capítulos, um lento desenrolar antes que a narrativa acelere e eu fale para ela o que tenho esperado para dizer desde o início?

Depois do que parecem vários minutos, e com os braços mais uma vez na lateral do corpo, é o senhor Gordon quem finalmente atende a porta.

– Ah, oi, Alexander. Faz tempo que não o vejo. Pensei que fosse Dean.

Cinco meses é tudo o que levou para Dean Jones me tirar da lembrança da família Gordon. Tenho vontade de conversar com ele, mas Holly e Dean acabaram de se separar, então o que importa?

Bem, você é sempre bem-vindo aqui, não importa quem Holly esteja namorando.

Sei que ele tem boas intenções, mas ele claramente não sabe das últimas notícias, então fico grato quando o senhor Gordon faz sinal com a mão na direção das escadas para indicar que posso subir. Agora que estou aqui, só quero ir em frente com isso.

Holly está sentada na cama lendo uma revista. Está vestida com calça militar e regata branca, a mão esquerda enfiada em um pacote de salgadinhos. Mechas onduladas de cabelo escapam do coque bagunçado no alto de sua cabeça, caindo suavemente em seu pescoço e ombros.

Ela está incrível.

– Ei, Al – ela diz, oferecendo os salgadinhos.

Balanço a cabeça. Não tenho certeza se meu estômago suportaria algo agora.

– Então você disse que queria conversar comigo sobre você e Dean? – digo, entrando na ponta dos pés sobre a bagunça do chão do quarto dela para sentar de pernas cruzadas na ponta de sua cama, já sabendo o que ela está prestes a dizer.

Sinto os odores de seu quarto – spray de cabelo, perfume, lençóis limpos – e penso em amanhã. Como estarei me sentindo quando acordar de manhã. Quão diferente minha vida estará. Antes de Holly. Depois de Holly. Percebo que não preciso dizer nada. Estou na cama dela, ela está bem aqui, ao alcance dos meus braços e beijos, sob a luz de uma lava lamp. Algumas pessoas realmente acreditam que é lava de verdade lá dentro, quando, na verdade, é uma mistura de cera e tetracloreto de carbono líquido.

– Bem... – ela faz uma pausa enquanto sai da cama para fechar a porta do quarto. Tenho quase certeza de que Holly pode ver meu coração batendo pela camiseta. Concentro-me em seus lábios, sem ouvir realmente suas palavras, mas me preparando para o que estou prestes a fazer.

– Estive pensando, sabe... – ela acena para os lençóis, e embora eu veja seu gesto claramente, não entendo imediatamente o que ela quer dizer. Examino os dois corpos de cera e tetracloreto de carbono na luminária de Holly dançando um ao redor do outro, ambos em forma de número 8. Às vezes parecem dois humanos posando para um abraço, mas o abraço nunca acontece. As leis do calor e da densidade não permitem.

– Sinto que é a hora certa para darmos o próximo passo. Parece certo, sabe?

Ainda não tenho certeza sobre o que Holly está falando, mas então percebo que suas bochechas estão coradas, e que agora ela se virou, levemente envergonhada, e neste momento meu estômago entra em colapso.

Percebo o que estou ouvindo, percebo que ela está me dizendo que vai transar com Dean Jones, percebo que *eu sou* uma bolha de lava falsa. Cada vez que chego perto de dizer a Holly como me sinto, é como se algo me impedisse.

Tudo o que posso fazer é me concentrar em não engolir a saliva porque se eu engolir, meu pomo de adão confessará tudo. O motivo pelo qual vim até aqui, enfim, tudo. Mantenho o olhar fixo na lâmpada, e a única coisa pela qual sou grato é que não falei nada nem tentei beijá-la.

– Você está bem, Alex?

Parte de mim quer sair daqui, longe das palavras que acabei de ouvir, mas se eu for embora agora as coisas podem ficar estranhas entre nós. E ela não poderá dormir com Dean Jones enquanto estou aqui.

Falo sem pensar.

– Mas Kev disse que você e Dean tiveram uma...

– Um dos amigos dele, na frente de todo mundo, começou a falar sobre o tamanho dos meus peitos. Então Dean deveria ter mandado o babaca calar a boca e falado pra todo mundo parar de rir porque não deviam objetificar as mulheres desse jeito, né? Em especial sua namorada. Mas ele não fez isso. Ele riu também. Me senti como uma...

Eu me desligo do que ela fala, minha própria estupidez me ocorrendo.

– Ele veio atrás de mim e pediu desculpas. É um molengão, na verdade. Acho que ele só...

Eu me distraio levantando da cama e inspecionando o mapa na parede, os alfinetes pontilhando ao redor do mundo.

– Não consigo imaginar Dean pegando uma mochila para fazer a trilha Inca – interrompo, tentando não deixar que minha voz entregue como estou me sentindo. Acho que não disfarço muito bem.

Quando volto para a cama, Holly recolhe os joelhos até o peito e os abraça.

– O que foi? – pergunto, notando que Holly está me olhando de um jeito estranho que nunca vi antes, como se eu não fosse uma pessoa, mas um objeto estático, um quadro na parede. Ela vai dizer alguma coisa, mas se contém.

Então, depois de um tempo:

– Acho que não sei se Dean e eu ficaremos juntos para sempre. Não vou perder a vida na universidade ficando presa a um cara por três anos – seus olhos encontram os meus por um segundo, buscando apoio para seus princípios. Ofereço um meio-sorriso. – Estive pensando que queria que minha primeira vez fosse com alguém especial e... ah, não sei.

Fico grato quando Holly se levanta e sugere sair para um passeio, pegando as chaves e o casaco e descendo as escadas na minha frente. Não tenho ideia de onde vamos, e não pretendo perguntar. Se eu perguntar, ela planejará uma rota, e rotas sempre levam a um fim. Talvez desse jeito acabemos perdendo a noção do tempo e passando a noite toda juntos.

O vento sopra quando passamos por uma fileira de terraços cobertos de heras, fazendo voar mechas do cabelo dela. Ela fecha o zíper da jaqueta e ri consigo mesma.

– O que foi? – pergunto, ainda sentindo pena de mim mesmo.

– Você sabe de quem é essa casa, não sabe?

Holly está apontando com a testa na direção de uma casa de campo isolada do outro lado da estrada. É a maior casa na rua, mas, ao contrário das demais, não tem um jardim na frente. Pertence ao nosso diretor, senhor Henderson.

– E daí?

– Lembra quando costumávamos bater na porta e sair correndo? – Holly já está atravessando a estrada.

– Ainda está claro... alguém pode ver.

– Alex, não poderemos zoar em Mothston por muito mais tempo, então vamos aproveitar ao máximo, sim?

Parece algo estanho para se dizer, mas não há tempo para ponderar, porque Holly está a menos de um metro da porta agora. Ela para e olha para mim por um segundo.

Caminho na direção de Holly, na expectativa de que ela espere que eu a alcance, mas seu punho começa a bater contra a pintura preta brilhante. Antes que eu possa reagir, ela está correndo com o braço estendido para trás, como se alguém estivesse prestes a lhe entregar o bastão em um revezamento. Não tenho um bastão, então a única explicação é que ela está me convidando a segurar sua mão enquanto corremos juntos, para longe de Dean Jones e de todas as palavras que foram ditas na última hora. Começo a correr, perseguindo a sombra de Holly e segurando sua mão macia na minha. Fico um passo atrás dela para que ela não dispare, então por fim, nos portões de Weelsby Park, ela diminui o ritmo, tira a mão da minha e cai na grama úmida, onde é tomada por uma gargalhada de tirar o fôlego. Quando por fim ela se recompõe, meu olhar está ali para encontrar o dela, por pelo menos três ou quatro segundos, antes que a coisa se rompa e Holly comece a andar novamente, acreditando que farei o mesmo sem instrução.

– Achei que tivesse dito que eles tiveram uma briga feia.

Kev está espiando pela minha janela, de costas para onde estou largado na cama.

– Você está parafraseando um pouco.

– Todo mundo viu, você disse – abaixo minha voz enquanto meu pai passa pela porta do meu quarto a caminho do banheiro. – Uma cena e tanto, você disse.

– Ok, então eu exagerei... me processe. Qual é o problema?

– O problema é que...

Mas é claro que não quero dizer para ele qual é o problema porque quase fiz papel de completo idiota.

– Alguma coisa aconteceu – ele diz, virando para mim e coçando o queixo como Sherlock Holmes. – Você não apareceu na aula hoje e...

– Quem é você? Meu pai?

– Você está agindo estranho. Mais estranho do que de costume. É claro que tem algo a ver com Holly.

Inspiro um tanto de ar e exalo ruidosamente. Não sei o que dizer para ele. Não é culpa dele, na verdade. Sei que noventa por cento do que ele diz é besteira. Só que quando Holly me pediu para ir até a casa dela para conversar sobre Dean, somei dois mais dois e...

– Seu erro com Holly é que você torna impossível para ela gostar de você. Você é como um cachorrinho de madame, sempre ao lado dela, sempre pronto para agradar, sempre obediente. Darei dois conselhos para você, jovem Tyler.

Quero lhe pedir para calar a boca. Quero mesmo. Mas onde todos aqueles anos fazendo do meu jeito me levaram?

– Primeiro, pare com toda essa porcaria de "Hols". Tente "baby" ou "querida".

Kev dá um sorriso estúpido, esperando que eu reconheça sua genialidade.

Olho para ele cansado.

– Você disse que tinha dois conselhos?

– Ei, que atitude é essa? Estou tentando ajudar você aqui.

– Apenas vamos em frente, pode ser?

– Tudo bem, fique frio – ele me oferece um pedaço de chiclete. Nego com a cabeça. – Meu segundo conselho é que você precisa seguir em frente, encontrar alguém novo. A ausência faz o coração se afeiçoar, sabia? Então, fique ausente.

Encaro-o sem entender.

Ele resume:

– Eis uma ideia: por que você não sai com Jane Ferrington? Você sabe que ela gosta de você... e isso pode fazer Holly parar e pensar.

Jane Ferrington é vizinha de Kev, e está um ano antes de nós no colégio.

– Não *sei* se ela gosta de mim – rio com desdém.

– Alex, toda vez que você está na minha casa ela finge lavar a louça para poder espiar você da janela da cozinha.

– Vai ver que ela usa muita louça.

– Faça isso, Alex. Daí, na próxima vez que Holly ligar às 2h, não atenda. E quando ela perguntar por que, diga que estava manobrando seu aguilhão do amor na obscura caverna da luxúria de Jane Ferrington. Isso deve fazê-la ver o engano em seus modos.

– Obscura caverna da luxúria? Esse é o plano mais ridículo que já ouvi.

– Tudo bem, faça do seu jeito. Fique sentado em casa com uma meia no pinto... mas não diga que não tentei ajudá-lo.

Com isso, Kev se levanta e tosse um pouco de catarro, que engole imediatamente.

– E uma última coisa: pare de se vestir como Noel Edmonds.

– Como é que é?

– Veludo cotelê, Alex. Não vejo calças de veludo cotelê desde que Noel Edmonds estava na TV com o senhor Blobbly. Isso foi há milênios.

Kev começa a ir embora, mas dá meia-volta e caminha alguns passos para terminar de dividir seus pensamentos.

– E o fato de ele usar veludo cotelê provavelmente é a razão pela qual nunca mais apareceu na TV.

Capítulo 30

HOLLY
Setembro de 2010

Alex escorrega a mão pelas minhas costas, fazendo-me estremecer. Estamos os dois deitados no sofá: nossa ilha privativa em um mar de roupas descartadas, vidro quebrado e vinho tinto.

Ele tira gentilmente meu cabelo do ombro para acariciar meu pescoço, e eu gemo enquanto ele...

– Ei, perua, está me escutando? – Jemma me arranca do meu devaneio.

O QUE ESTOU FAZENDO? Toda vez que penso no que aconteceu no apartamento de Alex na outra noite vou um pouco além. Na verdade, eu me obriguei a me afastar após cerca de seis segundos e meio no abraço, murmurei uma desculpa e saí correndo. Mas minha mente de algum modo transformou o tipo de amasso entre adolescentes apaixonados da novela *Home and Away* em algo erótico de *Sex and the City*. Se eu não tiver cuidado, logo estaremos reencenando a cena de *Instinto Selvagem* na minha cabeça, e isso será bem esquisito para todo mundo.

– Desculpe, Jem, o que disse?

– Você acha que se duas pessoas que só são amigos ficarem bêbadas e se beijarem quer dizer que secretamente gostam um do outro?

O QUÊ?

– Por que está perguntando isso? – engasgo. Ela deve saber de alguma coisa. Mas como poderia? Só Alex e eu sabemos, e não é como se ele fosse ligar para ela para bater papo. Mas por que ela perguntaria isso?

– Caramba, calma, querida... só estou puxando assunto.

Pare de ser paranoica, Holly. Jemma adora perguntas hipotéticas, é uma coincidência. Ainda que uma totalmente estranha.

Ela volta a olhar o que quer que seja em sua tela – Twitter, da última vez que verifiquei – e resolvo pensar sobre esta coisa com Alex de maneira lógica.

Talvez minha cabeça esteja transformando isso em algo que não foi. Quero dizer... deve ser fácil romantizar o que aconteceu e confundir meu desejo por Alex com algo a mais, mas se eu me colocar fora da situação e olhar os fatos, provavelmente há uma explicação. Richard e eu estamos tendo alguns problemas. Entre trabalhar tanto e seu desapontamento com a promoção, ele está se sentindo estressado, e eu estou me sentindo negligenciada.

Por isso tudo, significa que faz um tempo desde que Richard e eu fizemos sexo. Costumávamos fazer o tempo todo. Não é grande coisa – todo relacionamento tem épocas de vacas magras –, mas se não estamos fazendo isso, e não estamos saindo, o que estamos fazendo exatamente?

É por isso que fiquei confusa. É por isso que preciso conversar com Richard e fazê-lo perceber que isso foi longe demais. É hora de agirmos como um casal de verdade, porque então poderemos lidar com nossos problemas como um... bem, um casal de verdade.

Além de tudo isso, Melissa ainda está em cena, então mesmo se eu quisesse largar Richard e pular direto nos braços de Alex – o que NÃO QUERO –, isso não é uma opção.

Seria mais fácil para minha consciência se eu pudesse culpar Alex. Deitei na cama na noite em que aconteceu, tentando ficar brava com ele. Eu estava bêbada! Ele sabe que eu tenho namorado! Ele me beijou mesmo assim! Mas então lembro que ele bebeu a mesma quantidade, sei que ele tem namorada e eu o beijei também. Então minha mente começou a vagar, e foi difícil ficar brava com as coisas que ele fez depois que desabotoou meu sutiã imaginário. Seus dedos compridos acariciando minha pele enquanto ele desce as alças pelos meus braços e... RICHARD. Preciso falar com Richard.

A porta dele está entreaberta e ele está lendo alguma coisa no monitor. Paro na entrada e perco um momento para observá-lo – *Caramba, ele é lindo* – antes de bater, fazendo-o levantar o olhar e me dar um sorriso breve.

– Ei, você – ele diz. Parece cansado.

– Ei, você – fecho a porta e me sento do outro lado de sua mesa.

– Então, estive pensando... – e digo para ele tudo em que estive pensando. Não TUDO em que estive pensando, é óbvio; só as partes sobre nós. Como quero segurar a mão dele em público e jantar em um restaurante sem que ele se preocupe que alguém que conhecemos possa entrar pela porta, e quero me referir a ele como meu namorado. Seu rosto permanece impassível, então falo e falo até que depois de um tempo ele assente devagar.

– Ok – ele dá de ombros.

– Ok? – suspiro incrédula. Ele está concordando?

– Também quero tudo isso – ele sorri.

Ah, meu Deus, isso é épico – ele está realmente dizendo que devemos contar para as pessoas.

– Não estou dizendo que devemos contar para as pessoas – ah... –, mas talvez possamos viajar juntos – hein? – Acho que podemos tirar férias. Esquecer este lugar por algumas semanas.

Permito que o desapontamento tome conta de mim, antes de pensar no que ele está dizendo. Podemos viajar juntos. Não era exatamente o que eu queria, mas é um excelente começo. Nós nos acostumaremos a andar de mãos dadas e a nos beijar em público, e assim que estivermos à vontade com isso, ter esse tipo de relacionamento em casa será um passo natural. E não saio de férias há décadas... isso seria REALMENTE INCRÍVEL.

– Vamos fazer isso – rio, tamborilando com as mãos na ponta da mesa dele de alegria. – Para onde vamos? Que tal América do Sul? Acho que podemos visitar três países em duas semanas... não vamos correr muito. Brasil, Argentina e Peru não seria um ótimo itinerário?

Ele faz uma careta e inclina a cabeça com um olhar que interpreto como "não".

– E quanto à Índia? Provavelmente precisaremos escolher norte ou sul, pois tentar visitar ambos nesse período de tempo seria complicado.

Ele ainda parece desapontado.

– Tailândia? – eu me aventuro. Vamos lá, Richard, me dê uma dica.

– Essa é uma boa ideia – ele acena entusiasmado.

– Sim? Ótimo! Podemos viajar pelo país... há um trem que vai de Bangcoc a Chiang Mai, mas provavelmente será melhor se pegarmos voos domésticos para não desperdiçarmos um dia, e podemos conhecer algumas ilhas também. Ah... podemos dividir a segunda semana entre o Vietnã e Camboja, e talvez até Laos, se...

– Não podemos ficar em um lugar? Estou cansado, *baby*. Só quero passar algumas semanas deitado ao lado de uma piscina, sem ter que pensar em nada. Vamos reservar um hotel por duas semanas.

– Ah, certo... – duas semanas em uma piscina? Quando há tanto para fazer, para ver? Isso parece chato.

– Ficaremos em algum lugar bonito, no entanto – ele diz, como se fosse isso que me preocupava. – Cinco estrelas. Você escolhe e eu pago.

Tento afastar as vibrações negativas que querem tomar conta de mim e decido parar de ser uma vaca ingrata. Tenho um homem lindo pedindo para eu encontrar o melhor hotel cinco estrelas na Tailândia, e ele vai pagar, e estou sentada aqui fazendo beicinho porque parece que não vou comer nas barraquinhas de rua com a população local.

– Certo – exclamo com alegria forçada, indo para a porta. – Começarei a procurar.

– Holly? – Ele me chama.

– Ãh-hã? – Sorrio para ele, embora ele esteja folheando uma revista agora e não esteja mais olhando para mim.

– Encontre um lugar com tudo incluso, tá? Desse jeito não teremos nem que sair do hotel.

– O que há de novo, cara? – eu sutilmente minimizo a tela do sixthsensesresort.com/Phuket e maximizo faturas.exe/setembro quando percebo Danny se aproximando do meu ombro.

– Não muita coisa – ele suspira, empoleirando-se na ponta da minha mesa. Ele começa a folhear meu catálogo de papelaria no que é claramente uma demonstração de que está agindo casualmente.

– Cara – digo, pegando o catálogo de suas mãos e surpreendendo-o –, você está obviamente querendo um conselho feminino. Para com isso.

– Não estou – ele ri. – Bem, não de verdade. Não é de conselho que preciso, é mais de uma opinião. Não é para mim, é para um amigo!

– O-k – digo lentamente, observando-o inspirar profundamente como se estivesse tentando reunir coragem para dizer o que quer dizer.

– Você acha que relacionamentos de amigos são uma boa ideia ou acha que estão condenados ao fracasso?

Ah, que merda!

– Aonde quer chegar, Danny? – pergunto com mais dureza do que pretendo.

– Nada. Não se preocupe – ele dá de ombros amuado, praticamente correndo de volta à sua mesa com a cabeça baixa, enquanto Jemma volta com nossos chás.

Por que todo mundo está me fazendo perguntas estranhas hoje? E então percebo...

– Ah, meu Deus, alguma coisa aconteceu entre você e o Danny! – exclamo, quase fazendo Jemma derrubar meu chá na mesa.

– Psssiu – ela sussurra. – Caramba, Holly... acho que a Helen da contabilidade, no quinto andar, não ouviu você.

– Está tudo bem, contarei a novidade mais tarde em um e-mail para a equipe. Agora me conte o que aconteceu.

Jemma está estranhamente tímida enquanto explica como ela e Danny foram os dois últimos a ir embora depois do jogo de perguntas na quarta-feira e, depois de várias cidras, acabaram dando um quente e intenso amasso numa das entradas da estação de trem.

– Ah, vocês estão apaixonados – sorrio, agarrando meu coração.

– Não estamos... argh, até parece.

– Ok – dou de ombros, voltando para meu monitor.

– Quero dizer, muitos colegas acabam se agarrando quando estão bêbados... não quer dizer que vão se casar.

– É verdade – murmuro sem olhar para ela.

– E foi só porque eu estava ali... podia ter sido qualquer uma.

– Certo, já entendi.

– Por que ainda estamos falando sobre isso? Por que essa sua obsessão pela minha vida amorosa? Parece que você precisa arrumar alguém.

Não é bem verdade...

– Nunca mais mencionaremos isso, tudo bem?

– Claro – digo com indiferença, bebendo meu chá e observando-a de canto de olho.

É a primeira vez que vejo Jemma corar.

Continuo com minha pesquisa sobre a Tailândia, tentando não rir toda vez que vejo Jemma ou Danny olhar um para o outro disfarçadamente, e então voltando os olhos para os próprios monitores rapidamente quando são pegos. Depois de mandar alguns links de hotéis para Richard por e-mail, pesquiso coisas para fazer na Tailândia. Imagino que se Richard não quer sair do hotel, então ele não estará disposto a fazer um passeio de elefante. Que pena. Posso ir sozinha? Ele pode ficar um pouco chateado se eu o deixar na piscina sozinho. Além disso, isso meio que destrói o propósito das nossas férias juntos, para que possamos agir como um casal.

Meu telefone toca.

– Escritório de Richard Croft – atendo distraidamente.

Dez mil libras.

– O quê? Mãe, é você?

– Não, é o banqueiro.

– Hein?

– *Topa ou Não Topa*. Você é Noel Edmonds.

– Não tenho ideia do que está falando, mãe. Não vejo muita TV.

– Não, eu também não.

– Ah, claro.

– Tenho assistido muito pouco nesses dias, viu senhorita? Tenho muito o que fazer, o que você saberia se viesse nos visitar em York – ah, lá vamos nós.

– Eu vou, mãe – prometo. – Na verdade, estou marcando umas férias com um, hum, um amigo do trabalho, e assim que tiver as datas marcadas pegarei um final de semana para visitar vocês.

– Você devia fazer isso; York é um lugar adorável. Estivemos em alguns restaurantes ótimos aos quais vamos levá-la quando nos visitar, e nos juntamos à equipe de boliche. Eu sou horrível, mas seu pai é muito bom. Ah, e quando você vier podemos ir ao chá da tarde no Betty's Tearooms, só nós duas. Será divertido. Não culpo você por nunca ir a Mothston. Que lixeira velha e chata era aquele lugar. Mas você vai gostar daqui.

– Mãe! – dou uma risada de surpresa.

– Bem, é verdade. Não sei por que ficamos tanto tempo lá. Bem, além do fato de seu pai amar aquele lugar…

– Relacionamentos exigem compromisso, acho – suspiro, meus olhos passando pela tela, onde "coisas para fazer na Tailândia" ainda está na caixa de busca do Google.

– Isso é verdade. Mas sabe o quê, Holly? – a voz dela fica estranhamente baixa e séria. – O compromisso tem que ser dos dois lados. Eu devia ter batido o pé mais cedo sobre mudar de Mothston.

– Mas você tem sido feliz, certo? – ela faz uma pausa um pouco longa demais para o meu gosto. – Mãe?

– Sim, é claro que tenho sido feliz com seu pai. Não queria estar em lugar algum sem ele. Mas não posso fingir que não me ressenti pelo número de anos que desperdicei enfiada em um lugar que nunca foi um lar para mim. Em especial depois que Julie morreu. Seu pai é um homem teimoso. Nunca coloca os outros antes dele – seu tom alegre volta, mas tenho a sensação de que ela não está brincando quando acrescenta. – Precisei praticamente ameaçar ir embora sozinha para que ele concordasse em se mudar para York.

Ficamos as duas em silêncio por um momento. Eu realmente não sei o que dizer.

– O chá da tarde parece uma ótima ideia, mãe – digo depois de um tempo, um nó se formando inexplicavelmente em minha garganta.

– Ótimo. De qualquer modo, é melhor eu ir... tenho uma reunião no Instituto de Mulheres esta noite.

– Você se filiou ao Instituto de Mulheres? Que horror, mãe. Não vai acabar em um daqueles calendários de nus, vai?

– Tem grande chance – ela brinca. – Ninguém quer ver isso aqui sem roupas. Exceto seu pai, talvez.

– Certo, obrigada, mãe... preciso vomitar no meu lixo agora.

– Ok, querida. Nos vemos logo.

Desligo lentamente, com uma sensação de desgraça iminente sobre a compreensão que se forma em minha cabeça agora. Minha mãe está certa – meu pai tende a se colocar em primeiro lugar. Por que nunca notei isso antes? Mas essa não é a pior parte. Richard é do mesmo jeito, dez vezes pior.

Ele nunca me coloca antes. É tudo sobre SUA carreira, SUAS férias, SUA necessidade de termos um relacionamento secreto. Ele nenhuma vez fez algo que não quisesse fazer. Exceto aparecer no casamento de Chloe duas horas antes que a festa terminasse – uau. Se fosse o casamento de um de seus amigos, eu teria estado lá o tempo todo. Por que estive me enganando como se este fosse um gesto memorável?

É por isso que amo Alex – ele é o único que sempre me colocou antes de tudo.

Ah, meu Deus, eu amo Alex. Sem nem perceber, eu realmente me apaixonei por ele de novo.

Ele planejaria todo seu fim de semana para poder alimentar Harold, ele mudaria a estação de rádio para as Seis Músicas Absolutas da Década de Oitenta sempre que eu quisesse, ele SE VESTIRIA DE JASON DONOVAN E CANTARIA NA FRENTE DE SEUS COLEGAS DE CLASSE, para gritar em voz alta. Nenhum homem jamais me colocou na frente de tudo como ele faz. Nem Richard, nem Max, certamente não Dean – nem mesmo meu pai.

Se Alex estivesse na situação de Richard, ele diria para todo mundo assim que soubesse que era importante para mim.

E se as pessoas pensassem mal dele? Ele não estaria nem aí.

Richard ALGUMA VEZ faria o mesmo?

Não paro na sua porta desta vez, eu simplesmente entro e me sento.

– Em algum momento você vai contar para os outros sobre nós? – exijo saber.

– Claro – Richard espia por sobre a revista que ainda está lendo, pestanejando de surpresa.

– Quando?

– Quando for a hora certa.

– Quando é isso?

– Não sei, Holly – ele suspira e joga gentilmente a revista na mesa. Parece exasperado agora. Não me importo.

– Então, nunca?

Ele se reclina na cadeira, passando a mão pelo cabelo.

– *Baby*, causaria muitos problemas se as pessoas descobrissem que está rolando enquanto sou seu chefe. Não vale a pena.

Ai!

– Peça demissão, então.

– Não posso pedir demissão – ele ri, os olhos suavizando. – Mas você poderia? É só uma secretária... não deve ser difícil para você encontrar outro emprego, e posso facilmente conseguir outra assistente.

Suas palavras me deixam atônita por alguns segundos. É assim que ele me vê. Não como seu braço direito ou o vento que impulsiona suas asas ou outro clichê de porcaria que me enganei ao aplicar sobre nós, mas simplesmente um provedor robótico de assuntos aleatórios.

– Tudo bem, eu me demito – sussurro depois de alguns instantes.

– Você não precisa fazer isso agora – Richard revira os olhos e sorri cansado.

– Sim, eu preciso. Eu me demito – digo novamente, desta vez mais alto. – Estou fora de tudo isso.

– O que quer dizer? – ele parece realmente confuso, seguindo-me enquanto me levanto de um salto e saio em disparada de seu escritório.

– Não quero mais trabalhar para você – explico com naturalidade, alcançando minha mesa e pendurando minha bolsa no ombro –, ou embaixo de você... – não sei de onde veio isso –, OU em cima de você... – o que isso quer dizer?

Obviamente, faz mais sentido do que pensei porque a última coisa que escuto enquanto a pesada porta de carvalho bate atrás de mim é Danny perguntando:

– Holly e Richard estavam transando?

E Melissa surtando:

– Ah. Meu. Deus.

Certo. Que droga vou fazer agora?

Capítulo 31

ALEX

– Você sabia?

Não é a primeira vez que Melissa me abala com poucas palavras.

– Sabia o quê?

– Holly e Richard.

Como ela sabe? Minha mente assume o papel de mestre dos mistérios – Jeremy Paxman em *University Challenge*. Richard finalmente concordou em expor ao público? Holly confessou? Ela usou nosso beijo para fazê-lo se sujeitar? Terei que pressionar você.

Encho os pulmões com uma longa e profunda respiração, jogo minha pasta no sofá e seguro o telefone entre o ombro e a orelha enquanto tiro um braço da manga da jaqueta. Então mudo de orelha até que o outro braço esteja livre.

– Ela é minha melhor amiga. Eu prometi a ela.

– Sim, Alex, e eu sou sua namorada. Supostamente compartilhamos tudo.

Jogo o controle remoto para o outro lado do sofá e me sento no lugar onde Holly e eu nos beijamos pela primeira vez.

– Como você descobriu?

– Eu me senti uma idiota. Precisei agir como se não estivesse surpresa, que é claro que eu sabia que Holly e Richard tinham um caso, que é claro que meu namorado confiava em mim.

– De que diabos você está falando? O que aconteceu?

– Ah, você não sabia? – Melissa faz uma pausa, permitindo que sua surpresa afetada se petrifique. – Pensei que ela fosse sua melhor amiga...

Tento disfarçar a impaciência com um suspiro.

– Vai me dizer o que aconteceu?

– Holly perdeu as estribeiras com Richard no escritório, logo agora, gritando com ele que estava tudo acabado. Na frente de todo mundo.

Melissa detalha a cena, sua voz faz uma orquestra de diferentes emoções. Nas cordas, temos surpresa. Na percussão, alegria. No sopro, vem a cortesia do desapontamento. E não nos esqueçamos do maestro: a indignação.

Paro de prestar atenção, preenchendo os espaços em branco por conta própria.

Sou eu. Ela largou o Richard para ficar comigo. Por fim ela enxergou que somos feitos um para o outro. O toque de sua mão contra a minha, a noite no parque, o beijo: prelúdios para isso. Por dentro, eu me sinto como uma lata de refrigerante que caiu sem querer da geladeira, pronta para estourar.

– Como você pôde mentir para mim todo esse tempo?

– Eu não menti, eu só...

– Não me contou a verdade. É a mesma coisa, Alex. Sua lealdade devia ser para comigo, não para com ela. Se eu não tivesse acabado de descobrir sobre ela e Richard, teria motivos para pensar que alguma coisa estava acontecendo entre você e ela.

Acho melhor ridicularizar, para meu próprio benefício, assim como para o de Melissa.

– Não seja ridícula.

– Seria ridículo. Ela realmente forçou a barra ultimamente.

Tiro o telefone da orelha, pressionando-o contra a coxa e fechando os olhos. Depois de alguns segundos, volto o aparelho à orelha. Melissa ainda está falando.

– ... vezes acho que sua amizade com ela significa mais para você, é mais importante para você do que o que temos, e eu não devia me sentir assim, Alex... nenhuma garota devia.

– Sinto muito – protesto sem convicção. – Sinto que se sinta assim.

– Só me diga que estou errada... me diga que significo mais para você do que Holly.

Agora Melissa é Paxman, e eu me sinto como um estudante abismado de uma antiga politécnica que está contra Oxford Balliol. Eu devia ter antecipado a pergunta chegando, mas, em vez disso, somos consumidos por um nível de silêncio que até agora eu não achava ser possível na cidade de Londres.

– Qualquer um pensaria que você está apaixonado por ela ou algo assim.

Não consigo pensar na coisa certa para dizer, e a linha fica muda por alguns segundos.

– Pode pelo menos ser honesto comigo, Alex? Quero saber se o homem com quem supostamente vou começar uma vida tem uma queda por uma vadia do meu escritório. Então, se não se importa, gostaria que me dissesse: o que está acontecendo entre você e Holly é mais importante para você do que o que temos?

Sinto como se estivesse parado na beira de um precipício, decidindo se pulo ou se volto atrás. No fim, não faço nem um, nem outro. Fico parado, submetendo-me de costas às rajadas de vento, e deixo de pular.

– Você é um maldito covarde, Alex. Um maldito covarde. Não vou ser a segunda violinista de ninguém, especialmente não de uma secretária puta que tenta conseguir uma promoção deitada.

A linha fica muda. Levanto do sofá, largando o telefone no buraco que acabo de deixar na almofada, e a culpa que sinto por ferir Melissa é comparável apenas ao alívio que vem de saber que nosso relacionamento acabou.

Capítulo 32

HOLLY

Eu poderia viajar pelo mundo. Brinco com a ideia enquanto coloco meu cardigã, percebendo, ao fazer isso, que meus ombros estão ligeiramente ardidos. Está ensolarado, mas ventando em Blackheath Common, e as pipas estão voando em dúzias ao meu redor. Isso me faz lembrar o final de *Mary Poppins*, quando o senhor Banks deixa o emprego e vai passar o tempo com a família, cantando *Let's Go Fly a Kite*. A simetria me faz rir alto até que me lembro de que não tenho ninguém com quem soltar pipa, e que posso ter sido um pouco precipitada ao deixar meu emprego. E então percebo que tenho lágrimas escorrendo pelo rosto embora eu pense que ainda estou rindo, e fico feliz que não tenha ninguém perto o bastante para me ver, porque eles temeriam pela própria vida.

Então, se não há nada aqui para mim, viajar realmente faz sentido. Tenho dinheiro suficiente. Um salário decente o bastante combinado com um relacionamento nada ousado com um namorado vistoso pelo menos foram bons para minhas economias. Era um tipo de poupança para a minha casa dos sonhos e de Richard, mas pensarei em um plano B enquanto viajo pelo deserto australiano, para me encontrar. E uma antiga amiga de universidade, Jess, acaba de fazer isso. Pelo tom dos seus e-mails, ela estava se encontrando em uma série de camas de australianos. Eu podia combinar de encontrá-la em algum lugar.

Tem só uma coisinha complicando a história: não quero deixar o Alex.

Mas só porque amo o Alex não quer dizer que posso tê-lo. Ele tem namorada, e eu não posso ficar por aí segurando vela para ele e Melissa. Mas se ele está firme com Melissa, por que me beijou?

Por um momento, perco-me na lembrança do toque dos lábios dele nos meus, mas então me obrigo a voltar ao presente e levantar, tirando a grama do vestido. Tenho um plano. Primeiro preciso ir para casa, alimentar Harold e passar manteiga de cacau nos ombros queimados, aí então vou descobrir onde estou com Alex.

– Viajar? – ele diz, olhando para cima rapidamente. Sua expressão é indecifrável. Estamos sentados em cantos opostos do sofá, tomando chá.

Ele não disse nada enquanto relatei minha história sobre Richard e o trabalho, mas seus acenos de cabeça de compreensão e o ocasional arregalar de olhos indicaram que estava ouvindo cada palavra.

E então coloquei a ideia da viagem.

– Sim – dou de ombros, meus olhos não deixam os dele. – Quero dizer, não há muito para mim aqui... há?

Diga, Alex. Diga que há algo aqui para que eu fique.

Silêncio.

Eu não estava preparada para isso. No caminho todo para cá me permiti fantasiar sobre o melhor cenário possível, no qual ele me diz que não há como eu partir, e então me puxa para seus braços, minhas pernas ao redor de sua cintura, e me leva para a cama para fazer amor louco, apaixonado. Então, na manhã seguinte, levanto e faço o chá, vestindo apenas a parte de cima do pijama dele, e enquanto estou fazendo isso, ele vem por trás de mim usando nada além da calça do mesmo pijama e envolve os braços ao meu redor. Eu me viro para beijá-lo e logo estamos transando na bancada da cozinha, e Alex não dá a mínima para o quão pouco higiênico isso é, porque me quer com loucura.

É basicamente aí onde estou quando toco sua campainha, meu coração acelerado de ansiedade enquanto ouço os passos de seus chinelos na direção da porta, pensando sobre o que eu diria quando ele mencionasse o que aconteceu entre nós. Ele perguntaria o que aquilo significou, certamente. Como eu responderia? Confesso que desejava nunca ter fugido? Ou apenas mostro a ele continuando o beijo de onde paramos?

– Viajar – ele diz novamente, mas desta vez não é uma pergunta.

Não tenho certeza de quanto tempo nos encaramos, mas é Alex quem desvia o olhar.

– Excelente ideia – ele diz, toma o resto de seu chá e se levanta.

– Você acha que eu devo ir? – pergunto, ferida. Ele leva sua caneca direto para a pia e a lava de costas para mim, então não consigo ver sua expressão.

– Ah, sim – ele diz rapidamente. – Tem certeza de que quer ir só por seis meses? Por que não um ano? – maldição, ele não pode esperar para se ver livre de mim.

– Terminou isso aí?

– O quê? – percebo que ele está apontando para minha caneca. – Ah, sim, desculpe.

Entrego a caneca com mão trêmula, observando suas costas enquanto ele pega o pano de prato.

– E você? – pergunto casualmente, fingindo que ele não acaba de jogar meu coração na parede e que não viu quando ele ricocheteou e caiu na lata de lixo. – Resolveu tudo com Melissa?

Por mais que eu realmente não queira, preciso saber. Tenho de saber se a outra noite significou alguma coisa. Porque se não significou, e é com Melissa que ele quer estar, então preciso me afastar e fingir que esses sentimentos que tenho por Alex não existem. Já fiz isso antes, posso fazer novamente. A distância foi o truque da última vez, e não dá literalmente para colocar mais distância entre nós do que Londres e Austrália.

Ele se vira, inclinando-se contra a pia e cruzando os braços. A distância entre nós é palpável e é quase impossível acreditar que há poucos dias, neste mesmo sofá, não havia distância alguma entre nossos corpos. Ele nem mesmo mencionou o beijo.

– Sim – ele sibila, sua voz duas oitavas acima do normal. – Estamos bem.

– Que bom – não tem nada de bom nisso. Não é como devia ser.

– Sim.

– Então...

– Então.

E é isso. Não sou eu quem ele quer, é Melissa. Todo esse tempo – cada olhar de apertar o coração, cada toque arrepiante, cada vez que ele confiou em mim ou riu das minhas piadas – era só como amigos. Não chore, Holly. Pelo menos não ainda.

– Bem, é melhor eu cuidar da minha vida – sorrio, me perguntando se Alex percebe o quão forçado é, e caminho até a porta. – Tenho muito para organizar e preciso decidir o que fazer com meu apartamento.

Paro na porta, me viro na direção dele e abro os braços.

– A gente se vê, então.

– Sim, a gente se vê – ele sussurra no meu cabelo enquanto me abraça. Aperto os braços ao redor de sua cintura e sinto que ele me aperta de volta, e me divido entre querer sair dali antes que as lágrimas escapem e não querer sair de seu abraço nunca mais.

Dou um aperto final, e me afasto.

E pela segunda vez na minha vida, sinto uma sensação triste de caráter definitivo enquanto fecho a porta entre mim e Alex Tyler.

Capítulo 33

ALEX

A campainha tocou um pouco antes das 21h. Holly não mandou mensagem ou ligou desde o telefonema de Melissa, mas eu sabia que era ela. Aperto o botão para abrir a porta dois andares abaixo, enquanto imagino nossa casa de campo em Peak District. Eu dirigia pelo caminho de cascalho em segunda marcha, estacionando perto de uma Kombi vintage azul-claro que compramos para os finais de semana em Totnes e Edimburgo. Supervisionei as pedras Derbyshore, a pintura preta brilhante da porta da frente. As noites já estavam com cara de inverno, a e as cortinas estavam fechadas. Era meu aniversário. Virei a chave, abri a porta da frente e *surpresa*!

Estou pensando em ir viajar.

Um soluço subiu pela minha garanta enquanto uma nova realidade caía sobre mim. Era a primeira vez que eu a via desde nosso beijo, que decidi não mencionar nada. Isso só deixaria as coisas desconfortáveis, e ela pensaria que eu estava analisando demais. E, de qualquer modo, tínhamos muito sobre o que falar. O que eu não esperava era *isso*. Mas eu devia ter imaginado, porque vivi isso antes, Holly não viera transmitir seu amor; viera dizer que estava partindo, saindo da minha vida novamente, prometendo que manteria contato, exatamente como há onze anos.

Como eu me permiti ficar tão iludido mais uma vez? Na escola, Holly podia explicar o que cada botão de uma calculadora científica queria dizer: nCr, ALGB, tan. Os professores diziam que matemática era algo natural para ela, e mais de uma vez ela comentou que seu amor pela matemática e meu amor pelo inglês exemplificavam as distâncias entre nós. Ela gostava de fatos concretos, eu gostava da busca por diferentes interpretações. Ela podia encarar uma obra de arte e desfrutar pelo que era, eu estava sempre me esforçando para descobrir seu significado. Ela vivia a vida enquanto eu refletia sobre isso.

Seria de se imaginar que eu tivesse aprendido a lição da primeira vez. Holly coloca três beijos no fim de um SMS, Alex tem visões de segurar sua mão na maternidade; Holly desliza o pé pelo sofá, Alex pensa na praticidade de abrir uma conta conjunta; Holly lhe dá um beijo embriagado, Alex imagina que ele é Menelau reclamando Helena de Troia de Paris. Holly termina com Richard...

Eu precisava começar a lidar com fatos, não com ficção. E um fato estava claro: Holly não estava apaixonada por mim. Se estivesse, não continuaria fugindo.

Eu a levei para dentro, ela se sentou na outra ponta do sofá, exatamente como há algumas noites, só que desta vez estava ereta, os pés tímidos, encarando a si mesmos. Seu cabelo estava preso em um rabo de cavalo e havia folhas de grama em sua saia. De onde ela veio? Ela encarou o chão por um momento e então me olhou, as bochechas coradas, os olhos na expectativa, como se esperasse que eu respondesse, então disse para ela que estava ok, que ela devia seguir seu sonho.

A única coisa pela qual fiquei grato foi por não ter soltado minhas emoções, e que Holly jamais saberia o que eu estava imaginando quando a deixei entrar no apartamento.

Ouvi seus passos enquanto ela descia as escadas sem carpete na direção da porta, e depois até a rua. Tentei julgar seu estado emocional pelo ritmo de seus passos, mas isso não me mostrou nada; seus passos poderiam ter sido os de qualquer pessoa. Ela parou momentaneamente. Uma mudança de ideia? Segundos se passaram, e eu podia ouvir as batidas do meu coração. Mas ela continuou a descida, tão pouco reveladora quanto antes, até que a porta dianteira bateu com um som de desenho animado, fazendo minhas entranhas tremerem. Olhei pela janela, mas me impedi de continuar a acompanhá-la rua abaixo, sabendo que seria demais vê-la sair da minha vida mais uma vez.

Desperto com o som da tubulação velha do andar de baixo – rosnando como Chewbacca* – depois que alguém dá a descarga. A Lua espia por detrás de uma chaminé do outro lado da estrada, um paracetamol no céu derramando uma dose de luz no quarto da frente. Olho o celular. São 2h17 da madrugada.

Meu pescoço está duro de dormir no sofá e estou desconfortável. O calor do dia deixou o apartamento abafado. Tanto que o cheiro de Holly permaneceu. Sol, chocolate, ar livre. O cheiro de Holly. Lembro-me de seu cabelo contra meu rosto, o menor traço de umidade, como se ela tivesse passado a manhã no mar.

Seguro o telefone perto do rosto enquanto navego pelas mensagens, revendo nossa correspondência nos meses passados, rolando a tela com o polegar.

Carregar mensagens anteriores.

---

* Personagem da saga "Guerra nas Estrelas". (N.T.)

Encontrar Kev no pub. Nossa noite no parque. A pichação.

Carregar mensagens anteriores.

Alimentar Harold. O jogo de perguntas no pub. Não dizer nada sobre Richard.

As lágrimas começam a correr pelo meu rosto, mas não consigo impedi-las. Logo não há mais mensagens para carregar, e então percebo que esses últimos meses foram apenas um interlúdio. Holly e eu, nossa história terminou há onze anos, e tudo isso foi apenas um remake ruim de um filme antigo que devia ter sido deixado para lá.

São quase 8h30 quando meus pés atingem o pavimento na estação Deptford, e meu celular começa a vibrar no meu bolso. Minha mente permite ser enganada pela esperança, mas o sentimento é efêmero.

– Oi, pai – atendo, lutando para esconder o desapontamento do tom de voz.

– Estava esperando outra pessoa, é?

Esfrego o pescoço dolorido, fazendo uma careta, e penso em dizer a ele que não é um bom momento, mas por algum motivo sinto um carinho especial por meu pai nesta manhã que não sinto há muito tempo. É como se a última noite me tivesse feito perceber com quem posso realmente contar. Mas talvez seja culpa dele que eu esteja nessa confusão. Ele e minha mãe me fizeram ter expectativas fantasiosas sobre o amor. Terry e Julie, como o casal na canção do The Kings; casados aos dezenove anos, esperando um filho no ano seguinte. Tudo na ordem certa. Até que a morte nos separe.

– É um pouco cedo para você, não é?

– Tenho bingo às 10h30.

O açougueiro halal está montando o toldo. Não o cumprimento quando passo. Desisti de sorrir para os lojistas no meu terceiro dia em Londres.

– Bingo?

– Não zombe até experimentar, filho. Não consigo pensar em nada mais no mundo com uma divisão homem/mulher mais favorável.

– Está jogando bingo para pegar alguém?

– Você adoraria – ele diz. – O toalete masculino é imaculado. Ninguém usa.

Sorrio para mim mesmo, para meu pai e seu bingo, por ser animado quando não achei que fosse possível.

– De qualquer modo, estou ligando para dizer que a cara metade de Kev está organizando uma festa surpresa para os trinta anos dele. Sexta, na próxima semana. Pensei que talvez eu pudesse conhecer Melissa, sua namorada.

Melissa – quase me esqueci dela nas últimas doze horas.

– Não tenho certeza se será possível.

– Não me diga que vocês terminaram.

A loja de comida afrocaribenha já está funcionando a pleno vapor. Fui ali na minha segunda semana. A banana nanica que comprei era na verdade uma banana-da-terra.

– Não exatamente, mas...

– Não posso dizer que esteja surpreso.

– O que quer dizer com isso?

– Você percebeu que nunca me falou de verdade sobre essa sua namorada, Alex? Não a mencionou nenhuma vez nos meses em que ficaram juntos. A única razão pela qual sei dela é que Kev me contou quando Diane deixou escapar o assunto.

– Não tive oportunidade.

Posso ver meus alunos agora. Rostos familiares, em grande parte. Convenci a mim mesmo de que essas são as pessoas pelas quais me mudei para Londres, mas há escolas como o Whitford High por todo o país. O motivo pelo qual escolhi Londres foi...

– Sobre Holly Gordon, por outro lado, você nunca parou de falar. Holly isso, Holly aquilo. Quando vocês vão se acertar?

Algo invisível aperta meu abdome, deixando-me sem palavras. Meus olhos começam a jorrar de novo.

– Olhe, preciso desligar. Amo você, pai.

Há uma pausa, mas minha mente está muito turva para entender o significado.

Então ele diz:

– Amo você também, filho. Nos vemos no próximo final de semana.

Capítulo 34

HOLLY

Esta é a lista de tarefas mais épica da TODAS que já escrevi.

Há tantas categorias, subcategorias e listas paralelas. Primeiro, todos os destinos que quero percorrer em minhas viagens. Quero viajar o máximo possível, mas não quero passar os próximos meses em aviões e trens.

Daí há a lista de tarefas para cada destino. Decidi que minha aventura terá seis meses, então preciso ter certeza de destinar a quantidade de tempo correta para cada lugar, a fim de não perder nada das melhores coisas, sem ficar muito tempo em cada parada.

E, claro, há todas as coisas que preciso fazer para que tudo aconteça. Comprar, embalar, reservar, confirmar.

É uma obra de arte em uma folha A3 – é isso o que é.

Estou sentada com a folha aberta na minha frente, no chão, e acabo de passar a caneta nos dois shorts e na depilação de virilha que consegui fazer nesta manhã quando Harold sobe no papel e se acomoda sobre ele, olhando-me com ressentimento mal disfarçado.

Ela sabe que alguma coisa está acontecendo. Sua rebelião na última semana incluiu subir em cada caixa na qual estou embalando as coisas de casa, dormir nas roupas limpas e recém-passadas que deixei prontas para guardar e espiar dentro da minha mochila recém-comprada.

– Suma daqui, gata – gemo, empurrando-a gentilmente do meu plano de viagem.

Você adoraria isso, não é?, ela diz, com os olhos apertados. *Diminuiria sua culpa por ser a segunda dona a me abandonar.*

Desisto, jogando a caneta de lado e coçando-a atrás das orelhas com as duas mãos.

– Meus pais vão levá-la para York para morar com eles enquanto estou fora, então não me venha com isso – lágrimas brotam dos meus olhos, e seco-as com uma mão enquanto coço o queixo de Harold com a outra. Ela ficará bem. Ela adorará ficar com meus pais. Fui ver a casa nova outro dia, e é muito maior do que meu apartamento, e tem um jardim, e a entrada já tem aquela portinha para gatos que os donos anteriores deixaram, então ela pode entrar e sair quando quiser. Harold ficará feliz ali.

Fui até lá para contar pessoalmente aos meus pais que estou partindo.

Meu pai ficou um pouco confuso. Ele é uma criatura de rotinas, então o apelo de passar seis meses em vários territórios não familiares inexiste para ele. Mas ele desejou que eu me divertisse e pediu que me mantivesse em segurança, antes de voltar para seu jornal. Minha mãe foi surpreendentemente favorável. Fez um monte de perguntas sobre onde eu pretendia ir e o que ia fazer em cada lugar, soltando exclamações a cada resposta. Ela concordou em ficar com Harold, com a condição de que eu prometesse nunca pedir carona, e que eu contaria para ela o que está acontecendo em *Neighbours* quando chegasse à Austrália.

Todos os meus móveis estão em um depósito, então tudo o que resta são caixas de coisas que eles vão levar para a casa deles quando vierem buscar Harold. Meu apartamento parece maior e melancólico sem meus pertences. Devia ser assim que parecia quando Max e eu nos mudamos para cá, mas não consigo me lembrar – parece que faz tanto tempo. Tanta coisa aconteceu desde então, apesar do pouco que tenho para mostrar.

Uma batida na porta interrompe o pensamento depressivo, e corro para atender.

– Jem! – exclamo surpresa, mas incrivelmente feliz por vê-la. – Entre.

– Não, está tudo bem – ela insiste. – Só vim aqui entregar isso para você. É de todo mundo na Hexagon.

Ela remexe na bolsa por quase três minutos antes de pegar um envelope dobrado escrito "Holly" nele.

– Isso se esse for seu nome verdadeiro – ela diz, cruzando os braços enquanto tiro um cartão de dentro.

– Se você não planejava entrar, devia ter me mandado isso pelo correio – observo, tentando não rir.

– Eu queria confirmar novamente se você realmente morava aqui. Não tinha muita certeza de até onde sua vida dupla ia. Além disso, demoraria demais para que o correio entregasse antes de você partir.

– Sinto muito, Jem – digo, colocando a mão no braço dela. – Como eu disse no e-mail, eu realmente queria muito contar para você. Mas Richard não queria e ficava me fazendo pensar que era só por um pouco mais de tempo.

– Mas eu conto tudo para você! – ela lamenta, entrando no apartamento. – Não sei como você pôde simplesmente me deixar sentar ali e balbuciar merdas sem sentido sobre a calamidade da minha vida amorosa e não mencionar o fato de que estava transando com o chefe.

Depois de fechar a porta, sento de pernas cruzadas no chão, apoiando as costas na parede onde antes ficava o sofá, e dou um tapinha no lugar ao meu lado.

– Estou bem em pé, obrigada – ela diz, virando a cabeça para o lado incisivamente.

– Por favor, Jem... eu odiava esconder isso de você – digo para ela –, mas eu estava em uma péssima posição. Não consigo acreditar que deixei que ele me convencesse de que era melhor manter segredo por tanto tempo. Me sinto tão estúpida agora. E perdi você e Alex, e nenhum de vocês pode me odiar mais do que odeio a mim mesma – irrompo em lágrimas.

– Ah, cala a boca – Jem diz, a irritação se dissolvendo de sua expressão. Ela se senta ao meu lado, coloca um braço em volta dos meus ombros, enquanto minhas lágrimas se transformam em soluços e em um choro convulsivo. – Por favor, pare de chorar – ela pede, depois de um tempinho.

– Sinto tanto – digo novamente. – Eu realmente queria contar para você.

– Sim, sim, tanto faz... está tudo bem. Mas você precisa parar de chorar. É sério, Hols, você é uma chorona horrível. Acho que nunca tinha visto você chorar antes. Tipo, não me leve a mal... você é uma garota bonita e tudo mais, mas neste momento seu rosto está todo inchado e manchado, e tem catarro escorrendo do seu nariz.

Ela me passa um lenço de sua bolsa, e estou prestes a assoar o nariz quando percebo que há manchas de tinta azul, assim como algumas manchas amarelas não identificadas por todo o tecido, então enxugo o nariz de leve antes de soltar o lenço discretamente no chão ao lado da minha perna.

– Agora, o que houve com o Alex? – ela pergunta.

– Bem, eu fui vê-lo depois...

– Desculpe – ela me interrompe, girando o traseiro no chão de madeira. – Espero que não se importe, mas vou me virar assim enquanto você me conta, para não precisar olhar para o seu rosto.

– Ei – bato no braço dela, embora secretamente esteja feliz por ela olhar para o outro lado, pois isso tornará mais fácil falar.

– Então, eu percebi que estou apaixonada pelo Alex e...

– *Eu sabia!* – ela vira novamente para me encarar. – Era tão óbvio. É por isso que essa revelação sobre Richard acabou comigo, porque eu sabia que você e Alex estavam totalmente apaixonados.

– Essa é a questão, Jem. Ele não está. Pensei por um momento que ele pudesse sentir o mesmo que eu, então fui vê-lo no dia em que deixei Richard, mas eu estava errada. Ele quer ficar com Melissa, e não deu a mínima quando eu contei que estava partindo, e não soube nada dele desde esse dia.

Novas lágrimas surgem. Jemma faz uma careta.

– Não acredito nisso – ela suspira, parecendo genuinamente desapontada. – Eu tinha certeza de que ele estava na sua. Devia ver como ele olhava você quando você não estava olhando. E não sei o que ele vê na Melissa... essa vaca anda pior ultimamente. Ela gritou comigo na frente de todo mundo porque eu esqueci de reservar a sala de reuniões para ela ontem. Espero que ela cague um ouriço. Mas sabe o quê, Holly? Foda-se o Alex! E foda-se o Richard também. Para o inferno com eles... não valem nada. Sua viagem parece maravilhosa e você estará fora, dançando tango com homens sul-americanos, e flertando escandalosamente com surfistas australianos gostosões, e vai esquecer esses dois.

– Não vou viajar para encontrar um homem – seco as lágrimas do rosto com as costas da mão. – Vou...

– Holly, se você vai dizer que vai para *se encontrar*, darei um soco na sua cara e depois vomitarei em você.

– Eu não ia dizer isso – dou uma risada –, mas meio que vou. Só quero ficar animada com as coisas de novo, ter novas experiências, e fazer coisas para mim e para ninguém mais.

– Você vai ficar com alguém, no entanto – ela sorri. – Desde que não chore na frente deles.

– Honestamente, não pensei nisso.

Sentamos em silêncio confortável por um instante ou dois, então olho para ela.

– Estou feliz por estarmos bem, Jem. Quando você não respondeu meu e-mail, tive medo de que nunca mais falasse comigo de novo.

– Bem, considerando que estou aqui há quarenta e cinco minutos e você ainda não me fez um chá, ainda é uma possibilidade.

Levanto e nos faço chá – só me resta um saquinho e apenas um gole de leite – e volto para a sala, onde Jemma está sentada, parecendo pensativa.

– Preciso fazer isso também na verdade – ela diz, distraída.

– O quê?

– Alguma coisa. Qualquer coisa. Não posso me resignar a passar o dia todo fazendo coisas para Martin Cooper.

– É isso o que você faz? – sorrio. – Sério?

– Tudo bem, espertinha. Certo... não quero me resignar a passar todos os dias percebendo que esqueci de fazer coisas para Martin Cooper.

– Você devia vir comigo!

– Não, não posso ser vista em um biquíni até perder uns doze quilos, e além disso tem... – ela para abruptamente, como se tivesse dito demais, e bebe seu chá.

– Então, tem o quê? – quando ela não responde, empurro seu ombro levemente, mas ela continua a tomar seu chá, então empurro com mais força. – Jemma... me conte. É um homem?

– Não, não exatamente um homem – ela desvia os olhos para baixo, timidamente, mas os cantos de sua boca se torcem: – Danny.

– Ah, meu Deus, esqueci que deram um amasso. Então é alguma coisa agora?

Levanto-me, ficando de joelhos, encarando-a. Esta é a melhor distração que tenho em décadas, e percebo o quanto senti falta de Jemma e das histórias de sua vida amorosa quando parti.

– Bem, depende do que quer dizer com "coisa". Não tivemos aquela Conversa ainda... então não sei se somos um casal ou coisa assim. Mas acabamos nos beijando depois do jogo de perguntas na semana passada de novo, depois que todo mundo foi embora, e então na noite passada ele perguntou se eu gostaria de tomar uma bebida depois do trabalho, e assim que voltou para a mesa depois de comprar a primeira rodada, ele me beijou. Não tínhamos tocado nas nossas bebidas ainda. Não consigo me lembrar da última vez que beijei alguém sóbria. Isso significa alguma coisa, certo?

– Sim, eu diria que sim – afirmo.

– Sabe o que é estranho, Holly? – ela diz lentamente. – Ele é o primeiro cara em décadas com quem sou eu mesma durante um encontro. Quero dizer, qual o objetivo de fingir ser bacana para Danny? Ele me conhece. E é o mais relaxada que já me senti com um cara.

– Jemma, você é MUITO bacana quando é você mesma. É por isso que Danny gosta de você... ele conhece a real Jemma.

– Que seja. Vou sentir sua falta, Holly – ela diz, parecendo séria de repente. Puxo-a para um abraço e depois de alguns instantes ouço-a fungar no meu ombro, como se estivesse prestes a chorar.

– Não, não chore – fungo também. – Vai me fazer chorar de novo.

– Certo, vou embora daqui antes que aconteça – ela se levanta de um salto e toma o resto de seu chá antes de me devolver a caneca. – Isso tem gosto de mijo, diga-se de passagem.

– De nada.

– Mande-me cartões postais – ela grita do portão enquanto aceno em despedida.

Olho devidamente para o cartão pela primeira vez, sorrindo com as mensagens de despedida dos meus ex-colegas. Todo mundo escreveu, exceto Richard e Melissa. Richard eu entendo, mas qual o problema de Melissa? Coloco o cartão sobre a lareira, perto dos três outros cartões de Leah, de Susie e dos meus pais.

Nada de Alex. Por mais que esteja feliz que Jemma tenha vindo, e que ir embora será um milhão de vezes mais fácil sabendo que ainda somos amigas, permito a mim mesma reconhecer que, por um milésimo de segundo, quando a vi na porta, fiquei desapontada por não ser Alex.

Sentimentos românticos de lado, nunca me senti mais eu mesma desde que ele voltou à minha vida. Não como se eu tivesse percebido que não estava sendo eu mesma – eu não estava tentando fingir ser outra pessoa, como Jemma admitiu fazer em seus encontros. Mas é como se eu tivesse esquecido quem eu costumava ser. Eu tinha tamanha má impressão da época em Mothston por causa do jeito que terminamos que nunca me lembrei de que, por um longo tempo, meus anos de adolescência foram meus anos mais felizes.

Talvez esse seja o motivo do universo para trazer Alex de volta à minha vida – não para permanecer nela, mas para me lembrar de quem eu era e quem ainda quero ser. Não importa se ele não ligar. Não importa se perdermos contato novamente. É triste, mas, vamos encarar, estou acostumada a ser deixada pelos homens da minha vida. Talvez seja a hora de começar a esperar menos.

Pego meu celular e olho para a tela pela última vez, e sinto o desespero para que ele toque desaparecer do meu corpo.

Então ele toca, quase me mantando do coração, então jogo o telefone no ar e o pego novamente.

– Alô? – digo para o interlocutor desconhecido.

– Holly, sou eu.

A voz é masculina, mas só preciso de milissegundos para registrar que não é de quem espero.

– Ah. Oi, Richard.

O anonimato devia ser uma pista – eu ignorei as ligações dele desde que saí de seu escritório. A última fora há três dias, e imaginei que ele tivesse desistido.

– Como você está? – pergunto sem jeito depois de alguns segundos de silêncio. Seria mais fácil se eu estivesse brava com ele. Então eu só diria para ele se foder e desligaria. Mas não me sinto zangada. Eu apenas me sinto muito, muito estúpida. Eu revi nosso relacionamento na minha mente por incontáveis vezes na última semana, e não consigo acreditar que o deixei me enrolar por tanto tempo. Ele nunca se comprometeria comigo.

– Nada bem. Sinto sua falta, Holly.

– Rich – suspiro.

– Não, me escute. Preciso admitir que fiquei furioso quando você saiu daquele jeito do meu escritório. Mas pensei sobre isso e, bem, você pode ter razão. Vou admitir que talvez eu tenha sido um pouco injusto.

– Isso é bondade sua – é muito ruim se eu desligar a ligação e o celular?

– Acho que fiquei envergonhado por as pessoas descobrirem...

– Ah, obrigada.

– Sabe o que quero dizer. Porque sou seu chefe.

– ERA meu chefe.

– Exatamente. Agora que todo mundo já sabe, e não sou mais seu chefe, eu realmente acho que podemos fazer isso dar certo. Amo você, Holly.

Aquelas últimas palavras me fizeram inspirar com força. Apesar de tudo, meu coração palpita com as palavras que esperei tanto tempo que ele me dissesse.

– É tarde demais – gaguejo, escorregando pela parede, até o chão. Posso sentir minhas têmporas latejando, então fecho os olhos e apoio a testa nos joelhos. – Meu voo está reservado, e já devolvi meu apartamento.

– Caramba, Holly. Isso foi rápido.

– Sou organizada assim. Eu daria uma ótima secretária.

– Eu devolverei o dinheiro da sua passagem... e você pode vir morar comigo.

Por que ele está falando isso agora? Quando estive esperando pelo que pareceu uma eternidade para ouvir algum tipo de promessa de compromisso dele, por que esperar até que eu esteja sentada aqui – querendo algo completamente diferente – para me dizer que me ama, que quer ter o tipo de relacionamento que tentei ter com ele todo esse tempo?

ESTÁ BRINCANDO COMIGO, DEUS?

Talvez eu pudesse voltar a ser a pessoa que eu era há algumas semanas, que amava Richard e queria a vida que ele está prometendo agora. Posso realmente ter mudado tanto nas últimas semanas? Perceber tarde demais o que é que eu quero parece ser meu ponto forte, então e se eu chegar a Bangcoc e descobrir que cometi o maior erro da minha vida?

– Hum... Holly? Ainda está aí?

– Sim, estou aqui – sussurro. – Sinto muito, Rich... estou um pouco confusa. Preciso pensar sobre isso. Posso retornar a ligação?

– Por que não vem até aqui? – ele diz rapidamente. – Podemos conversar e...

– Não – interrompo, minha voz falhando. – Preciso pensar sobre isso sozinha. Estou confusa demais.

Desligo o telefone e irrompo em lágrimas. Nunca chorei tanto em um único dia. Quando a vida ficou tão difícil? O que aconteceu com os dias em que eu costumava apenas me divertir e aceitar as coisas conforme elas chegavam, e quando tomar uma decisão errada não era a pior coisa do mundo? Cedo às lágrimas, enrolando os braços ao redor das pernas e soluçando no cotovelo. E choro e choro, pensando em Richard, em Alex, em Max e até em Dean. Choro até que sinto que chorei tudo, e me sinto estranhamente calma quando termino.

Levanto e olho ao redor da sala, para as caixas cheias com as minhas coisas, para meu passaporte sobre a mochila com o bilhete de avião saindo do meio de suas páginas, para Harold que rasteja pela lareira e derruba sistematicamente cada cartão de despedida no chão.

Então olho para minha lista de tarefas – com seus grandes cabeçalhos, subseções coloridas e um calendário organizado de seis meses de atividades – e a rasgo, jogando os pedaços no chão.

Capítulo 35

ALEX

Demora vários segundos para que as portas se abram, mas assim que meus pés atingem a plataforma, ela toma conta de mim. Uma sensação que faz um sorriso nascer em meu rosto. Uma sensação de que estou em casa.

– Você parece cansado – é como Kev me cumprimenta, juntamente com o aperto de mão que se torna um abraço.

Ele me convida com um gesto vertical dos braços a analisar seu terno. É cinza escuro e lhe cai muito bem. O nó na gravata verde-folha é volumoso, mas está correto.

– Venda de produtos de catálogo de porta em porta – ele diz, autodepreciativo. – Dificilmente o sonho de alguém, não é?

Sinto uma onda de culpa. Alguma vez perguntei a Kev o que ele sonhava fazer?

– Mas não é para sempre, não é? – digo, colocando as mãos nos bolsos e estremecendo com o clima frio que chegou esta semana.

– Quem sabe? Só quero economizar dinheiro suficiente para a entrada de uma casa para mim e Diane.

Seguimos pela cidade, passando pela loja de descontos que costumava ser Woolworths e pelo The White Horse que está sob nova direção.

– Coloquei meus discos de vinil no eBay. Incluindo o do Pink Floyd, até que ela me fez tirar.

– Ela parece ser uma acumuladora.

Ele sorri.

– Estou ansioso para você conhecê-la.

Viramos à esquerda até George Street. Se seguíssemos a estrada até o fim, chegaríamos ao canal onde meu pai vive de vez em quando, mas em um instante viramos à direita na rua que conheço melhor do que qualquer outra.

– Estou feliz que as coisas estejam se ajeitando para você, cara – digo, espiando uma perua Vauxhall estacionada na garagem. Uma silhueta anônima aparece atrás das novas cortinas cor de coral na sala dos meus pais. A sensação é a mesma de ver uma ex-namorada de mãos dadas com um novo homem.

Kev me vê observando minha antiga casa.

– Você não podia esperar para ir embora deste lugar e agora olhe você, todo sentimental por ver outra pessoa ali.

Eu me obrigo a parar de olhar e continuamos rua abaixo na direção da casa de Kev.

– Meus pais estão finalmente pensando em vender a casa deles – ele diz. – Precisam de uns trocos agora que o boom imobiliário acabou na Espanha, então talvez eu seja despejado. Acho que essa coisa com Diane aconteceu no momento certo.

É só quando avisto as cortinas no andar de baixo da casa de Kev, na sombra e fechadas, que me lembro por que estou aqui. Ele gira a chave na porta da frente e preciso me esforçar de verdade para não entregar o jogo com um sorriso. Ele dá um passo para dentro e, ao entrar na sala e acender a luz, é confrontado por dúzias de amigos e familiares, muitos deles usando máscaras do rosto de Kev.

– SURPRESA!

Com a expressão inalterada pela barulheira, ele se vira para mim.

– Vejo que só convidaram gente bonita – ele diz, e por fim abre um sorriso cheio de dentes, então todo mundo ri e aplaude.

Estendo a mão e, desta vez, sou eu quem transforma o aperto de mão em um abraço.

– Parabéns, cara.

– Então, como vai Londres? – pergunta Rothers.

Tanto ele quanto Megs têm um olhar de reverência em seus rostos. Estão obviamente torcendo pelo meu bem-estar – estão felizes demais para sentir inveja.

– Muito bem – digo, esperando que isso os satisfaça. Não quero pensar em Londres essa noite.

– O novo emprego vai bem?

– Sim, estou adorando.

Megs interrompe:

– Já aprendeu a usar o metrô?

– Ainda não – digo, forçando uma risada –, mas uma hora chego lá.

Rothers quer saber se tudo é tão caro quanto imaginam. Digo que sim.

– Quanto custa uma cerveja? – ele continua.

– Depende. É difícil conseguir uma bebida por menos de quatro libras.

Eles olham um para o outro, boquiabertos, e aproveito a pausa para pedir licença, dizendo que preciso me trocar e que nos veremos em breve.

A festa mal começou, mas o banheiro já fede. Vasculho as prateleiras e o peitoril da janela, em busca de um purificador de ar, mas não encontro nada.

Inspecionando meu rosto no espelho, vejo que Kev estava certo – pareço cansado. Meus lábios estão secos e sem cor, e uma mancha preta se formou sob cada olho. Forço um sorriso que produz grupos de rugas nas laterais do meu rosto. Elas não desaparecem de imediato. Pergunto-me se minha percepção está distorcida ou se é assim que as pessoas realmente me veem. Pela primeira vez na vida, me sinto velho.

Troco de camisa e faço a barba e no momento em que abro a porta há uma mulher apoiada contra a parede, esperando.

– Você deve ser o Alex – ela diz, estendendo a mão, e como vê que ainda estou inseguro, se apresenta. Eu devia ter imaginado, porque se alguma vez já houve uma garota que combinava com o tipo de Kev, é Diane: pequena, loira e com um peito que ameaça rasgar a parte de cima do seu torso.

– Ouvi muito sobre você – digo para ela. Ela realmente não parece o tipo de garota que coleciona globos de neve.

– Bem, não acredite em nada do que aquele pentelho diz – ela comenta, soltando o tipo de gargalhada que você ouviria em um filme da série *Carry On*.

Diane passa por mim, entra no banheiro e, quando estou me preparando para desviar de um grupo de garotas sentadas na escada, grita algo sobre o cheiro ruim, obviamente pensando que sou o responsável por ele. Vou explicar, mas sou interrompido por Kev.

– Acredita que ela fez isso por mim? – ele diz, engasgando um pouco. – Minha pequena Fledermaus.

– Fledermaus?

Ele assente, como se não fosse necessário dar nenhuma outra explicação. É só quando ele levanta o olhar e vê minha confusão que acrescenta:

– É como os alemães chamam os morcegos. É nosso apelido carinhoso.

Deixo para lá. Não seria certo acabar com o ânimo dele esta noite, não quando ele está tão feliz. E Diane realmente o deixou orgulhoso, chamando todos os amigos dele e decorando a casa com fotos de Kev ainda criança, para seu constrangimento e nossa diversão. Neste exato momento, ele está encarando uma foto dele e minha aos nove ou dez anos, antes que Holly se mudasse para Mothston. Estamos segurando redes de pesca e potes de geleia.

Kev parece confuso:

– O que estamos fazendo aqui?

– Bem, você está usando um agasalho verde-limão, para começar.

– Não vamos falar de moda, Noel. Por que essas redes e os potes?

– Estávamos tentando caçar fantasmas.

A lembrança leva um tempo para voltar à sua mente.

– Pegamos algum?

– Nenhum.

Pego a foto na mão e me pergunto como nos transformamos de crianças que caçavam fantasmas ao que somos agora. Eu mal me reconheço.

– Diane parece adorável – digo, tentando esquecer a foto.

– Ela é.

O Kev que eu conhecia teria enrubescido com uma conversa dessas, mas a única emoção visível em seu rosto é orgulho.

– Sabe quando percebi que a amava? – ele diz. É uma pergunta retórica. – Eu tenho um teste, e nenhuma outra passou, exceto Diane.

– Um teste?

– Eu imagino o cabelo delas caindo. Imagino-as careca, e penso comigo mesmo: se isso acontecesse, eu ainda iria querer ficar com ela? E, sabe o que, Alex? Eu ficaria. Eu ainda iria querer ficar com Diane. E se alguém encarasse sua cabeça brilhante, eu daria um soco nos dentes da pessoa.

Nunca ouvi Kev falar assim, e sorrio carinhosamente para ele enquanto voltamos para a festa. Não parece muito diferente das festas que as pessoas costumavam dar sempre que os pais saíam da cidade. Rothers e Megs ainda estão grudados no sofá, ainda perdidos em seu próprio mundo particular depois de todo esse tempo. Até os cheiros são os mesmos. Os cheiros dos perfumes de todos chegam a superar o cheiro dos doces e da carne quando os petiscos são servidos. Imagino que o cheiro da cerveja logo domine, e que no fim da noite estaremos protegendo nossos narizes do fedor de vômito no carpete.

O pensamento me faz ter um flashback. A noite em que dei carona para Holly e Ellie às 2h. Ellie tinha vomitado, e Holly tinha ficado com Dean Jones. Tento varrer a lembrança da mente. Passei a última semana fazendo todo o possível para não pensar em Holly, e não quero estragar a noite de Kev ficando sombrio.

– Meu pai acha que chegará lá pelas 21h30 – digo para me distrair. – Assim que a reunião dele terminar.

Kev balança a cabeça sorrindo.

– Não acredito que ele começou uma rebelião no clube náutico.

– Ele já tem três convertidos. Estão se reunindo no The Lion.

Rimos de nós mesmos, passeando de cômodo em cômodo, olhando tudo, e percebo que nem tudo é igual a quando éramos adolescentes. Alguém que aparecesse com uma bandeja de bebidas naquela época seria recebido como herói, mas aqui são recebidos apenas com um gemido. E quando uma música das Spice Girls começa a tocar, todo mundo comemora. Conheço só uma pessoa que teria comemorado na época. As saias são mais longas também, as bolsas, maiores e mais práticas, e ninguém está tentando ficar com ninguém, até onde posso supor.

Todo mundo pergunta sobre Londres, e cada vez fica mais difícil mentir sobre tudo ser um mar de rosas. Talvez Kev perceba que algo está me incomodando e é por isso que ele insiste para irmos lá fora. Ele diz que quer me mostrar o tanque de peixes que finalmente construiu depois de anos prometendo que faria.

Passamos por baixo do varal, na direção da estrutura de tijolos que se levanta a sessenta centímetros de altura.

– Então já falamos sobre minha vida amorosa? – ele diz, apontando para a camada de polietileno, que aparentemente é menos propensa a vazamentos do que uma combinação de tijolo e seladora. – E sobre a sua?

Estremeço no frio.

– Quantos peixes você colocou aqui?

– Quatro. Duas carpas e dois kinguios. Como está Melissa?

– As carpas não comem os kinguios?

– Só se forem kinguios bebês, mas Torvill e Dean conseguem se virar sozinhos.

– Torvill e Dean?

– Eles dançam, Alex. Você precisa ver quando deslizam juntos pela água. É uma coisa linda.

Olho para ele com carinho. Talvez eu tenha sido duro demais com ele ao longo dos anos. Acho que ele é como um par de sapatos que irritava porque eu usava todo dia. Precisei deixá-los de lado um tempo para perceber que, na verdade, são bem confortáveis. Ou talvez seja apenas o efeito de Diane. De qualquer modo, sua vida seguiu em frente desde que saí de Mothston, enquanto a minha regrediu.

– Tire esse olhar do rosto e responda à minha pergunta, ok?

– Não falo com Melissa há mais de uma semana – sinto uma gota de chuva na testa. – Devíamos entrar.

Kev não se mexe.

– Por que não estão se falando?

Faço uma pausa. Kev espera.

– Ela acha que gosto de Holly.

– E gosta?

– Por que não consigo ver nenhum peixe?

– Estão se escondendo. Não gostam de Spice Girls. Agora responda à minha pergunta.

Sentamos na lateral do tanque e, incapaz de guardar aquilo comigo por mais tempo, tudo sai. Kev não diz nada por décadas, o queixo apoiado no punho.

– Você não a convidou para sair?

Quando não ofereço uma resposta, Kev abre os braços como se estivesse prestes a dizer o óbvio.

– Você é um cabeção estúpido, sabia?

– Você não sabe de nada, Kev.

– Sei que Holly gosta de você.

Eu me levanto, coçando a nuca de frustração.

– Você sabe que ela gosta de mim?

– Ela me disse.

Rejeito suas palavras com uma gargalhada.

– E quando ela disse isso para você exatamente?

– No pub, quando fui a Londres. Ela me disse que estava com ciúmes de você e Melissa.

Dou as costas para ele, segurando o varal e inclinando meu peso nele até que fique esticado.

– Você está falando besteira, cara.

– Vi com meus próprios olhos, Alex. Vi no rosto dela. Estou dizendo para você, Holly gosta de você.

– Então por que ela foi me ver para dizer que queria viajar?

– Já pensou na possibilidade de ela querer que você lhe desse um motivo para não ir?

Solto o varal e volto ao tanque.

– Por que há tantas plantas aí?

– Elas fazem sombra na água, impedem as algas de ficarem fora de controle. E filtram toxinas para que Torvill, Dean, Reggie e Ronnie não engasguem até a morte.

Kev não pestaneja nem desvia os olhos dos meus.

– Como se eu fosse recusá-la.

Kev dá de ombros em resposta. *Ok, se é o que você acha*, o gesto quer dizer.

– Ela sabe o que é o quê – argumento. – Ela sabe que eu a amo. É tão óbvio.

Mais uma vez, Kev não diz nada, voltando a atenção na direção da janela da cozinha, onde Diane pode ser vista segurando uma lata de cerveja que forma espuma quando o lacre é aberto. Deve ter jogado espuma por todo lado, porque todo mundo na cozinha está gritando.

– É exatamente o mesmo que aconteceu no ensino médio, Holly me dizendo que não nos veremos por décadas, fugindo, se esquecendo de tudo o que vivemos, na verdade.

O rosto de Kev se volta rapidamente na direção do meu.

– As coisas não são sempre o que parecem, cara.

– O que quer dizer?

Ele olha para o tanque, apontando alguma coisa com o indicador, o braço se movendo no ritmo do que quer que seja que eu supostamente estou vendo. Tudo o que consigo enxergar é uma onda na superfície da água.

– É como *New York, New York.* Algumas vezes acontece, e eu sorrio, mas antes que Sinatra comece a cantar eu percebo que não é *New York, New York*, mas o tema da série *Steptoe.*

Cubro os olhos com as mãos, passando os dedos pelo rosto desanimado, esticando a pele até que fico parecendo um palhaço triste.

– O que estou dizendo é que ela foi ver você antes de ir para a universidade, e vocês falaram o que quer que tenham falado, mas não tenho certeza se seu relato daquele dia combinaria com o de Holly.

Estou ficando bravo agora, e luto para esconder isso. Que raios ele sabe sobre o que aconteceu naquela época? Só Holly e eu estávamos naquele quarto.

– Acho que você devia calar a boca, Kev. Está falando sobre coisas a respeito das quais não sabe nada.

– Não, cara, você devia me ouvir pelo menos uma vez na vida, porque sei mais do que você pensa, e nunca disse nada porque prometi para Holly que não diria, mas como claramente nenhum de vocês vai ser honesto com o outro, acho que é a hora...

Capítulo 36

HOLLY
Setembro de 1999

Sento no banco do passageiro, trêmula, enquanto Kev tamborila com os dedos no volante. Depois de um tempo, abaixo a viseira do carro para me olhar no espelho. As lágrimas deixaram sua trajetória no pó compacto em minhas bochechas e feias manchas de rímel ao redor dos olhos. Mechas bagunçadas de cabelo estão coladas na minha testa com suor e percebo que o lado direito do meu colarinho está mais alto do que o esquerdo. Puxo a parte de baixo da minha camisa. O lado esquerdo está mais comprido. Abotoei a camisa errado.

Pego um elástico da bolsa, seguro o cabelo de qualquer jeito no alto da cabeça e o prendo apertado.

Kev olha para mim, então estende a mão até o porta-luvas, pega uma caixa de lenços e a coloca gentilmente no meu colo.

– Então – ele diz, depois que seco o rosto –, vai me dizer o que está acontecendo?

Eu estava muito mais bêbada e muito mais feliz algumas horas antes.

– Adoro essa música – gritou Ellie quando o som de *A Little Bit of Luck* abriu caminho da casa até o jardim. Ela agarrou minhas mãos e me puxou para ficar em pé, cantando e derramando meu copo de plástico de Turbo Shandy pela grama.

Várias outras pessoas se juntaram a nós para dançar, e três minutos observando os meninos colocarem em prática seus melhores passos me fizeram gargalhar até cair no chão novamente.

– Ah, não vá para a universidade – Ellie choramingou pela centésima vez, sentando ao meu lado. – Sentirei sua falta.

– Sentirei sua falta também – rio, apontando para ela embriagada. A mãe e o padrasto dela estavam visitando amigos em Sheffield, então Ellie se ofereceu para dar uma festa de fim de verão antes que todo mundo conseguisse emprego ou fosse para a universidade. – Mas você pode ir e ficar comigo em Londres. E eu voltarei para Mothston várias vezes para visitar você, Dean e todo mundo.

– Então, você e Dean vão tentar a coisa a distância ou o quê? – ela perguntou.

– Não sei – era verdade, eu não sabia. Quem sabia como cada um de nós se sentiria uma vez que estivéssemos separados? Não adiantava me preocupar com isso, eu pensava. O que será será. – Veremos o que acontece.

– Mesmo assim, está pensando em transar com ele antes de ir embora?

– Sim – dou uma risadinha tímida.

– Até que enfim... você é virgem, tipo, *a vida toda*.

Ellie esteve com quatro garotos desde que perdeu a virgindade há um ano. Nenhum deles era seu namorado.

– Falando do diabo... *Dean*! Por aqui!

Dean andava pelo jardim e se aproximou com o grito de Ellie.

– Bem, deixarei os dois pombinhos – ela disse, ficando em pé. – Ah, e sintam-se à vontade para usarem o quarto de hóspedes se quiserem alguma privacidade.

Ela deu uma piscadela superindiscreta, fazendo-me corar e Dean dar uma gargalhada, e afastou-se para dentro da casa.

– Holly? – o rosto de Kev é uma mistura de preocupação e impaciência, e percebo que estou sentada aqui, olhando pela janela, há décadas. Então apoio a cabeça no vidro e começo a falar.

Nós nos beijamos por muito tempo no quarto. Seu hálito tinha gosto de cigarro e cerveja, e isso estava me deixando enjoada. Fiquei esperando por uma sensação – algum tipo de excitação que me fizesse querer fazer mais do que apenas beijar. Mas ela nunca veio. Eu me sentia nervosa e cansada. E isso me atingiu. Eu não queria fazer aquilo.

– Dean?

– Caramba, você é linda – ele murmurou contra meu pescoço.

– Acha que podemos apenas deitar abraçados ou algo assim?

– Claro – ele suspirou, puxando-me para mais perto e me segurando ali. Então suas mãos começaram a percorrer meu corpo.

– Dean, espere.

– Holly, confie em mim – ele sussurrou no meu ouvido. – Quando quiser parar, é só falar.

Ele cobriu minha boca com a dele. Eu me senti sufocada.

– Dean, eu...

– Relaxe – ele disse, começando a desabotoar minha camisa de seda preta desajeitadamente. Cobri sua mão com a minha para detê-lo, mas ele segurou meu braço sobre minha cabeça e continuou com uma mão, arrancando o último botão, fazendo-o saltar e aterrissar no chão.

– Ops – ele riu, sem fôlego. Então começou a apertar meus peitos, alternando entre os dois. Tentei entrar no clima. Eu meio que gostei das vezes que suas mãos escorregaram sob meu sutiã, quando nos beijamos antes. Mas isso era diferente. Parecia estranho. Fez meu estômago se apertar e uma onda de náusea me percorrer, coisa que não tinha nada a ver com o tanto que eu tinha bebido.

– Dean – sussurrei de novo. Eu podia ouvir vozes no corredor do lado de fora do quarto. Um dos meninos estava recitando as instruções para um jogo de beber. Eu não queria que ninguém ouvisse o que estava acontecendo –, eu realmente acho não que posso...

– Shhhhh – ele sussurrou gentilmente, enterrando a cabeça no meu peito. – Você é tão sexy, Holly – sua mão estava na minha saia jeans e agora na minha calcinha, que ele puxou até metade da coxa. – Você vai gostar se relaxar.

Sua mão se arrastou para cima novamente, os dedos procurando. Tentei relaxar. Eu me sentia culpada. Eu fizera Dean pensar que estava pronta. Vim para o quarto com ele e o deixei me beijar e me tocar. Mas o toque dele era desajeitado e não estava fazendo com que eu gostasse daquilo.

– Dean, talvez devêssemos parar... não parece certo – sibilei, enquanto uma garota no corredor gritava "*ainda* não entendi", enquanto quatro ou cinco outras riam, e o menino começou a repetir as regras.

– Shhh – ele repetiu. – Pare de agir como criança, Holly.

Ele estava certo? Eu estava agindo como criança? Talvez fosse normal se sentir assim na primeira vez.

Mas então ouvi ele abaixar o zíper de sua calça e meu corpo se entorpeceu de medo.

– Dean, eu não quero fazer isso – pressionei a palma da mão em seu peito e o empurrei gentilmente. – Por favor, podemos parar?

O que veio a seguir é um borrão. O breve alívio quando a mão dele se afastou, um coro de vozes gritando em uníssono "vira, vira, vira" do lado de fora da porta, minha raiva sendo substituída por medo, uma dor aguda. Deixei meu corpo amolecido e parei de tentar empurrá-lo.

Não contei tudo para Kev. Só um resumo. E quando terminei, virei-me para olhá-lo pela primeira vez. Seus olhos estavam do tamanho de pires de chá, e então ele abre a boca como se quisesse dizer algo, mas nenhuma palavra sai. Não sei por que contei para ele. Kev e eu nunca fomos tão próximos, e eu nunca confidenciei nada antes. Mas eu precisava contar para alguém, e do momento em que subi no seu carro, senti que se Alex confiava em Kev, eu também podia.

Kev desvia o olhar de mim, olhando o para-brisa. Agarra o volante como se estivesse dirigindo, embora o motor esteja desligado.

– Que merda, Holly. Quer dizer que ele...

– Não, não. Quero dizer... não sei – suspiro, esfregando as têmporas.

– Quer que eu chame a polícia?

– Deus, não. Eu nem saberia o que dizer, como explicar adequadamente.

– Quer que eu entre lá e acabe com a raça dele?

Sorrio levemente pela primeira vez.

– Não, está tudo bem.

– Tem *certeza* de que não quer que eu chute a bunda dele?

Aceno com a cabeça. Então coloco o rosto entre as mãos e choro. Kev me deixa, esticando o braço para dar tapinhas desajeitados no meu ombro, de seu assento, mas não se aproxima.

– Ah, Kev, eu sou uma maldita idiota. Por que fui até lá? Dean não dá a mínima para mim. Nenhum deles dá.

– Se está esperando que eu discorde que seus amigos são todos um bando de babacas – Kev diz após uma pausa –, esqueça.

– Não estou – suspiro. – E eles não são meus amigos. Não mais.

– Ei, quem quer que esteja vomitando aqui, é melhor estar na privada – Ellie gritou, batendo com força na porta.

Limpei a boca e me levantei para abrir a porta, trancando-a novamente depois que Ellie entrou.

– Ah, é você. Maldição, Hols... você está horrível.

Eu estava prestes a responder quando uma nova onda de náusea me atingiu e me dobrei sobre a privada novamente, vomitando com força, até que nada sobrou em mim, e era apenas bile estomacal que eu derramava no vaso.

– Não era para você vomitar – Ellie riu, segurando meu cabelo para trás. – Esse é meu truque em festas.

Confiante de que não havia nada mais para colocar para fora, abaixei a tampa do vaso e me sentei sobre ela, segurando a cabeça entre as mãos.

Ellie abriu uma bolsa de maquiagem no armário do banheiro e começou a aplicar pó bronzeador no espelho sobre a pia.

– Entããããão... – ela sorriu – você e Dean fizeram ou não? – Olhei para ela e tentei decidir o que dizer. Normalmente, eu diria que ela estava colocando muito pó bronzeador, e que estava mudando de etnia diante dos meus olhos, mas parecia um pouco irrelevante a essa altura.

– Mais ou menos – sussurrei.

– Mais ou menos? – ela gargalhou, guardando o pó bronzeador na bolsa e pegando um batom. – Ou você fez, ou não. Ugh, você não vomitou em cima dele, vomitou?

Neguei com a cabeça.

– Ele chegou a enfiar tudo?

– Sim, enfiou. Não foi o que quis dizer com mais ou menos – respirei profundamente. – Eu não *queria*.

– Sim, você queria. Vi vocês indo juntos para o quarto.

– Eu sei, mas eu disse para ele que não estava pronta. Ellie, eu... eu disse não. Pedi para ele parar.

Eu a observei no espelho para ver sua reação. Sua mão parou diante da boca por um milésimo de segundo, mas ela continuou passando o batom rosa-claro nos lábios.

– Você escutou o que eu disse? Ele...

– Realmente não vejo qual é seu problema – ela disse, dando meia-volta para olhar para mim e fechando o batom.

– O que quer dizer?

– Então você trepou com seu namorado. Grande coisa. Dói um pouco na primeira vez. Mas fica melhor depois. Eu sei, já fiz quatro vezes.

– Mas eu não queria fazer.

– E daí? Está dizendo que ele estuprou você?

– Não tenho certeza.

– Holly, Dean Jones é um *gato*. Ele poderia ter qualquer garota aqui. Ele não precisa estuprar ninguém. Se está arrependida por ter feito com ele, deixe para lá. Você precisava perder a virgindade em algum momento.

– Ellie!

– O quê? Não sei o que esperava que eu dissesse. Você só está arrasada.

Ela pareceu irritada.

– Você está perdendo tempo – ela girou nos calcanhares para partir. – Ah, e não vomite no carpete, ok? – disse enquanto saía pela porta. – Minha mãe me *mataria*.

– Alex é meu único amigo de verdade, sabia? – digo para Kev.

– Sim, bem. Aquele garoto faria qualquer coisa por você.

– Eu sei. E é por isso que preciso vê-lo. Preciso dizer a ele como me sinto.

– O que quer dizer?

Deixei o banheiro e cambaleei escada abaixo, ignorando todo mundo, e saí da festa sem me despedir de ninguém.

Precisava ir para casa. Minha configuração padrão dizia que logo eu estaria ligando para o número de Alex no celular que meu pai comprara para minha mãe uma semana antes, e que minha mãe me dera, declarando ofendida que nunca ia a lugar nenhum mesmo. A ideia de ver Alex era como um farol inesperado em uma imensidão de merda.

Queria tanto que ele estivesse ali que doía.

Ele cuidava de mim. Ele me fazia rir. Fazia com que me sentisse segura e feliz. Era o que eu amava nele.

Eu amava Alex.

Amava tanto que minhas entranhas doíam.

Por que eu simplesmente não liguei para ele em vez de jogar esse joguinho estúpido com esses babacas? Eles agiam para o resto da escola como se fossem um grande grupo de melhores amigos, mas pelas costas falavam mal um do outro e roubavam os namorados uns dos outros.

Alex era a única pessoa em quem confiava, e a única pessoa que me importava, e precisava vê-lo agora.

O telefone tocou. Ninguém atendeu. Vamos lá, Alex, atenda, rezei silenciosamente. Deixei tocar até cair, então tentei novamente. Ainda nenhuma resposta.

Meus olhos se encheram de lágrimas de frustração. Ele nunca deixou de me atender antes. Certa vez me disse que, se sabia que eu tinha saído, deixava o telefone bem perto do ouvido para que pudesse ouvi-lo tocar se estivesse dormindo.

Kev! Imaginei que Alex devia estar com ele, e Kev ganhara um celular também, graças a Deus. Procurei nos meus contatos e liguei.

– Alô – veio a resposta grogue.

– Ei, é Holly.

– Holly? – ele não escondeu a surpresa com minha ligação. – O que aconteceu?

– Alex está com você?

– Ah, âhn – ele disse, quase feliz. – Não, temo que não.

– Ah, merda – minha voz falhou. – Eu realmente preciso dele, Kev.

– Tem algo errado? Está chateada?

– Não, não é isso – solucei no telefone. – Aconteceu uma coisa e eu... eu realmente preciso do Alex.

– Caramba, Holly. Onde você está?

– Acabo de sair da casa de Ellie... estou na esquina da rua dela. Mas não posso voltar e... eu só preciso do Alex.

– Fique onde está, vou buscar você. Sei onde Ellie mora... estarei aí em menos de dez minutos.

– Preciso dizer a ele como me sinto – repito.

– Você está chateada – Kev balança a cabeça. – E sua cabeça está confusa depois do que aconteceu esta noite.

– Não estou... vomitei até a última gota do que bebi, e minha mente nunca esteve mais clara. Não há ninguém com quem prefira passar o tempo, ou alguém que eu fique tão ansiosa para ver, ou para quem prefira contar as coisas. Me sinto assim há décadas.

– Então por que estava saindo com Dean?

Eu recuo ao som de seu nome.

A verdade é que Dean fazia com que eu me sentisse especial. Como Ellie diz, ele podia ter qualquer uma, e me escolheu. Eu me sentia sortuda.

– Achei que ele fosse legal – sussurro rouca, dando de ombros e me sentindo envergonhada.

Kev balança a cabeça e olha pela janela.

– Por favor, não conte nada disso para Alex – imploro. – Preciso contar para ele do meu jeito. Kev? Por favor, prometa que nunca contará para Alex que tivemos essa conversa?

– Por que não me deixa contar para ele? – ele diz, virando-se para me olhar. – Seria menos embaraçoso para todo mundo. Então se ele quiser ligar para você e retribuir o que puder, mas se ele não...

Kev não termina, mas as palavras não ditas ficam soltas no ar. Ele sabe que Alex não está interessado? É porque ele não quer que eu faça papel de boba?

– Obrigada, Kev – digo, mais decisiva do que me sinto –, mas realmente acho que preciso contar eu mesma.

– Tudo bem – ele diz mal-humorado, ligando o motor –, mas não tente ligar para ele novamente esta noite porque se ele sentir o mesmo que você, você só vai partir o coração do rapazinho se acordar amanhã e perceber que só quer ser amiga dele.

– Tudo bem – digo, recostando-me no assento e deixando minhas pálpebras se fecharem sonolentas. – Eu prometo, mas não vou mudar de ideia.

– Veremos – ele franze os lábios, em dúvida. – Certo, deixe-me levá-la para casa.

Quando acordo na manhã seguinte, sinto-me diferente.

É certo que não o tipo de "diferente" que estava planejando. Não o diferente tipo feliz/primavera em meu caminho/vendo o mundo com novos olhos.

Mas sei o que preciso fazer.

Capítulo 37

ALEX
Setembro de 2010

Espero na plataforma um na estação Mothston. O café ainda não abriu e as persianas ainda estão fechadas no quiosque de passagens. Por quase dez minutos, estou totalmente sozinho, apenas com as palavras que Kev proferiu na noite passada como companhia.

Primeiro fiquei bravo. Como ele pôde esconder algo assim de mim por todos esses anos? Mas depois, enquanto tentava sem sucesso dormir no sofá dele, percebi que ele só estava fazendo o que era certo para Holly. O verdadeiro imbecil fui eu por não ter estado lá quando ela mais precisou de mim. Eu e o maldito Dean Jones. A fúria se agita dentro de mim com o pensamento do que ele fez. Não é de estranhar que ela nunca tenha voltado a Mothston; não é de estranhar que a Holly adulta que encontrei quando me mudei para Londres não era a mesma despreocupada que conheci na escola.

Depois de quase dez minutos de espera solitária, um pombo com excesso de peso executa um pouso desajeitado no concreto, e a lembrança que desaparecera se torna vívida mais uma vez: esperando meu primeiro e único encontro com Fiona, a vegetariana, bem aqui na estação há alguns meses.

Lembrando o que vi na ocasião, caminho pela plataforma na direção da área de embarque. Não sei por que me importo, mas me importo. Uma vez lá dentro, olho para o teto de vidro e para o universo fecal que notei da primeira vez, há nove meses, mas ele não está ali. O teto foi limpo. Fico parado ali, encarando o céu matutino através do vidro, pensando no dia em que Holly foi me ver, antes da universidade, em como estraguei a chance de ficarmos juntos.

Em York, embarco em um trem para King's Cross e encontro um assento sem ninguém por perto. O cansaço toma conta de mim enquanto o trem começa a correr pelo interior e, depois de uma parada em Doncaster, encontro um banheiro onde jogo água no rosto antes de examinar minha pele gotejando no espelho. Quão diferente teria sido minha vida se eu soubesse naquela época como Holly se sentia? Se eu não tivesse aceitado o conselho de Kev de "ficar ausente" e não tivesse ignorado o telefone quando ele tocou naquela noite? Holly e eu seríamos como Rothers e Megs, ainda doentiamente felizes? Haveria uma coleção de pequenos Alex e Hollys?

Não importa agora. Isso tudo está no passado, e hoje o que importa é meu futuro. Nosso futuro.

Ela ficará confusa no início, é claro. Mas o olhar em meu rosto dirá a ela por que estou ali. E, se não disser, eu falarei sem rodeios: *amo você, Holly Gordon*. Nós nos abraçaremos, bem ali na porta dela, e então entraremos e conversaremos, e eu pedirei desculpas por tudo, por tentar fazê-la sentir ciúmes de Jane quando ela veio me dizer como se sentia, por não ouvi-la quando ela precisava que eu a ouvisse, e por cometer exatamente os mesmos erros há uma semana. Construo um monólogo em minha mente, ajustando, apagando e começando novamente enquanto borrões verdes e marrons do campo passam pela minha janela.

Não tenho certeza de quanto tempo se passou quando me assusto com uma mão em meu ombro. Abro os olhos e percebo que caí no sono. O trem está parado e a única pessoa no meu vagão é um homem magro e alto usando um uniforme azul. Examino a placa com seu nome e vejo que ele é Michael, o gerente do trem.

– Nosso destino – diz Michael, inclinando a cabeça e olhando pela janela para a plataforma.

Peço desculpas e pego minha mala, então esfrego o sono dos olhos e sigo meu caminho pela King's Cross. Embora ainda seja relativamente cedo, há muitas pessoas ao redor, aqui em Londres, em um sábado de manhã, e nenhuma delas sabe quem sou eu ou o que estou prestes a fazer. Quando pego um lugar na Northern Line, parte de mim está desesperada para que alguém faça contato visual, que inicie uma conversa, para que eu possa confidenciar tudo. Mas é claro que ninguém faz isso. Aqui não é Mothston. As coisas são diferentes em Londres.

O metrô me leva pelo trajeto final até Blackheath, onde passo meu cartão de transporte no círculo amarelo e começo a seguir até a rua. É uma bela região – uma pequena vila dentro de Londres com uma imensa charneca no meio que significa que não é um lugar tão entupido quanto o resto da cidade. Posso ver por que Holly gosta de morar aqui.

Ao ver um buquê de girassóis à venda na calçada, ajo por instinto e entrego uma nota de dez libras para o homem da loja antes de retomar minha caminhada, sentindo meu coração bater. Inspiro profundamente enquanto espero para cruzar a rua, lembrando a mim mesmo o que Kev me contou na noite passada. Holly me ama. Sempre me amou. Isso não me deixa menos nervoso.

Os dias que mudam tudo em geral passam por você. Você não percebe que mudaram tudo até mais tarde. Como naquele dia no The Lion, quando meu pai revelou que ia comprar um barco, ou quando Holly veio me ver antes de partir para a universidade. Mas agora, enquanto vivo o dia de hoje, sei que vai mudar minha vida para sempre.

Espero que um táxi preto passe e cruzo a rua antes de seguir pela Montpellier Row. A rua de Holly. À minha direita está um hotel com uma placa onde faltam algumas letras. Ho el Clarend n. É meio como vai ser. Estou indo encontrar minhas letras perdidas.

Minhas mãos estão trêmulas quando deixo a calçada e sigo o caminho que leva ao apartamento de Holly. Paro por um segundo, inspiro novamente e coloco o dedo na campainha. Não há volta agora.

O calor do sol da manhã nas minhas costas é um lembrete de que o inverno ainda está a um ou dois meses de distância. Embora esteja mais quente do que ontem, meus dentes rangem, e minha mente está vazia de qualquer pensamento coerente. De repente, não sou capaz de me lembrar de todas as frases que construí durante a jornada e, embora meu coração esteja batendo, minhas mãos estejam tremendo, meus dentes estejam rangendo e um suor tenha começado a consumir meu corpo, não importa.

Sei que tudo vai ficar bem.

Ouço passos e uma mão na porta. Levanto os girassóis, pronto para entregá-los caso não encontre palavras. Não acho que já me senti tão nervoso na vida, mesmo que seja Holly. A adorável, gentil, linda, espírito livre que é...

A porta se abre. Não é Holly.

Parado diante de mim está um homem usando um suéter sem mangas e camisa. Como eu, ele parece confuso. Olhamos um para o outro por alguns segundos.

– Alex...

– Senhor Gordon...

Percebo que o senhor Gordon estendeu a mão para me cumprimentar desde que abriu a porta. Ofereço um aperto de mão frouxo, procurando atrás dele por um sinal de Holly.

– É bom ver você, Alex, mas se é Holly a quem veio ver, então temo que a perdeu por um segundo – a senhora Gordon vem até a porta, manchas de rímel ao redor dos olhos. O senhor Gordon coloca uma mão reconfortante ao redor do ombro dela. – Ela partiu em um táxi há poucos minutos – ele diz. – Estamos quase indo embora também, assim que colocarmos Harold na caixa de transporte.

Minha mente luta para computar o que está acontecendo, e tudo o que posso pensar em dizer é:

– Para onde estão levando Harold?

A senhora Gordon solta um soluço profundo, enterrando o rosto no ombro do marido.

– Holly não contou para você que ia viajar? – pergunta o senhor Gordon.

A excitação e a ansiedade que sinto desde que descobri que Holly me amava, na noite passada, são repentinamente substituídas pelo pânico total. Nunca passou pela minha mente que ela arrumaria tudo tão rápido.

– Qual aeroporto? – digo, afastando-me da porta.

Não tenho certeza se agradeci ao senhor Gordon pela ajuda ou não. Volto pela Montpellier Row, procurando um táxi que me leve para Heathrow, e quando um para alguns minutos mais tarde e sento no banco de trás, digo um obrigado silencioso aos céus.

– Que terminal, amigo?

O motorista ajusta o volume do rádio para um tamborilar baixo, liga o taxímetro e começa a acelerar em primeira. Depois de alguns segundos, ele olha pelo retrovisor, pedindo uma resposta. Um sorriso escapa de meus lábios pelo ridículo da situação, como minha vida se tornou uma comédia romântica.

– Descobrirei no caminho.

Percebo o que isso quer dizer: terei que ligar para Holly e perguntar em que terminal ela vai embarcar, e embora isso se encaixe mais na comédia do que no romance, está tudo bem. Posso dizer a ela que estou indo para o aeroporto e que explicarei tudo quando chegar lá.

Pego o celular, a mão ainda trêmula, e me obrigo a fazer isso. Pressiono o polegar contra o nome dela e a linha fica em silêncio pelo que parece um mês, enquanto os satélites e as antenas fazem sua parte. O motorista muda de marcha e o motor relaxa. Meu coração está disparado. Por fim a ligação se completa.

Não é possível completar sua chamada. Por favor, tente mais tarde.

Termino a ligação e resolvo tentar novamente quando estivermos mais perto do aeroporto. Há bastante tempo.

Os olhos do motorista se alternam entre a rua e o retrovisor de novo.

– Vai para algum lugar bonito? – ele pergunta, e fico grato pela distração da excitação e da ansiedade que voltaram.

– Vou encontrar alguém, na verdade – respondo, guardando o celular no bolso.

– Sua namorada, é?

Sorrio com a ideia.

– Ainda não, mas estou otimista.

Pegamos uma ponte pelo fluxo cinza ardósia do Tâmisa. À nossa direita está o Palácio de Westminster. No fim da ponte, entramos à esquerda, na direção de South Kensington.

– Então – o motorista retoma a conversa –, esta garota vale todo o trabalho, é?

Penso novamente nos últimos cinco meses, em nossas mãos se tocando no pub, nela cantando no parque, no pé dela deslizando pelo sofá. Mas não tenho chance de responder.

– Minha ex-esposa não valia – ele diz, então usa a língua para tirar um pedaço de comida do meio dos dentes da frente. – Senti cheiro de pós-barba nela uma vez, e sabe o que ela disse? Disse que era porque tinha dado uma passada rápida na farmácia.

Tento manter a aparência de leve interesse enquanto lembro como foi por fim beijá-la. Ligo para Holly de novo.

– Pode acreditar nisso? Ela tentou me dizer que estava procurando um novo pós-barba para comprar para mim. Deve ter sido a primeira vez em vinte anos.

Não foi possível completar sua chamada. Por favor, tente mais tarde.

– Como eu digo, com frequência ficamos melhores sem elas – o motorista acelera por uma rua de acesso até a estrada, mas nem bem pegamos velocidade e somos obrigados a reduzir pela metade por causa do trânsito. – Sabe qual a maior diferença entre homens e mulheres? – o táxi agora está parado, permitindo que o motorista olhe pelo espelho esperando uma resposta.

– Por que não estamos nos movendo?

– Toalhas dobradas – os olhos do motorista refletidos no espelho encontram os meus, demonstrando curiosidade. – As mulheres querem todas as toalhas da casa dobradas, e os homens não dão a mínima.

Imagino como seria viver com Holly. Provavelmente eu reclamaria das toalhas desdobradas.

Pego o telefone do bolso mais uma vez, e escrevo uma mensagem para Holly.

– O trânsito costuma ser assim?

– Fico surpreso que ela não tenha mencionado isso nos papéis do divórcio... estresse causado por toalhas desdobradas.

Eu me obrigo a recostar o corpo.

– Acha que foi algum acidente? Por que estamos parados nesta hora em um sábado de manhã?

Outra gargalhada.

– Você não é daqui, é?

Olho para o céu, onde um amontoado de nuvens escuras ronda como um valentão de playground. Quinze minutos se passam e ainda nada de resposta de Holly.

– Quão longe é a próxima estação de trem? – pergunto, preocupado que logo Holly embarque.

– Southall, provavelmente – o motorista funga, apontando para a fileira de carvalhos que margeiam a estrada. – Uns dois quilômetros e meio, no voo de um corvo. Mas se você é humano, não um corvo, terá que andar até o próximo cruzamento e depois dar a volta. Deve levar uns quarenta e cinco minutos, eu diria.

Quarenta e cinco minutos até a estação, menos se eu correr, mais uns quinze minutos no trem – e isso se ele chegar logo. Mas nem mesmo sei em que terminal preciso ir. Por que ela não responde? Mesmo se isso não for o que ela quer, certamente responderia, dizendo para eu não ir. Decido esperar no táxi, rezando para que Holly esteja presa no trânsito também.

Fecho os olhos e apoio o rosto nas mãos, resolvido a não levantar o olhar até sentir o carro em movimento mais uma vez. Não tenho certeza de quanto tempo se passa até que noto o boletim de trânsito no rádio.

– Aumente o volume, por favor – peço, abrindo os olhos.

O motorista ajusta o volume. Algo sobre um derramamento de carga. Relatos de vegetais congelados espalhados em ambas as faixas de rolagem. A polícia espera reabrir a pista em aproximadamente uma hora. Seguro um grito de frustração e saio do táxi para ver com meus próprios olhos a fila de carros parados que se estende até onde consigo enxergar. Examino as cores e as formas dos carros em cada uma das três faixas, mas não consigo ver outro táxi que possa estar levando Holly ao aeroporto.

No céu à minha direita percebo um avião de passageiros em decolagem. Ele desaparece atrás de um conjunto de torres, reaparecendo um segundo mais tarde, seguido por uma trilha de fumaça branca, seu progresso parecendo lento a distância. Digo a mim mesmo que Heathrow é um dos aeroportos mais movimentados do mundo, que centenas de aviões levantam voo em suas pistas a cada dia, que as chances de Holly estar a bordo deste avião são mínimas, mas ainda sinto como se o piloto e sua equipe estivessem levando nuvens adentro uma parte de mim: a esperança.

Tenho vontade de esmagar alguma coisa, para liberar toda minha frustração por ter estragado tudo de novo, e a única coisa à mão são os girassóis. Quando acabo, caio de joelhos no chão duro e percebo que todo mundo preso no engarrafamento voltará para casa esta noite e contará para seus maridos e esposas sobre o homem maluco que destruiu um ramalhete de flores contra o asfalto. Então as lágrimas começam a correr, pois enquanto estiverem fazendo isso, eu estarei sozinho quando deveria estar com Holly. Tento mais uma vez desesperadamente ligar para ela, mas a voz fria e mecânica confirma o que já sei: que a vida não é uma comédia romântica; que cheguei tarde e que é tudo minha culpa; e que, no final das contas, esse não vai ser um dia que mudará tudo.

Mensagem de Alex para Holly
Estou a caminho do aeroporto. Amo você e sinto muito. Explicarei tudo quando chegar aí. xx

Mensagem de Alex para Holly
P.S. em que terminal você está? xx

Mensagem de Alex para Holly
Preso em um engarrafamento na M4. A que horas sai seu voo? xx

Capítulo 38

HOLLY

Gosto de crianças. Gosto muito. Dito isso, se a menininha sentada atrás de mim continuar a chutar minha poltrona durante todo o voo, ela será vendida para traficantes de crianças durante a escala em Abu Dhabi.

Na verdade, eu devia aproveitar a distração. Porque enquanto estiver concentrada nisso, não pensarei no fato de que estou prestes a embarcar em uma viagem sozinha, sem nenhum plano concreto, por tempo indeterminado.

– Senhoras e senhores, aqui é o piloto falando. Em nome da equipe de bordo, peço que voltem sua atenção enquanto revisamos os procedimentos de emergência. Há seis saídas de emergência neste avião...

Meus olhos seguem ávidos para as saídas de emergência. Por quê? Eu (mentalmente) me esbofeteio e (fisicamente) relaxo o corpo no assento. Eu quero fazer isso.

Mesmo que meu pensamento fosse "O QUE DIABOS ESTOU FAZENDO?" durante todo o tempo em que rasgava meu plano de viagem, continuei picando até que os pedaços ficaram pequenos demais para serem colados.

Depois que encerrei o telefonema de Richard sem dizer a ele categoricamente que estava tudo acabado entre nós e sem insistir que eu tinha cem por cento de certeza de querer viajar, eu podia ter morrido de autodesprezo.

Por que eu estava à beira de considerar trocar minha aventura de viagem iminente por uma coabitação doméstica, só porque o potencial coabitante tinha estalado os dedos?

A percepção de que eu me afastara tanto de quem costumava ser me assustou. A vida era divertida quando eu era espontânea e despreocupada, mas em algum momento da trajetória eu desenvolvi uma necessidade irracional de estar no controle. E o pior de tudo é que, quando olho para os últimos anos, tive cada vez menos controle da minha vida.

Mesmo que, no fundo, eu sempre soubesse que meu desespero para fugir de Mothston e das pessoas de lá era por causa daquela noite horrível com Dean Jones, não era ele quem eu culpava. Era a mim mesma – por me deixar entrar naquela situação em primeiro lugar. Dean não devia ter feito aquilo, e Ellie não devia ter me feito pensar que era tudo minha culpa, mas não eram eles que eu odiava.

Admito que tive CERTA satisfação ao ouvir de minha mãe que Dean se ressentia de seu trabalho como vendedor de estufas por telefone quase tanto quanto se ressentia de sua namorada desempregada. Além disso, quando minha mãe mencionou, há alguns anos, que visitara uma tia de Ellie, que lhe contara que Ellie fora diagnosticada com uma incontinência intestinal irreversível, tive um POUQUINHO de satisfação de saber que algumas vezes ela se caga em público. Isso não é ÓDIO, no entanto.

Eu era a única a quem eu realmente culpava.

É por isso que não lamento que Alex tenha voltado à minha vida, mesmo que eu tenha me machucado. Ele trouxe de volta a pessoa que eu costumava ser. E, pensando bem, ela era uma versão melhor de mim.

E então sei que o que estou fazendo agora é uma boa coisa. É o que eu sempre disse que faria um dia. Nunca quis um itinerário passo a passo, ou aventuras com prazos que eu pudesse riscar quando estivessem terminados. Irei onde meu humor me levar, e ficarei o tempo que quiser, e partirei quando estiver pronta para algo novo. E voltarei para casa quando estiver pronta – seja em um mês, seis meses ou cinco anos.

Então não vou sair correndo pela porta de emergência antes de decolar, porque meu medo está ligado à outra coisa. Algo que não experimento de verdade há muito, muito tempo. Excitação. O tipo assustador que vem por não saber o que vem na sequência. A excitação que senti na infância quando meus pais me levaram para a Espanha e eu não tinha ideia do que encontraria lá, e onde dormiria ou quem conheceria. Ou quando me inscrevi na universidade, e sabia que estava me comprometendo a viver em um lugar novo com pessoas que eu não conhecia e a fazer coisas que nunca fizera antes, mas eu não sabia onde, com quem ou o quê.

Consegui reservar minhas três primeiras noites em um hostel em Bangcoc, e tinha um plano vago de passar o dia do natal na Austrália com Jess, minha amiga da universidade, mas fora isso...

QUEM SABE?

Eu me reclino e fecho os olhos, sorrindo de leve para mim mesma, até que um cutucão forte na parte de trás do meu encosto faz minha cabeça ser catapultada para a frente, fazendo-me suspirar.

Eu me viro e espio por cima do assento para a mãe da menininha, com um olhar levemente irritado, então me volto novamente.

Isso resolverá.

– Senhoras e senhores, como podem ter notado, acabamos de acender o aviso para afivelarem os cintos de segurança. Se ainda não fizeram isso, por favor, arrumem sua bagagem de mão embaixo de seu assento ou no armário sobre suas cabeças. Por favor, sentem-se e afivelem o cinto de segurança.

Certo, Holly. Essa coisa vai virar realidade.

Prendo o cinto de segurança e fecho os olhos novamente, pensando no que meu motorista de táxi disse mais cedo.

– O problema com o mundo – ele assegurara enfaticamente, encontrando meus olhos no espelho retrovisor – é que todo mundo tem tanta pressa para chegar em algum lugar que esquece de desfrutar a jornada.

Certo, ele falava sobre o tráfego – passara por um grande acidente no outro lado da estrada a caminho da minha casa e, aparentemente, a estrada tinha um engarrafamento cheio de buzinas e gritos zangados.

Mas, na verdade, é uma metáfora para a vida, não é? Como é aquele ditado bobo que todo mundo diz? "A vida é o que acontece enquanto você está ocupado fazendo outros planos" – é isso. É a coisa com os ditados bobos – eles em geral falam a verdade.

De qualquer modo, foi uma sorte que o motorista soubesse do acidente na estrada – eu ainda estaria sentada no banco de trás do táxi nesse instante se ele não pegasse um desvio. Em vez disso, estou a poucos minutos de um reinício completo.

– Senhoras e senhores, em breve partiremos. Por favor, verifiquem se as cortinas das janelas estão abertas e se as bandejas estão na posição vertical para a decolagem. Por favor, desliguem todos os dispositivos eletrônicos pessoais, incluindo laptops e celulares.

Estou bem adiantada, capitão. Meu celular está desligado desde que saí do meu apartamento. Passei a última noite no telefone, prometendo tomar conta de mim mesma (Leah), prometendo ficar chapada em uma cidade hippie australiana chamada Nimbin (Susie) e prometendo manter contato com notícias de todos os homens que eu conhecesse/gostasse/visse pelado (Jemma). Nenhuma notícia de Alex. Eu me perguntei se devia ligar para ele, para dizer adeus. Quase fiz isso – cheguei a ficar com o dedo no botão para ligar. Mas então meus pais chegaram mais cedo e tive de sentar com eles e prometer comprar uma pochete para meus objetos de valor (meu pai) e sair da idade das trevas e criar um perfil no Facebook para atualizar meu status e postar algumas fotos (minha mãe – ela tem dezenove amigos, aparentemente).

Não consegui ligar para ele hoje – preciso olhar para frente, não para trás – e não poderia suportar o desapontamento de conferir constantemente minha tela para ver se ele ligou, e descobrir que não. Então eu desliguei o celular assim que entrei no táxi.

Pareceu significativo no momento, mas um pouco estúpido agora. Devo olhar rapidamente agora que é minha última chance?

Olho para a comissária de bordo fazendo as conferências finais. Ela tenta espremer um casaco em um armário suspenso lotado algumas fileiras na minha frente, então tiro o BlackBerry da bolsa e o ligo, esperando que a tela carregue. Alguns segundos mais tarde ele começa a vibrar, e notificações de seis ligações perdidas e três mensagens de texto aparecem. Caramba.

A primeira ligação é de Richard. Ah, Deus, me esqueci de retornar a ligação. Sou uma pessoa horrível. Na verdade, não sou – vejamos se ele gosta de jogar o jogo da espera. Por meses, fiquei sentada esperando por qualquer afeto que ele decidisse jogar na minha direção, quando e onde fosse conveniente para ele – honrada por ser a escolhida para receber. Não posso acreditar que quase fui sugada para aquilo novamente ontem. Eu me senti tão repugnantemente grata por ele me dizer que me amava e por me oferecer um lugar para morar que quase esqueci que não quero seu amor ridículo, condicional e narcisista em seu apartamento de solteiro lustroso e sem personalidade.

Nem eu, Harold concordou quando eu disse isso em voz alta para ela. Não tive coragem de contar que não tinha certeza se ela tinha sido convidada.

As cinco ligações restantes são de... Alex.

Seguro o fôlego e clico nas mensagens.

Alex.

Alex.

Alex.

– Senhores passageiros, agora estamos prontos para partir. Todos os membros da tripulação podem, por favor, tomar seus assentos e se aprontar para a decolagem?

O que Alex quer? Depois de uma semana de silêncio mortal, ele decide na minha última hora no país que realmente precisa me contatar? Depois de uma semana esperando que ele ligasse. Uma semana tentando resolver o que eu diria se ele ligasse.

Clico na primeira mensagem, e seguro o fôlego – minha irritação com seu timing se transforma em outra coisa. Algo que não posso sequer descrever.

Clico na segunda mensagem. Meu coração está palpitando como se eu tivesse tomado três comprimidos de cafeína com uma lata de Red Bull.

– Pode colocar sua bolsa no assento diante de você, por favor? – a comissária de bordo, repentinamente ao meu lado, me faz dar um pulo. – E *isso* precisa ser desligado agora.

Clicando na terceira mensagem, encaro as palavras.

– Algum problema? – ela pergunta impaciente. Seu tom de voz me traz de volta à realidade e nego com a cabeça.

– Não – sussurro, desligando o telefone e guardando-o sob o assento na minha frente, com mãos trêmulas.

Ela faz uma pausa, olha para meu rosto que, tenho certeza, está sem cor.

– Está se sentindo bem? – ela pergunta, em tom mais caloroso, o rosto registrando preocupação.

– Sim – murmuro, enquanto minha mente processa as palavras de Alex. As palavras que espero ouvir de Alex desde aquele setembro chuvoso, há onze anos. – Estou bem – forço um sorriso. – Obrigada.

Ela assente e continua rapidamente pelo corredor para completar as conferências finais, antes de andar vivamente para seu assento e afivelar o cinto.

E eu me sinto bem, percebo, enquanto o avião faz sua viagem acidentada pela pista.

Eu me sinto diferente de algum modo, preciso reconhecer, enquanto a aeronave se ergue suavemente do chão e se direciona para as nuvens. Mas me sinto bem.

Capítulo 39

ALEX
Outubro de 2011

Tiro o livro da mochila e o seguro no alto para que a classe possa ver.

– Quem pode me dizer sobre o que é *Romeu e Julieta*?

Bhumi Khan aperta o blazer diante do corpo e levanta o braço. Outros três ou quatro seguem o exemplo.

– Não vi isso – responde Gareth Stones, que não é um dos três ou quatro. Largado na cadeira, o corpo quase linear.

Eu o ignoro.

– Bhumi?

– É uma história de amor, não é? – ela responde. – DiCaprio e Danes fizeram no cinema.

Stacey Bamber olha para Bhumi como se ela tivesse acabado de peidar.

– Danes e DiCaprio morrem, boba. É sobre nem sempre conseguir o que se quer.

Stacey assente, satisfeita com sua resposta.

– Vocês duas estão certas – eu julgo. – É uma história de amor e uma tragédia, mas no fundo é uma história sobre duas gangues rivais. Os Montecchio e os Capuleto.

Os olhos de Gareth despertam por um segundo, mas ele imediatamente se lembra de seu desinteresse. O que não tem problema. Holly estava certa: eu estava me concentrando na metade errada. Gareth nunca vai ler Shakespeare por vontade própria ou pela minha vontade. Minha estratégia agora é prender a atenção da maior parte dos demais o quanto for possível, tornando o currículo relevante para suas vidas. Se o assunto os interessa, Gareth não consegue audiência cativa para sua infantilidade.

É assim que definirei em minha entrevista na próxima semana.

Circulo cópias da peça. Gareth tem uma pergunta.

– Sim, Gareth?

– É verdade que o senhor Rodgers está pegando a senhora Pritchard?

Bhumpi engasga e cobre a boca aberta com a palma da mão. Alguns dão risadinhas, mas a maior parte da classe está atenta, ansiosa pela minha resposta.

– Gareth, ficarei feliz em conversar sobre pegar alguém quando tiver certeza de que você sabe tudo sobre isso.

O rosto de Gareth fica carmim em meio às gargalhadas de seus colegas de classe. Ele não consegue pensar em uma resposta à altura, e me preocupo se não fui longe demais. E se ele fizer uma reclamação para o senhor Cotton? Neste caso, ele nunca vai me nomear chefe do departamento de Inglês.

Olho o relógio sobre a porta. Cinco minutos até que todos possamos ir para casa. Meus pensamentos mais uma vez começam a se perder no que me espera esta noite, quando Gareth se endireita.

– Acho que podemos conversar agora, então – ele diz, coçando a axila. – Já que andei pegando sua mãe.

A sala cai em silêncio, marcado apenas pelo assobio do vento de outono passando pelas altas coníferas adjacentes ao ginásio. Não formulei ainda uma resposta quando Kenny fica em pé, lenta mas intencionalmente, e caminha na direção de Gareth. Sei imediatamente que preciso interferir, mas é como se eu estivesse em um sonho em que algo horrível vai acontecer e não consigo me mexer.

O corpo de Gareth se retrai tanto que sua cadeira arrasta no chão. O restante da classe olha para Kenny e Gareth, então para mim, então para Kenny e Gareth, como se todos fossem espectadores de uma partida de tênis.

Eu me mexo atrás da minha mesa.

– Sente-se, Kenny.

Implacável, Kenny agarra a frente da camisa de Gareth antes que eu esteja perto o bastante para me colocar entre eles. Gareth está duro de medo, embora Kenny seja uns quinze centímetros mais baixo do que ele. Kenny pode ter sido uma testemunha inocente do esfaqueamento, mas um mês em um instituto para jovens infratores parece ter lhe dado uma reputação de alguém com quem não se deve mexer.

Ele puxa Gareth para mais perto.

– Não estou brincando, é melhor você calar essa maldita boca antes de falar sobre a mãe dos outros – ele ameaça, enquanto eu o seguro pelos ombros.

Mas sou redundante. Tendo dito aparentemente tudo o que queria dizer, Kenny volta para sua cadeira enquanto o restante da classe encara Gareth. Ele dá de ombros para mostrar que não foi derrotado, mas seu rosto, completamente sem cor, o trai.

– Ok, acho que por hoje basta – levo alguns segundos para firmar a voz e pensar no que falar na sequência. – Kenny, fique mais um pouco, por favor.

A classe se levanta em câmera lenta, a bagunça usual das tardes de sexta-feira substituída por um arrastar de pés descrente, as garotas sussurrando umas para as outras, os meninos levantando as golas das blusas para esconder gargalhadas e sorrisos. Bhumi é a última a sair, deixando-me sozinho com Kenny.

– Por que Gareth não está aqui? Por que só eu estou encrencado?

Sentado em minha mesa, enterro o rosto nas mãos por um breve instante. Se fosse qualquer outro dia, eu seria capaz de pensar nisso com lucidez. Examino o relógio mais uma vez, e sei que as próximas horas parecerão uma década.

Suspiro, cansado.

– Você não está encrencado, Kenny.

– Por que estou aqui, então?

– Porque quero ter certeza de que continue assim. Algo me diz que você e Gareth não vão se encontrar no corredor e dar as mãos. Só quero que fique aqui até que ele vá embora. Tenho coisas para fazer, de qualquer modo. Não precisamos nem conversar.

Finjo corrigir algumas provas de mentira, e depois de dez minutos de silêncio libero Kenny e o sigo pelo corredor agora silencioso. Ele acena em despedida quando nos separamos, e não há nada oculto no gesto, nem maldade, ou descontentamento, ou ressentimento. Parece que é um progresso.

Chego uma hora mais cedo, mas estou muito inquieto e nervoso para me sentar, então assumo uma posição no meio do caminho das barreiras da alfândega, onde poderei vê-la chegar. Olho para mim mesmo e lamento minha roupa. Esses sapatos lembram canoas desbotadas e parecem novos demais. Ela dará uma olhada em mim e vai rir da minha tentativa de ser descolado ou vai se assustar por eu ter me vestido como se estivesse indo para um encontro. Tento raspar o sapato na barreira, sem sucesso.

Precisando de uma distração, pego o telefone do bolso.

– Achei que fosse encontrar Holly – é como Kev atende.

– Estou uma hora adiantado.

Kev bufa.

– Eu não esperaria nada diferente de você, bestão.

– É que... – hesito – Holly não sabe que estou aqui esperando por ela.

HOLLY

Estico os braços e as pernas o máximo que o teto e o assento diante de mim permitem, pestanejando. Devo ter cochilado. São quase 4h, segundo meu relógio que ainda está no horário de Melbourne.

– Que oooass saaaaoo emmm Lundres? – bocejo ruidosamente.

– Oi? – pergunta Ryan, tirando os fones de ouvido das orelhas.

– Que horas são em Londres? – repito.

– Quase 6h, acho.

– Loucura.

Estou entediada e muito desconfortável para dormir adequadamente, então pego a bagagem de mão que guardei sob o assento diante de mim, e esvazio as compras que fiz no aeroporto na minha bandeja.

Com o pequeno macacão na forma de coala da Babygro na mão, uso os dedos para caminhar com os sapatinhos pela bandeja de Ryan.

– Bom dia, cara! – digo com voz infantil.

Ryan ri e agarra o Babygro, olhando pensativamente enquanto morde o lábio.

– Não consigo acreditar que serei pai em seis meses – ele suspira depois de um tempo – e que estou me mudando para Londres. E que terei que tomar cerveja quente daqui para frente.

– Acostume-se com isso, cara – digo para ele, agarrando o Babygro e guardando na bolsa. – E a cerveja quente é só um mito perpetuado por vocês, australianos.

Ficamos sentados em silêncio por alguns minutos, eu apoiada na janela e encarando as nuvens. É estranho pensar que estarei de volta em solo britânico em menos de uma hora. Os últimos doze meses e pouco voaram. Antes da minha partida, um ano teria se arrastado infinitamente, mas este se foi em um piscar de olhos. Quando penso no voo de Londres, parece que foi há uma eternidade. Tanta coisa aconteceu. E há pessoas que entraram na minha vida que parecem que sempre estiveram nela.

– Está triste por voltar? – Ryan pergunta, lendo meus pensamentos.

Estou? Penso em todas as aventuras que tive. Nas paisagens que vi. Nas bebidas que tomei e no sol que está embebido na minha pele. E então penso em casa. E na minha família. E nos meus amigos. E em Harold, que respondeu dolorosamente ao cartão postal que mandei com uma mensagem de York, dizendo que está mais feliz agora do que nunca e que agora é conhecida como Harry. Penso nos piqueniques de verão em Blackheath Common e nos pubs com as lareiras acesas nas noites de inverno.

– Não – sorrio, pensativa. – Amei cada minuto e não trocaria por nada do mundo, mas estou bem animada por estar de volta.

– Então ela não espera encontrar você aí?

Eu não planejara contar para ninguém este pequeno detalhe, para que não duvidassem ainda mais da sensatez do que estou fazendo. Suponho que uma parte de mim esperava que Kev me tranquilizasse.

Olho ao redor. Metade de Londres parece esperar por alguém. À minha esquerda está um homem alto, de cavanhaque, vestindo um terno preto, sapato de grife e chapéu de motorista. À minha direita, um homem de aparência subcontinental usa calça bege e camisa branca de mangas curtas. Placas escritas à mão me informam que eles estão esperando por Kerrigan e Lovejoy respectivamente, e essas formalidades me fazem pensar em abandonar o plano todo. Kerrigan e Lovejoy serão guiadas até seus carros e levadas para casa no conforto de seus entes queridos, que provavelmente terão um *coq au vin* no forno. O que vou fazer? Carregar a bagagem de Holly e olhar de braços cruzados enquanto ela decide que metrô devemos tomar. Não tenho nem dinheiro para um táxi. Teremos que fazer uma parada no caixa eletrônico. Tudo o que você quer depois de um voo de vinte e três horas de Melbourne com escala em Dubai.

O e-mail de Holly dizia que ela passaria a noite no sofá de Leah e que me encontraria amanhã. Eu devia ter sido paciente.

– Tenho certeza de que dará tudo certo – Kev reafirma de modo nada tranquilizador.

Um pensamento horrível me ocorre: e se der tudo errado? Mais de um ano se passou desde que ela me ligou de um hostel em Bangcoc e explicou por que não respondera às minhas ligações e mensagens. Esperamos onze anos, ela disse, e terminei a sentença em minha mente. Eu teria deduzido demais em seu tom de voz, imaginado promessas que ela não fez?

Desde então, não falamos mais nada sobre nós. Algumas vezes ela ligou, uma conversa fragmentada aqui e ali, sempre interrompida por uma bateria que acabou ou por uma aventura que a aguardava. E-mails ocasionais davam conta de suas viagens: nadar em Bondi Beach; um pneu furado no deserto que a obrigou a dormir no carro alugado; lições de culinária na casa de alguém em Chiang Mai; os horrores de um show de pompoarismo recomendado para ela e algumas garotas de seu hostel por um motorista de táxi em Bangcoc. Não é inteiramente concebível que ela tenha partilhado todas essas aventuras não apenas com garotas de seu hostel, mas com alguém novo, que meu ano de celibato tenha sido equivocado, e que por isso ela tenha planejado me ver amanhã, para me dar as notícias suavemente?

– O que está fazendo? – pergunto para me distrair.

– Arrancando o papel de parede do quarto de hóspedes... é sexta-feira à noite.

– Onde está Diane?

– Lá embaixo. Vendo TV. Anda vomitando como uma bulímica.

– Que bom.

– No início, eu olhava o relógio, esperando que a tarde chegasse, pensando que ela ficaria bem, mas acontece que o nome "enjoos matinais" é um engodo. Eles deviam chamar enjoos de manhã, de tarde e durante toda a noite. O médico diz que duram pelo menos dezesseis semanas.

Sei que estamos na idade em que todo mundo começa a ter filhos, mas ainda não me acostumei com a ideia de Kev como pai. Não que eu ache que ele será outra coisa além de ótimo. Não falta nada para Torvill, Dean, Reggie e Ronnie. Só que sempre presumi que eu seria o primeiro. Bem lá no fundo, se eu realmente, realmente for honesto, sempre me vi como superior a ele – como se ele fosse o Lennie do meu George em *Sobre Ratos e Homens,* de John Steinbeck. O que sei que é absurdo. Ele me derrotou em todos os marcos significativos da vida de um homem: beijo de língua, perder a virgindade, conseguir um emprego, comprar uma casa.

– De qualquer modo, é melhor eu voltar para o papel de parede, cara.

– Aparecerei para ver vocês em breve.

– Isso será bom.

Guardo o telefone no bolso novamente e começo a vasculhar cada rosto que passa pelo portão de desembarque, ficando cada vez mais ansioso enquanto viajantes vêm e vão com suas malas com rodinhas, mochilas e sacolas de plástico do duty free. O burburinho ao meu redor se torna menos intenso. Kerrigan e Lovejoy já se foram. Uso o celular para conferir meus e-mails pela enésima vez. Ela definitivamente disse sexta-feira. Meu abdome dói de nervoso com um toque de desespero. Começo a me preparar para o desapontamento.

HOLLY

– Se minha mala não aparecer logo, vou dormir em pé – reclamo, permitindo que minhas pálpebras se fechem com o movimento hipnotizante da esteira rolante.

– Se minha mala não aparecer logo, vou gritar – Ryan contrapõe, e a mesma mala laranja que já deu quatro voltas reaparece.

– Se minha mala não aparecer logo, vou me matar.

– Se minha mala...

– ALI ESTÁ A MINHA – interrompo quando minha mochila passa deslizando. – Rápido!

Ryan corre atrás dela e a traz para mim.

– Aqui está, garota.

– Obrigada. Então é isso – exclamo, pendurando a mochila nas costas. – Dê todo o meu amor para Jess, ok, Ry? Diga que sinto falta dela e que precisamos nos encontrar várias vezes agora que estamos todos de volta. Especialmente depois que o neném nascer.

Jess terminara relutante com Ryan, que conhecera trabalhando em um bar em Melbourne, quando seu visto expirou e ela foi obrigada a voltar para casa. Então, quando ela telefonou para ele um mês depois para dizer que estava grávida, ele reservou um lugar no meu voo para estar com ela. Minha antiga amiga de universidade e eu tínhamos ficado muito mais próximas desde que passei o natal com ela em Melbourne, e me tornei uma grande amiga de Ryan também.

– Obrigado. Espero que seu afilhado goste dessa coisa de coala. Quando vai conhecê-lo?

– Amanhã, acho – digo animadamente, endireitando as alças da minha mochila. – Na verdade, vou ficar na casa da Leah e do Rob nesta noite, mas Leah disse que ele estará na cama na hora que eu chegar.

Sorrimos um para o outro por um segundo ou dois, então encostamos nossos punhos para nosso cumprimento padrão, com um "BUM" e um barulho de foguete. Então começo a caminhada para o portão de desembarque.

– Ainda posso fazer isso agora que cheguei aos trinta? – eu me volto para perguntar.

– Você nunca pode fazer isso, H. Agora saia daqui. Odeio despedidas.

ALEX

E então, logo atrás de um bando de estudantes, lá está ela, e embora eu esteja esperando há uma hora – há um ano –, de algum modo sou pego de surpresa e tenho vontade de gritar o nome dela como Rocky para Adrian. Até que vejo um homem caminhando ao seu lado.

Loiro, atarracado, vestindo um colete. Quase certamente australiano. De repente, meu corpo é consumido por um terror feroz. Mas depois de um segundo ou dois, ele começa a caminhar em outra direção e o alívio percorre cada fibra minha.

Olho para ela. Seu cabelo, preso em um coque que explode em várias direções. Seu rosto, sardento e, de algum modo, mais jovem do que da última vez que a vi há doze meses. Suas roupas: jeans rasgado sob o joelho, tênis All Star e uma camiseta de praia cor de mostarda que termina um pouco antes do cinto e expõe uma linha de barriga bronzeada.

Ela está...

... mais bonita do que jamais vi.

O homem se foi agora, e parece que Holly olha na minha direção, mas é como se não me visse, porque desvia o olhar e continua andando. Um passo, dois passos, três passos, e então ela parece surpresa, a confusão marcando seu rosto, mas sua expressão rapidamente se desfaz em outra coisa, alguma coisa feliz. Ela muda de direção, acelerando o passo, parando a poucos metros de onde estou. Por alguns segundos ficamos ali, sorriso largo um para o outro, nenhum de nós diz nada.

– Então seu táxi finalmente saiu do engarrafamento?

Ela dá uma risada meiga para sua piada; abro os braços para que ela se aconchegue, meu coração acelerado.

– Sim, estive esperando todo esse tempo.

Sua mochila torna impossível que eu a abrace adequadamente, mas não quero soltá-la. Depois de um tempo, ela se afasta de mim.

Incentivado pelo carinho dela comigo, aponto para sua mochila.

– Deixe-me levar isso.

Holly retorce o rosto com desdém. Olhamos um para o outro de cima a baixo e, por um instante, não sabemos como proceder, até que ela estende a mão esquerda e diz:

– Vamos, já esperamos tempo demais. Vamos pegar o metrô.

Pego a mão dela entre as minhas e, desta vez, ao contrário de todas as vezes que vieram antes, ela não vai embora.

Agradecimentos

Laura e Jimmy...

Agradecimentos sem fim para nossa agente Lizzy Kremer, pela genialidade e pelos *feedbacks* brutalmente honestos que ajudaram a formatar o livro no que ele é. Também somos extremamente gratos a toda a equipe da Transworld, em particular à nossa editora Harriet (além da discussão do cogumelo na lasanha), à Setembro e à sua predecessora, Mads, pelas ideias publicitárias únicas, e à Lisa pela capa adorável. Também temos um débito com nossos amigos em comum que aguentaram nossas conversas constantes sobre o livro.

Laura...

Seriam necessárias várias páginas para listar os amigos que me inspiraram, ajudaram ou apoiaram de algum modo enquanto este livro estava sendo escrito, então só mencionarei Gemma Fensome, Emma Baird e James Gill, que viveram comigo ou trabalharam comigo durante o processo, e foram brilhantes torcedores e fontes constantes de bom humor. E gratidão sem limites à minha mãe e ao meu pai, Susanna e David, pelo fato de terem me criado cercada de amor, incentivos e risos.

Jimmy...

Preciso agradecer a James Osborne por seus conselhos sobre a docência, e Keren David, Lee MacDougall, Grace King e Molly Kat por suas sugestões e encorajamento. Agradecimentos imensos também para minha mãe e Mike, pelo apoio constante ao longo dos anos.

1ª reimpressão Junho 2015
papel de miolo Offset 75 g/m²
papel de capa Cartão supremo 250g/m²
tipografia Adobe Garamond Pro
gráfica *Leograf*